AF219650

Wo auch immer du bist…

Jessica Schade

Wo auch immer du bist...

Jessica Schade

Für Minka69.

Bibliografische Information der Deutschen Nationalbibliothek: Die Deutsche Nationalbibliothek verzeichnet diese Publikation in der Deutschen Nationalbibliografie; detaillierte bibliografische Daten sind im Internet über dnb.dnb.de abrufbar.

©2022 Jessica Schade

Herstellung und Verlag: BoD – Books on Demand, Norderstedt

ISBN: 9783756200023

Wo auch immer du bist...

Prolog

Die Wärme des Feuers, das im Ofen seinen ganz eigenen kleinen Tanz vollführte, brannte sich in meine Haut. Erschöpft von der Arbeit, ließ ich mich auf dem kühlen Steinfußboden meines Ateliers nieder. Trotz der unheimlichen Wärme, die hier in der Luft lag, blieb es am Boden immer angenehm kühl. Das Gemäuer des Ateliers war schon sehr alt und ich nahm an, bei genauerem Hinsehen würde man so manches Luftloch vorfinden, das mir hier den Sauerstoff verschaffte, den das Feuer leidenschaftlich gern verbrannte. So, wie es auch die Gedanken verbrannte, die mich immer und immer wieder in seine Nähe trieben und mich nicht gehenlassen wollten. Gedanken, die sich in dem widerspiegelten, wofür das Feuer brannte.

Mein Blick flog über die unzähligen Glasfiguren hinweg, die hier in den Schränken und Regalen ihren Platz gefunden hatten. Es war nur ein kleiner Teil der Figuren, die ich in den vielen vergangenen Jahren hier geschaffen hatte. Trotzdem schienen sie die ganze Welt in sich zu tragen.

Es waren Darstellungen von Menschen, die gerade das Licht der Welt erblickten, Menschen, die ihre ersten Schritte taten, Menschen, die Freunde fürs Leben fanden und die vollen Lebensmutes die Welt erobern wollten. Aber es waren auch Menschen, die eben daran scheiterten. Es waren sterbende Menschen, leidende Menschen und Menschen, die diejenigen verloren, die ihnen die Liebsten waren.

Ich saß am Boden dieser Welt aus Glas. Vor mir stand ein kleines Mädchen. Auch das Mädchen war aus Glas. Ihre langen Haare wehten fröhlich im Wind und auf ihren Lippen lag ein schalkhaftes Lächeln.

Ich fragte mich, was sie wohl gerade tat. Wo sie gerade war. Und ob sie immer noch so glücklich war wie damals. Aber so oft ich mir diese Fragen auch stellte, ich erhielt doch keine Antwort darauf. Stattdessen trug ich die Fragen zum Feuer und ließ sie in den Tanz einfließen, den das zähflüssige Glas unter meiner Hand vollführte.

Ein kalter Windstoß öffnete schwungvoll die Tür des Ateliers und ließ meine Skizzen an den Wänden aufgeregt nach oben flattern. Ich erhob mich und verließ meine kleine Künstlerhöhle, die eigentlich nur das Abstellzimmer des eigentlichen Ausstellungsraumes war. Eine junge Frau hatte sich zu mir verirrt und begutachtete interessiert die gläsernen Figuren, die auch hier die Regale füllten. Ich mochte es, erst einmal heimlich die Leute zu beobachten, die mich hier aufsuchten. Jeden zog es in eine andere Ecke und jeden fesselte irgendein Kunstwerk ganz besonders.

Die Frau war vor dem Höchsten der Regale stehengeblieben. Sie fuhr sich mit den Händen durch die Haare und verschränkte sie dann hinter ihrem Rücken. Ich konnte es nicht genau beschreiben, doch irgendwie kam mir die Art, wie sie sich bewegte, vertraut vor. Als hätten wir uns schon einmal gesehen. Als hätte sie schon einmal hier gestanden und ich hätte sie auf diese Weise beobachtet.

Ich räusperte mich leise. So leise, dass sie es nicht zu vernehmen schien.

„Kann ich Ihnen helfen?", fragte ich schließlich und zuckte zusammen, als sie sich erschrak. Die Frau wandte sich zu mir um und starrte mich unverhohlen an. Ich starrte zurück und sah in meine eigenen Augen.

Kapitel 1

Blau: Die Farbe der Stille

13.11.2021   **Anastasia**

Mein Blick fixierte mich in dem riesigen, bodentiefen Spiegel, vor dem ich mich mit einigen anderen Leuten zusammendrängte, die ich in den vergangenen Monaten mehr oder weniger gut kennengelernt hatte. Die Betonung lag darauf, dass *ich sie* kennengelernt hatte. Ich wusste, wie sie hießen, wie alt sie waren, was sie beruflich so machten, auf welche Schule sie gingen, wie es dort so lief und was ihre größten Macken waren. Wie *ich* hieß, wie alt *ich* war, auf welche Schule *ich* ging und wie es dort so lief, das wussten nur die wenigsten davon. Geschweige denn, dass sie wussten, was *meine* größte Macke war.

Genau wie die anderen hier vor dem Spiegel, scheitelte ich meine Haare und begann sie zu zwei langen, dicken Zöpfen zu flechten. Außen rechts nach innen, außen links nach innen, außen rechts nach innen. Es war ein Rhythmus. Nahezu eine Hypnose. Eine Hypnose, der ich nur zu gern verfiel, um alles andere um mich herum zu vergessen.

Das helle Blau meiner Haare biss sich mit dem Dunkelblau des Kleides, das ich trug. Aber heute würde das wohl niemanden kümmern. Es war Fasching. Und zu Fasching durfte man die Farben nach Lust und Laune durcheinanderwirbeln.

Wie, um dies noch einmal zu unterstreichen, zog ich meine Lippen mit einem deckenden Dunkelrot nach und trug den dunkelgrünen Lidschatten auf, für den wir uns gemeinschaftlich entschieden hatten. Was die anderen gemeinschaftlich entschieden und ich so angenommen hatte, um es genau zu sagen.

Ein Ellenbogen traf mich in die Seite, doch ich konnte ihm keine konkrete Person zuordnen. Der Ankleideraum war einfach vollkommen überfüllt. Irgendwo glaubte ich ein unbeteiligtes „Sorry" aus der Menge herauszuhören, doch das konnte auch nur Einbildung sein.

Ich wandte mich von meinem kritisch dreinschauenden Spiegelbild ab und ging zurück zu meinem Platz, wo meine abgelegten Sachen mir, zu einem kleinen Häufchen zusammengeschoben, einen Sitzplatz freihielten.

Plötzlich spürte ich, wie sie wieder an mich herantrat. Niemand konnte sie sehen, niemand konnte sie fühlen, aber doch war sie da. Das wusste ich. Sie kratzte an meinen Gedanken und ätzte das letzte bisschen Vernunft und Bodenständigkeit weg, das mir noch verblieben war. Die Stimme. Diese widerliche Stimme in meinem Kopf, die einfach kam und ging, wie sie es wollte. Die mit mir machte, was sie wollte.

Ich schlug mir mit der offenen Hand seitlich gegen den Kopf. Niemand bemerkte es. Aber es half sowieso nichts.

Sie war wieder da und ich konnte es nicht verhindern. Ich konnte nur hoffen, dass sie nicht zu stark war. Dass es nicht die ganz schlimme Stimme war, die es da auch manchmal gab. Aber die kam meist von links.

„Gleich geht es los, Anastasia. Gleich ist es soweit." Ich verdrehte die Augen und fummelte die Klemmen aus dem blau-weißen Hütchen, das einen festen Bestandteil der Prinzengarde-Uniform darstellte. Am Anfang hatte mir die Stimme Angst gemacht. Weil ich immer das Gefühl hatte, dass da jemand hinter mir stehen musste, der gerade zu mir sprach. Und doch war nie jemand auch nur in meiner Nähe gewesen. Mittlerweile hatte ich mich so sehr daran gewöhnt, dass ich aufgehört hatte, zu reagieren, wenn tatsächlich jemand mit mir sprach.

„Ich weiß selbst, dass es gleich losgeht. Das brauchst du mir nicht zu sagen.", antwortete ich in Gedanken.

„Es wundert mich, dass du so ruhig bist. Gar nicht aufgeregt."

„Das kommt dir nur so vor. Weil ich mich dieses Jahr ausnahmsweise mal nicht übergeben habe, bevor ich los bin. Dazu war ja keine Zeit." Ich setzte mir das Hütchen auf und steckte es fest. Als ich zu Hause los bin, hatte ich tatsächlich das Gefühl gehabt, irgendwie spät dran zu sein. Aber nun saß ich doch schon seit fast einer Stunde in dieser stickigen Kammer fest und ließ mich von unkontrollierten Ellenbögen und halbnackten Menschen mit Alkoholfahnen malträtieren.

Es dauerte nicht mehr lange, bis die Stimmen aus dem Fernseher, der mit der Kamera zum Saal verknüpft war, allen anderen blau-weiß gekleideten Tänzerinnen Anlass dazu gaben, sich vor der Tür der Umkleide zusammenzurotten. Ich begab mich zu ihnen und nahm meinen Platz als Schlusslicht ein.

Meine Aufregung steigerte sich mit jedem Schritt, den wir dem bis zum Platzen gefüllten Saal näherkamen. Mit jedem Wort, das von dort zu uns hindurchdrang und mit jedem Lichtstrahl, der uns in seine Arme zog und nach und nach zu einem neuen Bestandteil der Tanzfläche machte.

Die Musik ließ den Boden unter unseren Füßen erbeben, doch wir waren stärker. Trotzig gingen die harten Absätze unserer Schuhe dagegen an und fügten sich dem schnellen Takt. Die Macht der Musik war unbeschreiblich. Hatte ich soeben noch Angst vor den unzähligen Augen der Menge gehabt, die alle auf uns fixiert sein würden, so hatte ich die Menschen um uns herum mit einem Male vollkommen vergessen. Sie gehörten nur noch einer unwichtigen grauen Masse an, während ich vollkommen in Trance verfiel und mich von dem berauschenden Karnevals-Wahn anstecken ließ, dem die anderen schon längst verfallen waren.

Wir waren eine Gruppe, ein Team, das nun mit voller Wucht sämtliche Aufmerksamkeit auf sich zog und den Raum zu dominieren begann. In diesem Moment fühlte ich mich schlicht und ergreifend unbesiegbar.

Als die Musik wieder verebbte, streifte mein Blick die Menschen um mich herum und ich spürte die Hände zweier meiner Mittänzerinnen an meiner Taille. Die Nervosität durchflutete meinen Körper von neuem und lähmte meine Glieder. Ich wurde geschoben. Irgendwohin. Ich wusste nicht, wohin. Ich ließ mich einfach schieben.

Als ich am nächsten Morgen die Augen aufschlug, spürte ich schon die Augenringe, die mich im Laufe des Tages bei jedem Blick in den Spiegel wieder vor mir selbst erschrecken lassen würden.

Fröstelnd suchte ich mir ein paar bequeme Sachen aus dem Schrank und machte mich auf den Weg nach unten. Ich hörte meinen Onkel schon in der Küche hantieren und kreative Flüche ausstoßen. Er gab sich zwar unglaublich viel Mühe, es vor mir zu verbergen, aber ich hatte das Gefühl, dass ihm allein der Gedanke daran, eine Küche zu betreten, Angst einjagte.

„Guten Morgen.", sagte ich leise beim Betreten des Raumes, damit er nicht erschrak.

„Morgen, Anastasia. Setz dich hin, ich bin gleich fertig."

„Was machst du da?"

„Ich versuche einen Smoothie zu machen, aber das Gerät scheint kaputt zu sein. Es tut sich nichts."

„Hast du den Stecker drin?" Ich schob mich an ihm vorbei und warf einen Blick hinter das Gerät. Es kostete mich große Anstrengung, mir das Grinsen zu verkneifen, als ich den losen Stecker auf der Arbeitsplatte liegen sah. Wortlos griff ich danach und steckte ihn an den Strom.

„Jetzt sollte es gehen."

„Danke.", meinte Ben mit einem schiefen Grinsen.

Ich ließ mich auf meinen Platz am Küchentisch fallen und lehnte mich zur Seite, um zwei Messer aus dem Schrank zu angeln.

„Wie wars gestern? Viele Leute?", fragte Onkel Ben.

„Ja, klar. Fasching halt. Alles voll."

„Tut mir leid, dass ich es nicht geschafft habe, vorbeizukommen. Die Besprechung hat doch länger gedauert, als ich es vorausgesehen hatte."

„Kein Problem." Ich war es gewohnt, mein Ding allein durchzuziehen.

„Doch. Das ist sehr wohl ein Problem. Ich hätte da sein sollen. Hätte dich wenigstens abholen müssen."

Ich sagte nichts darauf. Was sollte ich auch sagen? Es war für uns beide nicht einfach, einen Weg zu finden, miteinander zu leben und die uns zugedachten Rollen zufriedenstellend zu erfüllen. Ich wusste nicht, wie man sich benahm, wenn man beim Onkel lebte und er wusste nicht, wie man sich benahm, wenn die erst kürzlich adoptierte Nichte plötzlich bei einem lebte und man ihr die Eltern ersetzen sollte, die sie kaum hatte kennenlernen können. Das Einzige, was ich von meinen Eltern wusste, waren ihre Namen, ihr Alter, wie sie gewohnt hatten und dass sie ganz nett gewesen sein mussten. Freya Seefeld, meine Adoptivmutter, hatte zunächst ein wenig kalt und distanziert auf mich gewirkt, doch das war wohl die Verunsicherung, die lange in Bezug darauf bestand, ob sie mich überhaupt nehmen durften oder nicht. Es war doch recht ungewöhnlich, wenn ein junges Pärchen eine fast Siebzehnjährige adoptierte. Aber diese Distanziertheit war mehr und mehr gewichen, je öfter ich bei ihnen war.

„Was ist bei der Besprechung rausgekommen?", fragte ich beiläufig, als Onkel Ben sich zu mir setzte.

„Ach, es war eigentlich dasselbe wie immer. Unter anderem ging es um ein neues Forschungsprojekt, bei dem die Chefin offenbar an mich gedacht hatte, was die Durchführung betrifft."

„Und? Machst du's?"

„Weiß ich noch nicht. Es kommt mir wie eine ganz schön große Sache vor."

„Bis wann musst du dich entschieden haben?"

„Bis kommenden Freitag. Also noch fast eine Woche Zeit."

„Du kannst mir ja dann mal erklären, worum es geht." Ich hatte zwar ehrlich gesagt keine Ahnung, wie man dazu kam, sich beruflich vollkommen der Konversationsforschung zu verschreiben, musste jedoch zugeben, dass es teilweise äußerst interessant war, was diese schrägen Leute da manchmal so untersuchten und zutage beförderten.

„Mache ich. Sobald ich selbst in vollem Ausmaß erfasst habe, worum es geht."

Schweigend schmierten wir uns unsere Brötchen und ich trank meinen Tee, während mir aus Bens Tasse der himmlische Duft eines starken Kaffees entgegenströmte. Er schien siebzehn für ein Alter zu halten, in dem es noch nicht zur Debatte stand, Kaffee zum Frühstück zu trinken.

„Wann schreibt ihr die Geschichtsarbeit?", fragte Ben plötzlich.

„Nächste Woche. Mittwoch."

„Kommst du beim Lernen zurecht?"

Ich stieß einen leisen Fluch aus, als mir das Brötchen aus der Hand fiel und mit einem spöttischen *Flatsch* auf den Tisch klatschte. Natürlich mit der Marmeladenseite nach unten. „Hm. Denke schon. Ist ein ganz interessantes Thema."

„Ich kann dich abfragen, wenn dir das hilft."

„Kurz vorher vielleicht mal."

Wieder schlief das Gespräch ein. Es war ja nicht so, als müsste man sich beim Essen die ganze Zeit unterhalten. Aber dann sollte man es auch nicht versuchen. Denn wenn man versuchte, die ganze Zeit eine Unterhaltung am Laufen zu halten und es funktionierte nicht so wie erhofft, dann wurde das Schweigen unangenehm.

Ich erhob mich vom Küchentisch, als wir beide mit Essen fertig waren und meldete mich freiwillig für den Abwasch. Der Geschirrspüler war seit ein paar Wochen kaputt, weshalb wir zurzeit mit der Hand rangehen mussten.

Onkel Ben bedankte sich für meine Eigeninitiative und verschwand in die kleine Bibliothek, die er gleichzeitig als Büro nutzte. Es gab in dieser Wohnung eine Bibliothek, aber nach einem Wohnzimmer konnte man lange suchen. Die Küche war wohl das, was einem Wohnzimmer im üblichen Sinne am nächsten kam. Sämtliches soziales Leben spielte sich auf diesen etwa zwölf Quadratmetern um den kleinen Küchentisch mit den Barhockern herum ab.

Ich sortierte das Geschirr zum Trocknen in das Abtropfbecken und begab mich wieder nach oben auf mein Zimmer. Ich begann mir die Haare zu kämmen und gab mir Mühe, die blonden Haaransätze zu übersehen, die schon wieder ganz leicht unter dem Blau zum Vorschein kamen. Am liebsten hätte ich mir die Haare noch ordentlich geflochten und zurückgesteckt, aber das hätte ich ja doch bloß getan, um das Lernen noch weiter hinauszögern zu können. Die

Industrialisierung interessierte es nun einmal leider nicht, wie meine Haare frisiert waren.

Eigentlich war Geschichte auch gar nicht so übel. Man musste sich nur erstmal dazu durchgerungen haben, den Hefter aufzuschlagen und sich von längst vergangenen Geschehnissen in den Bann ziehen zu lassen. In meinem Falle wäre das die Veränderung der Arbeitsorganisation im Zuge der fortschreitenden Industrialisierung.

Ich musste ehrlich sagen, dass ich mir nicht so sicher war, wo in diesem Modernisierungsprozess die Vorteile und wo die Nachteile lagen. Wahrscheinlich gab es von beidem genug, um die Gegner aus ihren Löchern kriechen zu lassen, ohne den Prozess der Industrialisierung mit all seinen auch durchaus vorteilhaften Neuerungen jedoch noch aufhalten zu können.

Gewaltsam und verspielt zugleich, versuchte ich mir die Fakten zu den einzelnen Phasen der Arbeitsorganisation anhand von Eselsbrücken einzuhämmern und war überrascht, wie schnell die Zeit dabei vergangen war, als ich das nächste Mal einen Blick zur Uhr warf und mir der warme, leicht süßliche Duft von geschmolzenem Käse in die Nase stieg.

„Anastasia? Kommst du zum Essen?", hörte ich in dem Moment meinen Onkel von unten rufen.

„Ich bin schon unterwegs!"

„Und könntest du noch einmal schnell in den Keller gehen und eine Flasche Orangensaft hochholen?"

„Mache ich!" Und sollte ich in einer halben Stunde noch nicht wieder aus dem Keller zurückgekehrt sein, dann sieh bitte nach, ob alles in Ordnung ist. Dafür würde ich nämlich nicht meine Hand ins Feuer legen.

Ich legte meinen Geschichtshefter zurück zu den anderen Schulsachen und begab mich auf den Weg nach unten. Die Kellertür stand schon einen Spalt breit offen. Ben machte das manchmal, damit es dort unten nicht zu sehr nach feuchter Erde und altem Gemäuer zu riechen begann. Das gelbe Licht flackerte ein paar Mal auf, als ich den Lichtschalter betätigte und ich konnte von oben erkennen, wie es schließlich den Kellerraum in ein mildes Licht hüllte.

Der Weg, die Treppe hinunter, war mir unangenehm. Er war noch dunkel und durch das Licht im Kellergewölbe mit unzähligen Schatten verziert. Meine Hand strich das Geländer entlang, während ich mich Schritt für Schritt nach unten bewegte. Auf einmal erfasste mich ein innerer Schüttelreiz. Ein tinitusartiges Geräusch in meinem linken Ohr. Links war sie besonders böse. Wenn sie von links kam, nannte ich sie manchmal Mephisto. Die Stimme. Keine Ahnung, wieso. Ich hatte mich nie sonderlich für Goethe begeistern können. Vielleicht gerade deshalb.

Rechts war einfach nur nervig. Aber vor Mephisto hatte ich Angst. Da wusste ich nie, was er mich tun lassen würde. Er ließ mich einfach handeln. So, wie er mich nun die Fingerspitzen an die raue Wand heben und daran kratzen ließ. Der harte Stein rieb unnachgiebig an meiner Haut. Ich wollte das nicht, doch ich konnte nicht anders. Als ich unten im Gewölbe ankam und mich wieder im Licht aufhielt, konnte ich sehen, dass meine Fingerspitzen blutig gerieben waren. Nicht zum ersten Mal.

Ich wusste nicht mehr, wie ich es geschafft hatte, dem Keller zu entkommen, als ich schließlich mit der Flasche in der Hand im Wohnungsflur stand und versuchte, meine Atmung unter Kontrolle zu bringen.

Der Schweiß stand mir auf der Stirn und auf meine Wangen hatten sich Spuren getrockneter Tränen gelegt. Meine Fingerspitzen brannten. Am liebsten würde ich gleich wieder beginnen loszuheulen, ganz einfach, weil ich mich dafür hasste, dass ich so ein Feigling war. Weil ich mich dafür hasste, dass ich mir so viele Dinge einrede und auch noch daran glauben konnte, die eigentlich vollkommen absurd waren. Und weil ich mich dafür hasste, diese Stimme in meinem Kopf zu haben, die einfach nicht verstummen wollte.

„Anastasia? Geht es dir gut?", fragte mein Onkel, der in diesem Moment aus der Küche trat und mich schwankend im Wohnungsflur stehen sah.

„Ja, alles gut. Ich habe nebenbei versucht Geschichte zu lernen und jedes Mal, wenn mir ein Stichpunkt aus dem Hefter nicht eingefallen ist, bin ich wieder drei Stufen zurückgegangen. Du glaubst gar nicht, wie anstrengend das sein kann." Unsicher, ob er mir glauben würde, gab ich die kühle Saftflasche hinter meinem Rücken von der einen in die andere Hand. Ich hatte das Gefühl, dass beide Handflächen gleich kalt sein sollten.

„Ich kann es mir vorstellen. Aber immerhin weißt du jetzt, wo du mit Lernen noch ansetzen musst.", sagte Ben und musterte mich besorgt. Ich war mir nicht sicher, ob er mir glaubte. Ich wich seinem Blick aus und ging wortlos an ihm vorbei in die Küche. In die helle, helle Küche, in der Bens

Anwesenheit keine Stimmen zuließ. Wie ich diesen Ort in den vergangenen Monaten doch zu lieben gelernt hatte.

Derselbe Tag   Gesa

Es war dunkel im Raum. So, dass ich noch sehen konnte, wo alles war und mich bewegen konnte, ohne diverse Möbel zu touchieren, aber dunkel.

Ich hielt auf die alte Anrichte mit den unzähligen, kleinen Schubfächern zu und griff gezielt nach einer Packung Streichhölzer, um die reich verzierte Petroleumlampe zu entzünden, die wie immer an ihrem Platz stand. Die Flamme eines der kleinen Streichhölzchen wuchs schlagartig zu einem den Raum ausfüllenden, schummrigen Licht heran, sobald sie mit dem Docht der Lampe in Berührung kam. Vorsichtig transportierte ich sie zu einem der Fensterbretter nahe der Werkbank, die ich selbst vor Jahren aus Backsteinen erbaut und mit einer robusten Arbeitsplatte versehen hatte. Ich schob die Stapel mit Blockschiefer beiseite, um Licht zum Arbeiten zu haben.

Es gab keinen Ort auf dieser Erde, an dem ich mich wohler fühlte als im Schutze der Dunkelheit. Das war zwar nicht immer praktisch zum Arbeiten, doch im Laufe der Jahre hatte ich gelernt, meiner künstlerischen Tätigkeit im Spiel der Flamme nachgehen zu können.

Ich griff nach einer meiner neuesten Skizzen und versuchte, mich wieder in die vor Tagen zu Papier gebrachte Begebenheit   hineinzuversetzen   und   die   Gefühle

23

heraufzubeschwören, die mich zu dieser Zeichnung getrieben hatten.

Ich hatte damals den Bericht eines Soldaten gefunden, der eigenmächtig und noch in altem Deutsch die Schlacht bei Hochkirch im Oktober 1758 bis ins kleineste Detail beschrieben hatte, bei der er selbst dabei und unter den Kämpfenden gewesen war. Es handelte sich bei dieser Schlacht um eine Schlacht des Siebenjährigen Krieges und die zweite persönliche Niederlage Friedrichs des Großen, also des Königs von Preußen. Dieser hatte seinen Soldaten nämlich die Umlagerung durch die Österreicher verschwiegen, die er aufgrund der Tatsache, dass kein weiteres Handeln oder Näherkommen von deren Seite erfolgte, nicht zu deuten wusste. Die Preußen hatten sich daher auf dem Kirchhof zur Nachtruhe begeben. Nur dieser eine Soldat, den ich nun in Form einer Zinnfigur wieder zum Leben erwecken wollte, hatte seine Genossen auf die bedrohliche Lage aufmerksam machen können. Er konnte in seinem feuchten Zelt nicht schlafen und war bei einem Rundgang um die Kirche auf die prekäre Situation aufmerksam geworden. Die Österreicher hatten im Grunde genommen nur darauf gewartet, dass die Preußen sich in Sicherheit glaubten und hatten diese kurz später in einem vollkommen unerwarteten Nachtgefecht überfallen. Natürlich unterlagen die Preußen den Österreichern aufgrund dieser List, aber im Nachhinein wurde Friedrich der Große trotzdem von seinem Heer gefeiert und dafür gewürdigt, sie schließlich noch bestmöglich durch die aussichtslose Schlacht geführt zu haben.

Eigentlich war es wohl mehr der Umstand, dass diese Beschreibung der Schlacht bei Hochkirch von einem Augenzeugen stammte, der direkt bei dem Gefecht dabei gewesen war, der mich so faszinierte, als der historische Umstand an sich. Wie häufig hatte man schon einen direkten und unverfälschten Einblick in die Gedanken und Handlungen eines Menschen, der im Jahre 1758 gelebt hatte?

Mit den Fingerspitzen fuhr ich bedächtig die mit Bleistift gezeichneten Konturen des Soldaten nach und versuchte mir jede einzelne meiner Bewegungen genau einzuprägen. Erst dann, als ich das Gefühl hatte, die Szenerie im Traum nachzeichnen zu können, griff ich nach einem der Blockschiefer und begann, mit einem hauchzarten Stichel die vorher auf Papier festgehaltenen Konturen sorgfältig herauszuarbeiten. Zuerst ganz grob und nur die Umrisse der Figur. Mit einem Stück Knete, das ich gegen die Form presste, überprüfte ich, wie mir diese Umrisse gelungen waren. An der ein oder anderen Stelle musste ich noch mehrmals neu ansetzen, bevor ich schließlich damit beginnen konnte, die Feinstrukturen in den Blockschiefer zu gravieren und meiner Figur ein Gesicht und ihre Individualität zu verleihen.

Die Geschichte des Soldaten und seine Schilderung der damaligen Begebenheiten zogen mich so tief in ihren Bann, dass es eine ganze Weile dauerte, bis ich das leise Summen registrierte, das mein Laptop in der anderen Ecke des Raumes von sich gab. Ich legte den Stichel beiseite und tastete mich mit dem Licht der Petroleumlampe im Rücken zu meinem Schreibtisch, von dem unter den vielen Papieren, die sich darauf stapelten, kaum noch etwas zu sehen war.

Sobald ich den Laptop aufklappte, erwachte dieser aus dem Schlafmodus und ich öffnete *Gesa's Kummerkasten*. Ich hatte eine neue Nachricht erhalten.

Liebe Gesa,

kennst du das, wenn man wirklich Angst vor etwas hat und schon von Vornherein weiß, dass man sich unwohl dabei fühlen wird? Aber irgendetwas, ganz tief in einem drin, lässt einen trotz allem nicht umkehren und der Sache aus dem Weg gehen? Lässt einen ohne Rücksicht auf Verluste voll auf die Katastrophe zusteuern? So geht es mir gerade. Das verwirrt mich.

Liebe Grüße,
Ana

Ein liebevolles Lächeln stahl sich auf meine Lippen, sobald ich die Nachricht zu Ende gelesen hatte. Ich liebte es, in *Gesa's Kummerkasten* mit den verschiedensten Menschen aller Altersstufen in Kontakt zu kommen. Von deren Leben erzählt zu bekommen und ihnen dabei behilflich sein zu können, kleinere und größere seelische Probleme wieder hinzubiegen.

Gerade junge Menschen wie Ana waren es, deren Geschichten und Erlebnisse mich am meisten interessierten und zu denen ich oftmals eine tiefe Bindung herstellte. Und gerade für eben diese jungen Menschen, die sich hierher wenden konnten, um offen über ihre Gedanken und Gefühle zu sprechen, hatte ich *Gesa's Kummerkasten* auch vor ein paar Jahren ins Leben gerufen. Vor ziemlich exakt zwei

Jahren zu meinem vierundzwanzigsten Geburtstag, um genau zu sein. Wenn ich jetzt darüber nachdachte, kam es mir viel länger vor, wie nun schon alles so war.

Ich lief einige Minuten lang im Raum umher und beobachtete versonnen, wie sich Licht und Schatten in einem sinnlichen Tanz vereinigten, nur um dann doch wieder getrennter Wege zu gehen. Das Laufen half mir, kurzzeitig die Perspektive zu wechseln, und das Geschriebene aus einem gewissen Abstand neu zu bewerten, bevor ich mich schließlich wieder auf dem abgewetzten Drehstuhl niederließ und damit begann, eine Antwort an Ana zu tippen.

Liebe Ana,

das klingt für mich danach, als hättest du dich tatsächlich bereits dafür entschieden, den Schritt zu wagen, der dich der Katastrophe unerbittlich näherzubringen scheint. Respekt! Denn damit hast du wieder einmal eine Chance dazu ergriffen, in Zukunft über dich hinauswachsen zu können und stärker zu werden.
Hab keine Angst vor dem, was da kommen mag. Es kann dich nur reifer und stärker werden lassen und dir die Möglichkeit dazu verschaffen, aus Fehlern zu lernen. Du schaffst das!

Liebe Grüße,
Gesa

PS: Denk immer auch daran, wie oft du dich nun schon in Situationen wiedergefunden hast, in denen du dazu gezwungen warst, an deine Grenzen zu gehen. Solange ich dich kenne, bist du schlussendlich immer als Gewinnerin daraus hervorgegangen, oder nicht?

Ich klickte auf „Senden" und beschloss, mich noch ein paar Stunden an die Arbeit zu machen und meiner neuen Zinnfigur ein Gesicht zu verleihen. Erst in der Nacht lebte ich so richtig auf und war in der Lage dazu, meiner Kreativität freien Lauf zu lassen.

Kapitel 2
Grün: Die Farbe der Hoffnung

15.11.2021   Anastasia

Meine Hand krallte sich an meinem zerkauten Bleistift fest, als wäre er mein letztes bisschen Hoffnung in einer kalten Welt voller Dunkelheit und Angst. Ich spürte die abwartenden Blicke der anderen, die unerbittlich auf mich gerichtet waren, während die Miene meines Stiftes eine immer tiefer werdende Delle in das Arbeitsblatt bohrte, das vor mir auf dem Tisch lag.

Es war nicht nur so, dass ich keine Antwort auf die an mich gerichtete Frage parat hatte, sondern vor lauter Aufregung war mir schon wieder vollkommen entfallen, was Frau Hoffmann überhaupt von mir hatte wissen wollen.

Meine Hand zuckte kurz, als die Miene des Stiftes zur Seite wegbrach und das nackte Holz unsichtbare Narben im Papier hinterließ. Frau Hoffmann machte keine Anstalten, sich mit ihrer Frage an meine werten Mitschüler zu wenden. Sie hatte es schon seit langem als ihre liebste Beschäftigung auserkoren, mich mit spontanen Aufforderungen und Fragen zum Unterrichtsstoff in die Zwickmühle zu bringen.

Tränen stiegen in meinen Augen auf, während ich weiterhin auf mein Arbeitsblatt starrte und nicht einmal mehr hätte sagen können, worum es in den Aufgaben ging, die ich eben noch in aller Sorgfalt bearbeitet hatte. Dabei war es mir so leichtgefallen, zu jeder der Fragen eine Antwort zu formulieren und die beschriebenen Sachverhalte zu durchdenken. Es hatte mir sogar Spaß gemacht, weil ich das Thema spannend fand. Aber still vor mir her ein paar Aufgaben zu bearbeiten war eben etwas ganz anderes, als vor der Klasse zu reden und mein Denken erläutern zu müssen.

Ich war erleichtert, als irgendwo hinter mir ein ungeduldiger Mitschüler mit dem Finger zu schnippen begann und Frau Hoffmann sich endlich dazu breitschlagen ließ, mich zu erlösen. Wie ich diese Frau hasste. Und so schnell hasste ich sonst niemanden. Ich empfand „hassen" als ein unglaublich mächtiges Wort, dessen Gebrauch man sich gut überlegen sollte.

Vom Rest des Unterrichts bekam ich nicht mehr viel mit. Ich war zu vertieft in meine düsteren Gedanken, gegen die nicht einmal diese nervtötende Stimme in meinem Kopf ankommen konnte. Sobald es zum Stundenende klingelte, packte ich meine Sachen zusammen und stürmte aus dem Raum. Schnell genug, um vor der Pausenaufsicht durch die Gänge zur Toilette huschen zu können, wo ich endlich wieder Zeit hatte, zu mir selbst zurückzufinden und mich zu regenerieren, bevor der Kampf ums Überleben in der nächsten Stunde in die nächste Runde ging. Was auch immer wir da hatten. Der Stundenplan wurde erst kürzlich umgestellt und ich hatte die Veränderungen noch nicht ganz im Kopf. Mit etwas Glück hatten wir Geschichte, denn durch die

Vorbereitungen auf die Klausur stand ich da voll im Stoff und die Hausaufgaben waren alle gemacht.

In Geschichte gab es nichts, mit dem ich böse überrascht werden könnte, vor allem, weil unsere Geschichtslehrerin niemals jemanden drannahm, der sich nicht meldete. Und das tat ich nicht. Oder zumindest nur sehr selten.

Die schwere Tür der Mädchentoilette fiel hinter mir ins Schloss und für ein paar Sekunden genoss ich die plötzliche Ruhe um mich herum. Kein Lachen, kein dummes Geplauder, einfach nichts. Aus einem der Spiegel über den Waschbecken starrten mich zwei stark umschminkte Augen an, unter denen dunkle Ringe lagen, die jeden sehen ließen, dass ich in der vergangenen Nacht kein Auge zugetan hatte. Wie auch schon in der Nacht zuvor. Und in der Nacht davor und... Ach, in so ziemlich jeder Nacht, an die ich mich erinnern konnte. Obwohl es bei Onkel Ben schon deutlich besser ging als damals im Heim. Dort hatte man nie genau sagen können, wann plötzlich jemand im Zimmer auftauchte, einen zu Tode erschrak oder um irgendetwas zu stehlen. Man konnte keinem außer sich selbst vertrauen. Ich *wollte* niemandem außer mir selbst vertrauen. Auch, wenn ich mir mein Leben damit sicher um einiges einfacher gemacht hätte.

„*Und? Stunde überlebt?*", fragte die Stimme in meinem Kopf und ich glaubte, einen höhnischen Unterton herauszuhören.

„Die Stunde ist gut gelaufen.", flüsterte ich kaum hörbar.

„*Du hattest schon immer ein großes Talent dafür, dir selbst etwas vorzumachen. Wer wäre denn fast heulend aus dem Raum gerannt, nur weil diese Frau Hoffmann eine Frage an ihn*

31

gerichtet hat? Noch dazu eine Frage, die ausführlich und, wie ich zugeben muss, wirklich gut beantwortet vor dir auf dem Arbeitsblatt stand?"

„Du siehst immer nur das Schlechte an einer Sache.", schleuderte ich meinem Spiegelbild entgegen und ignorierte den skeptischen Blick des Mädchens, das gerade hinter mir den Raum betrat und dann schnell in einer der Kabinen verschwand.

„Siehst du, was du angerichtet hast?!", fauchte ich zu dem Gesicht im Spiegel. „Die halten mich noch für verrückt, weil du immer anfängst, irgendwelches Zeug zu labern und mich in diese vollkommen unsinnigen Unterhaltungen zu verwickeln, in denen du mir schlussendlich nur vorhältst, wo und inwiefern ich wieder einmal versagt habe!"

„Ich kann nur wiederholen, was ich immer sage: Es ist dein Kopf, Schätzchen. Niemand zwingt dich dazu, mir zuzuhören und auch noch mit mir zu sprechen."

„Ich hätte ja gar kein Problem damit, wenn du nicht immer so einen Schwachsinn erzählen würdest. Warum unterhalten wir uns nicht mal über… über irgendetwas interessantes? Über Bücher oder was weiß ich?"

„Tja. Die Frage kannst du dir nur selbst beantworten."

Ich stieß ein genervtes Grunzen aus, bevor ich in meiner Tasche nach dem violetten Lippenstift suchte und begann, mir damit die Lippen nachzuziehen.

„Das ist eine schöne Farbe.", sagte die Stimme und ich funkelte mich misstrauisch im Spiegel an.

„Was soll das denn jetzt? Seit wann machst du mir Komplimente?"

„Ich wollte nur mal wissen, wie das so ist. Ob man sich da irgendwie besser fühlt."

„Und?"

„Ein bisschen vielleicht. Aber so ganz wohl ist mir auch nicht dabei."

„Mir auch nicht."

„Also streiten wir lieber miteinander."

„Ist wohl besser so." Ich steckte den Lippenstift zurück, schloss mich in einer der Kabinen ein und setzte mich dort auf den Klodeckel, wo ich begann, mein Essen auszupacken. Ich wusste es zu schätzen, wie viel Mühe sich Onkel Ben mit meinem Essen für die Schule gab. Manchmal fand ich sogar kleine Zettel in der Brotdose, auf denen so etwas stand wie: „Hau rein!". Oder: „Du packst das!". Meist, wenn er wusste, dass ein Test oder eine größere Arbeit bevorstand. Ich hatte die Zettel alle aufgehoben. Sie steckten in einem Geheimfach unter dem Boden meiner Schultasche.

Gerade als ich den letzten Bissen meiner Tomate-Käse-Schnitte verdrückte, klingelte es zum Einlass und ich wartete, bis das Mädchen, das kurz nach mir die Toilette betreten hatte, gegangen war, bevor ich selbst aus meiner Kabine kam und nach einem Blick ins Hausaufgabenheft zur nächsten Stunde aufbrach.

Wir hatten tatsächlich Geschichte und ich bemerkte beim Betreten des Raumes, dass ich mich fast schon auf die Stunde freute. Vielleicht könnte ich mich ja sogar mal melden, wenn es um das Vergleichen der Hausaufgaben ging. Wir mussten ja nur die wichtigsten Informationen aus einem Text heraussuchen. Da konnte ich nicht allzu viel falsch gemacht haben und musste auch keine eigene

Meinung zu irgendetwas ins Spiel bringen, die dann einer kritischen Durchleuchtung durch meine Klassenkameraden hätte standhalten müssen.

Im Raum duftete es nach frischem Kaffee und es dauerte nicht lange, bis Frau Graf auf der Bildfläche erschien. Ein Lächeln lag auf ihren Lippen und mich durchströmte eine unglaubliche Motivation zur Beteiligung am Unterricht, als sie mir im Vorbeigehen zuzwinkerte. *Du schaffst das, Ana!*

Mit diesem Schlachtspruch, der wie ein Mantra stets und ständig in meinem Kopf umherkreiste, brachte ich nicht nur den Geschichtsunterricht ganz erfolgreich hinter mich, sondern überlebte auch noch den Rest des Schultages.

In der letzten Stunde hatten wir Kunst, das war eines meiner Lieblingsfächer. Wenn nicht gerade Kunstgeschichte anstand, durften wir einfach in Ruhe an unseren aktuellen Werken arbeiten und dabei ganz in Gedanken versinken. Zurzeit hatten wir den Auftrag, ein Bild mit Kohle zu zeichnen, das uns selbst widerspiegelte. Unseren Charakter, unsere Persönlichkeit. Die Aufgabe gefiel mir eigentlich, aber trotzdem war ich sehr unentschlossen, was ich zeichnen wollte. Während ein Großteil meiner Klassenkameraden schon mit den Feinheiten ihrer Bilder beschäftigt war, fertigte ich noch immer Stunde für Stunde eine Skizze nach der anderen an, nur um sie kurz darauf wieder zu verwerfen und von vorn zu beginnen.

Es war nicht so, dass meine künstlerischen Fähigkeiten mich jedes Mal wieder im Stich ließen, sondern das Problem bestand eher darin, dass ich mir nicht sicher war, welchen Teil meiner Persönlichkeit ich den anderen offenbaren wollte. Ein paar meiner Mitschüler begleiteten mich schon seit dem Kindergarten durchs Leben und wir waren trotzdem wie Fremde. Ich konnte von Glück sprechen, wenn sie sich an meinen Namen erinnerten. Wobei mir das schlussendlich auch egal war. Oder? Vielleicht war es mir auch nicht egal. Vielleicht verletzte es mich auch, so unsichtbar und unwichtig zu sein. Aber dann konnte ich es auf jeden Fall ganz gut verbergen. Sogar vor mir selbst.

Mit einem tonlosen Seufzen zerknüllte ich eine weitere Skizze und warf sie nach vorne in den Mülleimer. Ich saß in der ersten Reihe, sodass es nicht allzu schwer war, in die kreisrunde Öffnung zu treffen. Unsere Kunstlehrerin warf mir einen fragenden Blick zu, doch ich reagierte nicht darauf und war mit den Gedanken schon beim nächsten Versuch. Eine unauffällige, kleine Gestalt, die abseits von der großen Masse in ihrer eigenen kleinen Welt lebte und still und leise ihr Glück zu finden versuchte.

Derselbe Tag   Ben

Ein Blick auf die Uhr sagte mir, dass es Zeit wurde, mich von meinen Tonaufnahmen zu lösen und das Kaffeetrinken für meine Nichte vorzubereiten. Ich hatte keine Ahnung, wie man mit einer fast fremden Teenagerin umging, die plötzlich zur eigenen Nichte wurde, doch ich wollte mir zumindest Mühe geben, damit sie sich hier wohlfühlte und wir unseren Weg finden konnten, das Beste aus der Situation zu machen.

Als meine Schwester und ihr Mann sich dazu entschieden hatten, ein Kind zu adoptieren, hatten sie ein kleines Kind, so jung wie möglich, im Sinn gehabt. Ein kleines Kind, das sie wie ihr eigenes erziehen und beim Aufwachsen begleiten konnten. Ich hatte Freya und Tom bei ihrem Besuch im Kinderheim begleitet, weil ich der letzte Angehörige meiner Schwester war und wir schon immer sehr eng miteinander gewesen waren. Es war ihr wichtig, dass auch ich von Anfang an eine Bezugsperson für das Kind darstellte.

Das Heim war ein sehr großes, aber gemütliches und buntes Haus und die Erzieher machten alle einen sehr warmherzigen und freundlichen Eindruck auf mich. Die Kinder spielten fröhlich in den Gesellschaftsräumen oder saßen in kleineren und größeren Gruppen an ihren Hausaufgaben. Sie bemerkten uns kaum, nur das ein oder andere Kind warf uns kurz einen neugierigen Blick zu, bevor es sich wieder seiner tausendmal interessanteren Beschäftigung widmete.

„Sie sind es gewohnt, dass ab und zu ein paar fremde Leute hier vorbeischauen.", erklärte uns die Heimleiterin und begann über den Alltag und das Leben im Heim zu sprechen. Ich hörte allerdings nicht allzu genau hin, denn mir war aufgefallen, dass der Blick meiner Schwester an einem Mädchen festhielt, das ganz allein in einer Ecke des Raumes auf dem Boden saß, die Arme um die angezogenen Beine geschlungen hatte und ganz in Gedanken versunken, Löcher in die Luft starrte. Trotz ihrer leuchtend grün gefärbten, langen Haare war sie mir bisher nicht aufgefallen und wieder einmal bewunderte ich den Blick meiner Schwester für das hinter dem Offensichtlichen Verborgene. Die Augen meiner Schwester leuchteten und ich fing einen Blick von Tom auf, der mich wissen ließ, dass dieses Mädchen ihr Kind werden würde.

Wenn ich nun an diesen Tag zurückdachte, wurde mir manchmal nahezu Angst vor der Courage meiner Schwester und ihres Mannes, gerade dieses Mädchen zu adoptieren. Dieses Mädchen, das wie ein schwarzes Loch in der fröhlichen Atmosphäre des Kinderheims wirkte. Wer wusste schon, was dieses Kind alles erlebt und durchgemacht hatte? Was sie gesehen und für immer geprägt hatte? Und vor allem, wie sich die Zukunft mit all diesen uns unbekannten Erfahrungen und Eigenarten gestalten würde?

Selbst jetzt, wo ich Anastasia doch schon eine Weile kannte und wir Tag für Tag miteinander auskamen und uns aufeinander einzustellen versuchten, konnte ich diese Fragen noch immer nicht beantworten. Sie war ein freundliches, zurückhaltendes, junges Mädchen. Aber was hinter dieser höflichen Art noch alles vor sich ging, das war mir ein Rätsel. Und ob ich dieses Rätsel je lösen würde, das stand noch in den Sternen.

Ich fuhr meinen Computer herunter und nahm die Akte zu dem neuen Projekt mit in die Küche, um die Unterlagen noch einmal durchzusehen, während ich das Essen machte. Ich war am Vormittag einkaufen gegangen und hatte extra den Stracciatella-Rührkuchen mitgebracht, an dem Anastasias Blick beim letzten gemeinsamen Einkaufen hängen geblieben war.

Bei meinem neuen Projekt ging es darum, dass zwei bisher fremde Personen aufeinandertrafen und anhand eines vorher erdachten Themas in ein Gespräch verwickelt werden sollten. Dieses Gespräch würde dann in den nächsten

Wochen immer weiter fortgesetzt werden, sodass ich die Veränderungen, die sich mit zunehmender Vertrautheit ergaben, dann verzeichnen und untersuchen konnte.

Es war bestimmt unheimlich interessant, wie sich diese mit jedem Gespräch zunehmende Vertrautheit zwischen den Beteiligten auf die Art und Weise auswirkte, auf die sie miteinander kommunizierten. Sei es zum Positiven oder auch zum Negativen hin. Es könnte natürlich auch durchaus passieren, dass meine Probanden sich einfach nicht gut verstanden und nie einen Draht zueinander fanden. Aber auch in diesem Fall würden wohl auf Dauer irgendwelche Entwicklungen erfolgen. Deshalb sollte das Experiment ja an mehreren Pärchen unabhängig voneinander durchgeführt werden.

Meine Chefin, Frau Prof. Dr. Michaela Junker, hatte mir fünf Personen zur Verfügung gestellt, die sich dazu bereiterklärt hatten, an dem Projekt teilzunehmen. Plus einer weiteren Kandidatin, die sich jeweils mit diesen fünf Personen unterhielt. Indem also eine Gesprächspartnerin immer gleichblieb, sollten Querverbindungen zwischen den verschiedenen Personenkonstellationen ermöglicht werden. Es sollte erforscht werden, wie sich das Verhalten dieser einen Person auch von einem zum nächsten Gesprächspartner verändern konnte.

Ich stellte den Kuchen auf den Tisch und füllte den Wasserkocher mit genügend Wasser für zwei Tassen Tee. Bis Anastasia eintraf, sah ich mir noch einmal genauer die Steckbriefe zu den Versuchspersonen an, die meine Chefin mir vorgeschlagen hatte. Bei der ersten Person handelte es sich um einen älteren Herrn mit schütterem, weißem Haar und einem frechen Grinsen auf den Lippen. Ein Zeuge Jehovas, der früher einmal in einem Autohaus gearbeitet hatte und nun die Rentenzeit damit ausfüllte, andere Menschen über seine Religion zu informieren und die Herde seiner Glaubensgenossen beisammenzuhalten. Weiterhin gab es noch eine Science-Fiction-Autorin Mitte vierzig, die jahrelang verschiedenste Jobs ausgeführt hat, aber eigentlich immer nur eines wollte: Schreiben. Die dritte Versuchsperson war Anfang oder Mitte zwanzig und hatte sich im künstlerischen Bereich selbst verwirklicht. Womit genau, das wusste ich nicht und den handschriftlichen Kommentar meiner Chefin konnte ich beim besten Willen nicht entziffern. Schließlich hatte sich noch ein junger Politiker zur Teilnahme am Experiment bereiterklärt und eine ältere Dame, die leidenschaftlich gern strickte und damit wahre Kunstwerke erschuf. Meine Chefin war so nett gewesen, mir das Bild eines von dieser Dame gestrickten Pullovers anzuheften, der einem Wimmelbild gleichkam, wenn man genauer hinsah. Diejenige Person, die mich durch das gesamte Experiment begleiten sollte, war mir noch gänzlich unbekannt und das würde wohl bis kurz vor Start auch noch genau so bleiben.

Ich zog die Bilder zu den jeweiligen Versuchspersonen aus einem weiteren Umschlag heraus und unterzog sie einer flüchtigen Musterung. Es war nicht schwer zu erraten, um wen es sich bei welchem Bild handelte. Michaela hatte sich bewusst darum bemüht, verschiedene Geschlechter und Generationen aufzutreiben. Mir stachen die strahlend grünen Augen der jungen Künstlerin ins Auge und für einen

Moment war ich sehr guter Hoffnung, dass dieses Projekt ein großer Erfolg werden würde.

Derselbe Tag   **Anastasia**

Als ich nach Hause kam, hörte ich schon beim Eintreten, wie in der Küche das Wasser im Wasserkocher zu brodeln begann und schmiss meinen Rucksack neben der Wohnungstür in die Ecke, bevor ich dem Geräusch folgte. Ich fand es schön, nach Hause zu kommen und dort das Kaffeetrinken bereitstehen zu sehen, das Onkel Ben extra für uns angerichtet hatte.

„Hallo.", murmelte ich schüchtern und in mir breitete sich eine unglaubliche Freude aus, als ich den Stracciatella-Kuchen auf der Theke stehen sah.

„Hallo. Der Tee ist gleich fertig. Muss nur noch ziehen."

„Danke." Ich ließ mich auf meinem Stuhl nieder und versuchte zu erspähen, was das für Unterlagen waren, die Ben bei meinem Eintreten verdächtig schnell zusammengeräumt hatte. Gab es Probleme mit dem Jugendamt? Aber das würde er mir doch sagen, oder?

„Erinnerst du dich an das Projekt, von dem ich dir erzählt habe?", nahm er in diesem Moment das Gespräch wieder auf.

„Ja."

„Es geht darum, Veränderungen im Kommunikationsverhalten während der Kennenlernphase zweier ursprünglich vollkommen fremder Personen zu untersuchen. Meine

40

Chefin hat mir heute noch die Steckbriefe der potentiellen Versuchskaninchen zukommen lassen. Ich glaube, die Gespräche werden wohl ziemlich spannend werden, wenn ich mir so die Berufe und Hobbys der Personen anschaue. Darum werden sich die Unterhaltungen ja vermutlich vorerst drehen. Wobei die Betonung natürlich auf ‚vorerst' liegt. Wohin die Gespräche schlussendlich führen, das wird man dann sehen. Die Festlegung dieser Themen dient nur der Erleichterung des Gesprächseinstieges."

„Und was sind das für Themen?"

Onkel Ben nahm die Teebeutel aus den Tassen und stellte sie vor uns auf den Tisch, bevor er nach den Unterlagen griff und sie noch einmal kurz überflog. „Es geht um die Themen Religion, Schreiben, Kunst, Politik und Stricken. Jedes dieser Themen entspricht einem der Teilnehmer. Wer der Erste ist und in welcher Reihenfolge die anderen abgearbeitet werden, das ist dann der sechsten Person überlassen, die mit den Leuten reden wird."

Ich zuckte zurück, als ich mit einer Hand an die heiße Tasse kam und biss die Zähne zusammen, bevor ich mir an der anderen Hand den gleichen Schmerz zufügte. „Hm. Kunst klingt ja interessant. Ich würde erst Kunst nehmen und dann Schreiben. Schlussendlich ist Schreiben ja auch eine Art von Kunst. Dann käme bei mir Stricken, dann Religion und dann Politik." Nicht, dass es jemanden interessieren würde, was ich für eine Meinung dazu hatte. Ich war froh darüber, nicht diejenige sein zu müssen, die mit den ganzen Leuten sprach. Trotzdem interessierte mich das Projekt. „Worum geht es denn bei der Kunst konkret? Ist das eine Frau oder ein Mann?"

„Zu dem Geschlecht – kein Kommentar. Ich darf eigentlich gar keine Informationen zum Versuchsaufbau preisgeben. Was die Kunst angeht… das wüsste ich auch gern. Meine Chefin hat da irgendetwas an den Rand geschrieben, was ich leider nicht entziffern kann." Ben warf noch einmal einen Blick in die Unterlagen, zuckte dann jedoch die Schultern. „Keine Ahnung."

„Aha." Ich wüsste sehr gern, um was für eine Kunst es ging. Malerei? Irgendein Handwerk? Aber das würde ich wohl erst erfahren, wenn das Projekt in vollem Gange war.

„Wie lief es in der Schule?", wechselte Ben auf einmal das Thema und riss mich damit aus meinen Gedanken.

„Gut.", sagte ich knapp.

„Das ist schön."

Wie ist das Wetter so? Gut. Das ist auch schön. Ich schmunzelte darüber, dass ich es aus Versehen schon wieder fertiggebracht hatte, eine der berühmt berüchtigten unangenehmen Schweigepausen heraufzubeschwören. So allmählich gewöhnten wir uns allerdings beide daran, wie es mir schien. Vielleicht begannen wir sogar irgendwann, diese Momente zu mögen und zu genießen. Oder ich riss mich demnächst einfach mal so weit zusammen, dass ich Ben zumindest einen groben Überblick über meinen Schultag geben konnte. Aber umso mehr man sagte, desto mehr Fragen wurden gestellt. Und ich hasste Fragen.

„Ist es in Ordnung, wenn ich mich wieder an die Arbeit mache? Oder soll ich noch hierbleiben, bis du fertig bist?"

„Nee, mach nur. Ich räume das Geschirr dann weg."

„In Ordnung. Wenn etwas ist, dann weißt du ja, wo du mich findest." Ben griff nach seiner Teetasse und den

Unterlagen und verzog sich damit in sein Büro. Ich hörte noch den Beginn der Tonaufnahme irgendeines Gespräches zwischen zwei Frauen, bis er die Kopfhörer eingestöpselt hatte und vollends in der Welt der gesprochenen Sprache versunken war. Ein bisschen verrückt war er schon, mein Onkel.

Derselbe Tag   Gesa

Es war schon längst nicht mehr „Morgen", geschweige denn „Vormittag", als ich an diesem Tag die Augen aufschlug und vom Bett aus einen Blick zu dem alten, blechern tickenden Ohrenwecker riskierte, der am anderen Ende des Raumes wacker seinem Dienst nachkam. Aber wenn man bis halb fünf in der Frühe gearbeitet hatte, sei einem dieses späte Aufstehen gestattet.

Die Helligkeit, die durch die Fenster in den Raum strömte, war mir unangenehm und ich zog die Vorhänge vor, bevor ich im Halbdunkel nach meinen Sachen tastete und mir beliebige Kleidungsstücke überwarf. Meine langen, dunklen Haare steckte ich zu einer wilden Hocksteckfrisur zusammen und zog meine Lippen mit einem leuchtenden Rot nach. Die starke Schminke verlieh mir ein Gefühl der Unantastbarkeit. Unantastbar für die Gefühle, die von Zeit zu Zeit in mir wüteten und die mich zu ersticken versuchten.

Ich kramte aus dem Küchenschrank eine Packung Reiswaffeln hervor, mit denen ich mich vor meinem neuen Projekt niederließ und das Ergebnis der vergangenen Nacht begutachtete.

Es war alles absolut perfekt und Vorder- und Rückseite der Figur passten genau zusammen. Es gab nichts mehr nachzuarbeiten, bevor die beiden Blockschiefer zusammengelegt und das Zinn in die Form, die dann in deren Mitte freiliegen würde, eingegossen werden konnte. Der Soldat stand kurz davor, wieder zum Leben erweckt zu werden.

Vorher jedoch musste ich dringend noch Einkaufen gehen. Mein Kühlschrank war leer. Und wenn ich leer sagte, dann meinte ich auch leer. Gestern Abend hatte noch ein Apfel darin gelegen, doch auch diesen hatte ich gegen vier Uhr morgens in einem Anflug von Heißhunger verdrückt.

Ich legte meine Arbeit beiseite, suchte nach einer Jacke und schlüpfte mit der restlichen halben Reiswaffel im Mundwinkel in die braunen Stiefletten, die zwar dringend geputzt werden mussten, aber für einen kurzen Einkauf noch halbwegs tragbar waren. Mit Kopfhörern in den Ohren schloss ich die Haustür hinter mir ab und versuchte den Schlaglöchern auf dem Hof auszuweichen, während ich auf die Straße zuhielt.

Das Haus war alt. Uralt. Und eigentlich viel zu groß für eine einzelne Person. Ursprünglich hatten drei Parteien darin gelebt, deren Wohnungen jedoch mehr oder weniger ineinander verwoben waren. Während die Wohnung im untersten Geschoss noch halbwegs abgeschottet von den anderen war, musste man zwanghaft das gesamte erste Stockwerk und damit auch die zweite Wohnung durchqueren, um nach oben in das zweite Stockwerk zu gelangen. Die Zeit, in der alle drei Einheiten bewohnt waren, lag schon lange zurück. Schon als meine Mutter dieses Haus geerbt hatte und wir hier eingezogen waren, kam es einer verlassenen Ruine gleich und Tod und Einsamkeit hatten sich schwer in das kalte Gemäuer gelegt. In die vielen Räume, die einst von Lachen und fröhlichem Erzählen ausgefüllt waren und kleine Familien in anheimelnder Wärme beherbergt hatten.

Meine Mutter und ich hatten uns im ersten Stockwerk einige der Räume wohnlich eingerichtet und versucht, den Rest des Hauses so gut wie möglich zu erhalten. Wenn ich an diese Zeit zurückdachte, erinnerte ich mich an Tage und Nächte von eisiger Kälte, weil sich das Haus nicht heizen ließ. An wund gearbeitete Finger, weil kein Geld da war, um Ausbesserungen und bauliche Maßnahmen am Haus von Fachleuten vornehmen zu lassen. Und an den modrigen Geruch, der sich, durch die Feuchtigkeit von den Wänden und Böden ausgestoßen, in der Kleidung verhangen und nicht mehr auswaschen lassen hatte.

Seit damals hatte sich nicht allzu viel getan. Ich war in das Erdgeschoss gezogen, um den Erinnerungen an die damalige Zeit zu entkommen, aber auch hier gab es immer wieder viel zu tun und die Arbeit nahm einfach kein Ende. Wie es in den oberen Stockwerken aussah, daran wollte ich gar nicht denken. Ich hatte sie seit Jahren schon nicht mehr betreten. Seit mich eines Tages ein unheimlicher Krach aus dem Schlaf gerissen hatte, bei dem dort oben irgendetwas in sich zusammengefallen sein musste. Vielleicht war ein Teil der Decke aus dem zweiten Stockwerk heruntergekommen. Sie hatte schon immer ein wenig durchgehangen.

Aber ich wusste es nicht. Und ich wollte es auch gar nicht wissen.

Eine Nachbarin winkte mir fröhlich zu, sobald ich aus dem gewaltigen Tor heraus auf die Straße trat und ich winkte zurück, bevor ich zu dem kleinen Einkaufsladen lief, der ein paar Straßen weiter Jahr für Jahr ums Überleben kämpfte.

„Hallo, Christine!", rief ich der Besitzerin zu, die von der Kasse aus grinsend salutierte, als sie mich entdeckte. Das blonde Pony hing ihr wie immer tief ins Gesicht und die rosarote Brille saß in ihrer üblichen Schieflage auf ihrer Nase. Sie war dreiundvierzig Jahre alt, doch wusste man dies nicht, so konnte man sie durchaus auf Mitte dreißig schätzen. Ihre Fröhlichkeit und das Strahlen ihrer hellen Augen täuschten über jede kleine Falte hinweg, die sich im Laufe der Jahre in ihr Gesicht verirrt hatte.

„Hallo, Gesa! Alles gut?", fragte sie lachend.

„Ja, klar! Wie immer!"

„Es ist schön, sich wenigstens darauf verlassen zu können."
Ich streifte durch die Regale und genoss durch meine Kopfhörer den gutmütigen Klang der Stimme einer alten Bekannten, die vor einigen Jahren ihr erstes Album veröffentlicht hatte. Der Kontakt zu ihr hatte sich zwar irgendwann im Sande verlaufen, doch trotzdem war sie im Herzen noch immer bei mir und ich wusste, dass unsere Freundschaft so frisch und innig wäre wie damals, sollten wir uns irgendwann doch noch einmal gegenüberstehen.

Der Laden war sehr klein und ich hatte einen genauen Wochenplan bezüglich meiner Ernährung und der dazu erforderlichen Einkäufe ausarbeitet. Ich war daher schnell damit fertig, alles zusammenzusuchen und schlenderte nur noch ein wenig durch die Regale, ohne jedoch noch etwas in den Wagen zu legen.

„Ach, Gesa?", hörte ich Christine, die gerade keinen Kunden zu bedienen hatte, von vorne rufen.

„Ja?"

„Wirf mal bitte einen Blick in den Lagerraum. Ich bin vor ein paar Tagen an einem Sperrmüll vorbeigekommen und habe dort einen großen Bilderrahmen stehen sehen. Ich dachte, der könnte dir gefallen. Du arbeitest doch gerne mit solchen Fundsachen."

„Ich sehe ihn mir gleich mal an. Danke fürs Mitnehmen!"

Neugierig machte ich mich auf den Weg ins Lager und schon von weitem fiel mein Blick auf den beinahe hüfthohen, mit Rosen verzierten und vollkommen in weiß gehaltenen Bilderrahmen. Die weiße Farbe war schon an einigen Stellen etwas abgekratzt und dreckig geworden, doch ansonsten sah ich keine Schwachstellen. Man könnte ihn abschleifen, die Konturen der Blumen noch einmal nacharbeiten und ihm wieder Farbe geben, dann sähe er aus wie neu. Ich hängte mir den Rahmen kurz entschlossen über die Schulter und ging mit meinen Einkäufen nach vorne zur Kasse.

„Der ist wirklich wunderschön, Christine!"

„Ich dachte mir schon, dass er dir gefällt. Zeig mir, was du daraus gemacht hast, wenn du fertig bist."

„Das mache ich auf jeden Fall."

Christine kassierte meinen Einkauf ab und wir verabschiedeten uns kurz, bevor ich mich wieder auf den Heimweg machte. Meine Nachbarin stand noch immer vor dem Haus und kümmerte sich um ihren Vorgarten. Sie lachte leise, als sie den Bilderrahmen sah, den ich mit mir durch die Gegend schleppte.

„Wie ich sehe, hast du eine neue Eroberung gemacht!?"

„Worauf du dich verlassen kannst! Das wird ein absolutes Prachtstück, wenn es fertig ist."

„Davon gehe ich aus!"

Es erleichterte mich unheimlich, das Vertrauen und die Sympathie der Bewohner dieses kleinen Städtchens für mich gewonnen zu haben, nachdem mir bei meiner Rückkehr vor wenigen Jahren jeder mit Skepsis begegnet war, der davon gehört hatte, um wen es sich bei der jungen Frau in dem heruntergekommenen Haus handelte. Die Tochter der Verrückten, die hier einst gelebt hatte.

Derselbe Tag   **Christine**

Nicht lange, nachdem Gesa den Laden verlassen hatte, sperrte ich die Kasse, um meine obligatorische Mittagspause einzulegen und mir zu Hause ein kurzes Mittagessen und eine Tasse Kaffee zu gönnen. Die Mittagspausen waren für mich immer wieder Highlight des Tages, so wie Gesas Besuche meist das Highlight der Woche waren.

Wir lebten nun einmal am Rande einer Kleinstadt. Vermutlich einer der kleinsten Kleinstädte, die die Welt je gesehen hatte. Da passierte nicht viel und man musste sein Glück in einem sehr beschaulichen Dasein zu finden wissen. Ich war froh, dass der Laden noch immer so gut lief und ich meine Existenz damit gut bestreiten konnte.

Ich ging noch schnell ins Lager hinter und schnappte mir dort einen Beutel mit bereits überlagerten und zweifellos nicht mehr essbaren Nahrungsmitteln, um diese in den Müll zu bringen. Beim Anblick der Fliegen, die lüstern um die Tonnen kreisten, rümpfte ich die Nase, bevor ich den Beutel mit angehaltenem Atem darin versenkte.

Und wie immer hielt ich für einen Moment inne, bevor ich mich endlich auf den Weg nach Hause machte. Denn genau hier, zwischen den Mülltonnen, war ich Gesas Mutter zum ersten Mal begegnet. Das musste vor ziemlich genau fünfundzwanzig Jahren gewesen sein, als ich als rebellische Jugendliche in Karottenhose und nachlässig zusammengeknotetem Baumfällerhemd hier zwischen den Mülltonnen gestanden hatte, um heimlich an einer Zigarette zu ziehen. Ein Kumpel hatte sie mir in der Schule abgetreten. Es war meine erste Zigarette und als ich plötzlich aus dem Augenwinkel eine dunkle Gestalt registrierte, die dort zusammengekauert auf dem Boden saß, verschluckte ich mich so heftig, dass mir für ein paar Sekunden das Bild vor Augen verschwamm. Die Gestalt erhob sich sogleich und eilte mir zu Hilfe, nur um mir dann die Zigarette zu entreißen und sie nachdrücklich und in aller Sorgfalt auf dem Boden auszutreten.

„Palenie niedobrze!", schimpfte sie dabei.

„Was?", fragte ich nach, weil ich kein Wort verstanden hatte.

„Palenie niedobrze!"

Ratlos zuckte ich die Schultern und musterte diese seltsame Gestalt mit ihrem vorwurfsvollen Blick. Sie konnte nicht viel älter sein als ich, wirkte aber irgendwie… verbraucht.

Unter ihren nah beieinanderstehenden Augen lagen dunkle Schatten und die braunen Haare hingen ihr strähnig ins Gesicht. Trotzdem stand in ihren braunen Augen ein scheinbar unbiegsamer Wille. Ein stolzer Glanz gab einem tausend Rätsel auf, was für ein Mensch sich hinter ihr verbarg.

„Wie heißt du?", fragte ich etwas unbeholfen und entsorgte die zertretene Kippe im Müll. Das Mädchen antwortete mir nicht und zuckte genauso mit den Schultern, wie ich es soeben noch getan hatte. Vielleicht war sie von Polen rübergekommen. Irgendwo hier in der Nähe hatte sich schon einmal eine Polin niedergelassen, die zu uns gekommen war, um Geld zu verdienen. Ob sie jetzt noch da war, das wusste ich nicht. Im Laden hatte ich sie nur ein einziges Mal gesehen, kurz nachdem sie vor zwei oder drei Jahren in dieses kleine Haus gezogen war, das die Familie Rothe verkauft hatte, um mit dem Nachwuchs auf einen kleinen Bauernhof hier in der Nähe zu ziehen. Aber vermutlich war die Frau schon längst wieder von hier weg, denn wer hier lebte, der kaufte mindestens alle zwei Wochen irgendetwas bei uns im Laden ein.

„Polska?", fragte ich das Mädchen mir gegenüber, in Erinnerung an das einzige, mir bekannte, polnische Wort. In die Augen des Mädchens trat ein erkennendes Funkeln.

„Tak. Tak." Sie nickte heftig und ich nahm an, dass das als Zustimmung zu werten war.

„Wo wohnst du?", fragte ich nun weiter und versuchte mit Hilfe von Händen und Füßen zu übersetzen, was ich von ihr wissen wollte. Das Mädchen zeigte die Straße entlang in Richtung des kleinen Wäldchens am Ortsende. Wo genau sie in dieser Richtung wohnen wollte, blieb jedoch unklar, denn soweit ich wusste, standen dort nur noch zwei oder drei Häuser, in denen jeweils eine kleine Familie mit Kindern zugange war. Das dieses Mädchen dort in irgendeiner Weise dazugehörte, das bezweifelte ich doch stark.

„Und was willst du hier?", hakte ich weiter nach und zeigte auf den Fleck, auf dem wir standen, während ich fragend die Schultern zuckte. Ich war mir sicher, dass sie verstanden hatte, was ich von ihr wollte. Doch sie antwortete nicht und schob stolz das Kinn vor. Ihr kurzer Blick in Richtung der Mülltonnen und das unerbittliche Knurren ihres Magens, ließen mich jedoch erahnen, was ihr der Stolz zu sagen verbat. Sie brauchte etwas zu Essen. Sie war hier, um in den Tonnen nach etwas zu suchen, das vielleicht noch essbar war und mit dem sie ihren Hunger stillen konnte. Ich schluckte hart, weil ich schockiert war, dass es so etwas wirklich gab und hatte Mitleid mit ihr.

Zögernd zeigte ich mit dem Finger in ihre Richtung. „Wie heißt du?"

„Suzanna. Nam na imię Suzanna."

Suzanna. Ich mochte den Namen auf Anhieb und reichte ihr die Hand. „Hallo, Suzanna. Mein Name ist Christine."

Suzanna lächelte zurückhaltend, als sie meine Hand ergriff. „Hallo, Christine. Mein Nam…"

„Mein Name ist Christine.", wiederholte ich meine Worte und sprach dabei betont langsam.

„Mein Name…"

„Mein Name ist…"

„Mein Name ist Suzanna."

„Perfekt." Ich grinste Suzanna zufrieden an und sie grinste zurück.

„Perfekt.", wiederholte sie vergnügt.

Ich überlegte, was ich nun am besten tun sollte und wie ich ihr vielleicht ein wenig helfen könnte, wo ich doch wusste, dass sie Hunger und vermutlich nicht einmal ein Dach über dem Kopf hatte. Ich versuchte ihr verständlich zu machen, dass sie hier bei den Mülltonnen auf mich warten sollte und lief zu meiner Mutter, die damals noch den Laden geführt hatte.

„Mama?" Meine Mutter kassierte noch die letzte Kundin ab, bevor sie sich mir zuwandte.

„Ja?"

„Sag mal steht im Lager noch irgendwelches ausgemustertes Essen, das man jemandem geben könnte, der dringend was zu essen braucht?"

Meine Mutter runzelte nachdenklich die Stirn und rümpfte dabei die Nase, wie sie es so oft tat. „Ja. Im Lager müsste ein Beutel mit zwei älteren Bechern Erdbeerjoghurt und einem Brot stehen. Das Brot ist zwar schon ziemlich hart... aber wenn man dringend etwas zu essen braucht, dann geht es wohl noch."

„Gut. Ich schau gleich mal nach. Danke." Ich rannte nach hinten ins Lager und suchte in dem kleinen Raum nach dem Beutel. Man konnte in diesem stickigen und mit Kisten vollgepfropften Lagerraum so viel Licht anmachen, wie man wollte – irgendwie blieb er aber doch immer dunkel und grau und ich sah stets zu, so schnell wie möglich wieder zurück ans Tageslicht zu kommen. Sobald ich den besagten Beutel hinter der Tür gefunden hatte, nahm ich also auch diesmal die Beine in die Hand, um aus diesem Loch herauszukommen.

Als ich jedoch, stolz auf meine Beute, die Mülltonnen erreichte, war niemand mehr dort. Ich schaute mich überall auf dem kleinen Parkplatz um, doch außer zwei Autos und einer streunenden Katze war dort nichts und niemand mehr zu sehen. Als wäre sie nie hier gewesen. Wütend trat ich einen unschuldigen Kieselstein zur Seite, warf den Beutel in den Müll und ging zurück in den Laden, um meiner Mutter noch ein bisschen behilflich zu sein.

Nachdem meine Leistungen im letzten Schuljahr plötzlich ziemlich nachgelassen hatten und ich die elfte Klasse wiederholen musste, hatte ich meiner Mutter versprochen, sie wenigstens dreimal in der Woche am Nachmittag im Laden zu unterstützen, bis ich dann endlich ganz einsteigen konnte. Und so half ich ihr nun nach bestem Wissen und Gewissen bei allem, was es so zu tun gab und würde auch behaupten, weitestgehend gute Arbeit zu verrichten. Ich mochte den Laden und ich mochte es, zwischen den Regalen umherzulaufen und alles unter Kontrolle zu haben. Es kam mir manchmal vor wie mein ganz persönlicher Laufsteg.

Nur an diesem Nachmittag wollte mir einfach nichts mehr gelingen. Ständig ließ ich etwas fallen, stellte die Milch zu den Backwaren oder stieß irgendwo dagegen. Ich würde wohl morgen am ganzen Körper von blauen Flecken übersäht sein. Meine Gedanken waren bei Suzanna und so sehr ich auch versuchte, es zu ignorieren, ich wurde die Erinnerung an diese ungewöhnliche Begegnung einfach nicht los.

Wenn ich nun, fünfundzwanzig Jahre später, an diesen Tag zurückdachte, machte sich ein ungutes Gefühl in meiner

Magengegend breit und doch bemerkte ich, wie sich ein Lächeln auf meine Lippen gestohlen hatte. Stirnrunzelnd schloss ich die Mülltonne wieder ab und überließ den Fliegen ihr kleines Schlaraffenland. Wenn ich damals schon gewusst hätte, dass dieser Tag, dieses Mädchen, mein ganzes Leben für immer prägen würde... ich weiß nicht, was ich dann getan hätte. Vermutlich nichts anderes als ohne dieses Wissen. Ich hatte mich doch damals immer nach einem kleinen Abenteuer gesehnt. Und da war es.

Ich warf einen Blick auf die Uhr und war überrascht, wie viel Zeit dieser Gang zu den Mülltonnen in Anspruch genommen hatte. Zügig machte ich mich auf den Weg nach Hause und meine Sehnsucht nach einem starken Kaffee steigerte sich mit jedem Schritt ins Unermessliche. Was auch immer geschah und was auch immer für Gedanken einen plagten – ein starker Kaffee konnte doch so ziemlich alles wieder richten.

Kapitel 3

Schwarz: Die Farbe des Unergründlichen

Derselbe Tag   **Gesa**

Sobald ich nach dem Einkaufen wieder nach Hause zurückgekehrt war, hatte ich schnell noch die Einkäufe verstaut,
mir als verspätetes Mittagessen (oder als sehr verspätetes
Frühstück) ein Brot mit Schokoladencreme geschmiert und
dieses mit zur Werkbank genommen. Am helllichten Tag
wäre es Unsinn, die Petroleumlampe zu entzünden, so
gerne ich das auch getan hätte, also rang ich mich schweren
Herzens dazu durch, die Vorhänge ein Stück zur Seite zu
ziehen.

Ich hatte noch einmal nach meinen Schieferblöcken gegriffen und Füßchen in die Kanten gestichelt, damit die Figur
später einen Sockel hätte, auf dem sie stehen konnte. Dann
legte ich beide Teile deckungsgleich aufeinander und nahm
sie mit in die alte Küche zur Feuerstelle. Der Kessel mit der
Legierung aus Blei, Zinn und Antimon stand schon bereit,
sodass ich nur noch ein paar Scheite Holz aufstapeln und
entzünden musste, um sie langsam auf ungefähr 250°C zu
erhitzen und flüssig werden zu lassen. Ich mochte diesen
natürlichen, süßen Geruch und das leise Knacken eines

offenen Feuers. Es beruhigte mich, wie auch das Tänzeln der Flamme der Petroleumlampe.

Sobald ich den Kessel über das Feuer geschoben hatte, dauerte es nicht lange, bis Bewegung in die Legierung kam und sie sich dem gewünschten Aggregatzustand von Sekunde zu Sekunde immer mehr annäherte.

Die flüssige Legierung hatte ich schließlich durch das Eingussloch in die gravierte Figur zwischen den Schieferblöcken gegossen, das überflüssige Metall wieder abgestrichen und dann konnten die Blöcke auch schon wieder auseinandergenommen werden. Vorsichtig hatte ich die fertige Figur aus ihrer Form gelöst, die Kanten noch einmal sachte nachgearbeitet und sie dann vor mir auf den Küchentisch aus nach bestem Wissen und Gewissen aufeinandergestapelten Backsteinen gestellt. Ein neues Baby hatte das Licht der Welt erblickt. Das hatte meine Mutter immer gesagt, wenn sie wieder eines ihrer Bilder fertiggestellt hatte. Sie war Künstlerin gewesen. Vielleicht war sie es auch jetzt noch. Ich wusste es nicht. Ich hatte Angst davor, es in Erfahrung zu bringen. Denn solange ich keinen Beweis dafür hatte, dass sie längst verstorben war, konnte ich mir zumindest ausmalen, dass sie dort, wo man sie damals hingeschafft hatte, endlich ihren Frieden gefunden hatte.

Nachdem die erste Figur geboren war, hatte ich gleich einige weitere dieser Soldaten angefertigt, sodass nun eine ganze Armada der zierlichen Gestalten vor mir stand und darauf wartete, bemalt zu werden. Gerade wollte ich damit beginnen, ihnen mit Pinsel und Farbe Leben einzuhauchen, als erneut mein Laptop im Nebenzimmer auf sich aufmerksam machte. Ich konnte mir denken, wer mir eine Nachricht geschrieben hatte. Eigentlich ja schon vor ein paar Stunden, doch ich konnte meine Arbeit nicht einfach unterbrechen, als die Nachricht eingetrudelt war.

Als ich mich nach drüben begab, lag dort noch immer mein unangetastetes Brot mit Schokoladencreme auf der Werkbank, nach dem ich nun griff, während ich die Nachricht las.

Liebe Gesa,

ich danke dir für deinen Rat. Es hilft mir, zu wissen, dass du mein Handeln unterstützt und in meinen Entscheidungen hinter mir stehst. Warum auch immer. Über manche Dinge sollte man vielleicht gar nicht so viel nachdenken, sondern sie einfach so akzeptieren, wie sie nun einmal sind.

Hast du eigentlich schon einmal darüber nachgedacht, ob du vielleicht verrückt bist? Versteh mich nicht falsch – auf mich machst du ganz und gar nicht den Eindruck, als wäre das der Fall. Aber... hast du je schon einmal darüber nachgedacht?

Ich mache mir manchmal Sorgen wegen so mancher meiner Eigenarten und Gedanken. Ich habe den Eindruck, dass da Dinge in meinem Kopf herumschwirren, die dort nichts zu suchen haben. Die eine gewisse Grenze überschreiten...

Liebe Grüße,
Ana

Ich brauchte diesmal nicht lange darüber nachzudenken, was ich Ana antworten wollte. Es war, als hätte irgendjemand die Antwort in mein Hirn gedruckt, sobald ich die

Nachricht gelesen hatte und ich brauchte sie nun nur noch abzuschreiben. Meine Finger flogen über die Tastatur und ich beobachtete, wie sich Wort für Wort ein kurzer Text und schließlich ein knapper, aber liebevoller Abschied aneinanderreihten.

Zufrieden lehnte ich mich in meinem Stuhl zurück, schob mir das letzte Stück Schokoschnitte in den Mund und überflog noch einmal meinen Text, bevor ich ihn abschickte und dann noch ein, zwei weitere Nachrichten von anderen kleinen Sorgenkindern las und eine Antwort tippte. Vor allem der Abend und die Nacht waren immer die Zeiten, in denen sich die Sorgen scheinbar bevorzugt in den Vordergrund drängten und ihre Menschlein in Besitz zu nehmen versuchten. Aber war mir das nicht selbst ganz ähnlich ergangen? Vor ein paar Jahren noch, als alles dunkel und einfach kein Licht zu sehen war?

Derselbe Tag   **Anastasia**

Es war schon spät, als ich heute mit Lernen Schluss machte und ins Bett gehen wollte. Irgendetwas drückte mir mächtig aufs Gemüt. Ich wusste nicht, was es war, doch es ließ sich auch nicht einfach ignorieren. Ich knipste die kleine Lampe auf meinem Nachtschränkchen an, bevor ich die Deckenlampe ausschaltete.

Ich kannte die Schatten, die meine kleine Lampe an die Wand warf. Ich wusste, woher sie kamen und welche Gegenstände sie verursachten. Ich hatte ihnen sogar Namen gegeben, in der Hoffnung, sie so zu meinen Freunden machen zu können. Zu meinen Freunden und Beschützern.

Lahm begann ich die Hefter und Lehrbücher einzusammeln, die auf meinem Bett verteilt lagen und räumte sie zur Seite, bevor ich mich unter die warme Decke schob. Mein Finger lag auf dem Schalter der Nachttischlampe, doch ich wagte es nicht, sie auszuschalten.

„Jetzt mach schon! Oder hast du Angst?", flüsterte die Stimme von der rechten Seite.

Ich holte tief Luft und begann leise bis zehn zu zählen. Und dann bis zwanzig. Und bis dreißig. Bei vierzig schaffte ich es schließlich, den Kippschalter umzulegen, sodass das Zimmer in ein undurchdringliches Schwarz getaucht wurde. Ein undurchdringliches Schwarz, in dem sich alles und jeder verbergen konnte, bis ich eingeschlafen und allem Bösen vollkommen ausgeliefert war.

Durch Zwinkern versuchte ich meine Augen an die Dunkelheit zu gewöhnen. Ein ganz kleines bisschen Licht drang immerhin noch von der Straßenlaterne in den Raum. Langsam überkam mich die Müdigkeit und für einen Augenblick fielen mir die Augen einfach zu. Sobald ich mir dessen bewusst wurde, riss ich sie wieder auf. Stark bleiben, Ana!

„Gib auf, Anastasia. Du wirst nicht die ganze Nacht wach bleiben können."

„Wenn ich das will, dann kann ich das sehr wohl.", dachte ich.

„Das kannst du nicht. Weil du deiner Müdigkeit vollkommen ausgeliefert bist."

„Ich bin überhaupt niemandem ausgeliefert. Schon gar nicht etwas, das zu mir gehört."

„Erst recht den Dingen, die zu dir gehören. Sie können mit dir machen, was sie wollen."

Meine Fingernägel gruben sich tief in meine Handflächen. Ich wusste nicht, ob es Schweiß war oder Blut, das da plötzlich feucht an meinen Fingerspitzen klebte. Meine Kehle wurde eng, mein Atem begann rasselnd nach einem Weg zu suchen, wie er meinem Körper entkommen konnte. Ich schnappte hektisch nach Luft und versuchte röchelnd, sie bei mir zu behalten. Ich stieß ein leises Wimmern aus und spürte, wie mir heiße Tränen über die Wangen liefen, während ich in die schwarzen Augen der Nacht blickte, die mir nach dem Leben trachtete. Mein Herz raste. Es gelang mir nicht, die elenden Gedanken fortzuschieben. Die Geister der Vergangenheit, die Ängste und Enttäuschungen. Je mehr ich mich dagegen wehrte, desto schwerer lagen sie auf mir und zerdrückten mich unter ihrem schweren Gewicht. Das Bild verschwamm vor meinen Augen und um mich herum wurde alles schwarz. Die Müdigkeit war stärker als ich. Von irgendwo drang ein lautes Krachen und eine Stimme an mich heran, die meinen Namen rief, doch ich hatte nicht mehr die Kraft, um eine Reaktion zu zeigen. Um auf mich aufmerksam zu machen. Ein grelles Piepen trat bald schon an die Stelle der Rufe. Es schaltete mich einfach ab.

Als ich die Augen aufschlug, lag ich auf dem kleinen Sofa in der Bibliothek. Das Sofa war so klein, dass meine Beine angewinkelt an der Rückenlehne lagen und meine Füße trotzdem bis zur anderen Seite reichten. Auf dem kleinen Beistelltisch brannte eine Lampe, die gerade genug Licht spendete, um mich von Kopf bis Fuß in einen hellen Kegel zu tauchen. Sonst war alles dunkel.

Ich war allein. Aber es störte mich nicht. Ben war sicher noch nicht lange weg. Manchmal, wenn ich nachts zur Toilette musste, sah ich ihn hier noch arbeiten und nicht selten kam es dann vor, dass er am nächsten Morgen an seinem Schreibtisch erwachte, weil er es nicht mehr fertiggebracht hatte, den Weg zum Bett auf sich zu nehmen. Er dachte zwar immer, ich merkte das nicht, doch seine Rückenschmerzen verrieten ihn jedes Mal wieder nach so einer durchgearbeiteten Nacht.

Ich versuchte mich aufzurichten, doch ein plötzliches Schwindelgefühl ließ mich zurücksinken. Erst jetzt wurde mir bewusst, dass ich keine Ahnung hatte, wie ich überhaupt hierhergekommen war.

Eine Bewegung, nicht weit von mir entfernt, ließ mich zusammenfahren. Es dauerte aber nicht lange, bis ich Ben ausmachte, der dort im Türrahmen stand und mich musterte. Er trat näher, als er merkte, dass ich ihn entdeckt hatte.

„Wie fühlst du dich?"

„Gut. Wieso?"

„Du hast im Schlaf geweint und… ich weiß nicht. Ich habe mir Sorgen gemacht, aber du hast mich gar nicht wahrgenommen, als ich in dein Zimmer kam. Ich habe dich dann erst einmal hier runtergetragen, um deinen Bettbezug zu wechseln."

Um meinen Bettbezug zu wechseln? Verwirrt schüttelte ich den Kopf und schloss die Augen. „Ich hatte nur einen Albtraum. Sicher wegen der Klausur demnächst."

„Auf mich wirktest du, als hättest du Todesangst, A-nastasia! Das Bettzeug war nass vor Schweiß!" Die Besorgnis stand ihm ins Gesicht geschrieben und seine Stimme hatte einen seltsamen Unterton angenommen.

Ich versuchte zu lächeln und zuckte die Schultern. Ich wollte nicht, dass er sich Sorgen um mich machte. „Da sieht man mal, was ein bisschen Prüfungsangst im Traum so mit einem machen kann."

„Du solltest dich erst einmal umziehen. Ich wollte nicht... naja. Ich kann dir ein neues Nachthemd bringen, wenn es für dich in Ordnung ist, wenn ich an deinen Schrank gehe und du mir sagst, wo ich suchen muss."

Ich wusste, dass Ben mir das mit der Prüfungsangst nicht wirklich abkaufte, doch ich wusste genauso gut, dass er nicht weiter nachhaken würde. Ich sagte ihm, wo er ein neues Nachthemd finden konnte und zog mich um, sobald er mir eines gebracht und das Büro wieder verlassen hatte. Er kam erst wieder, als ich ihn rief.

„Weißt du, wenn meine Schwester Angst vor einer Prüfung hatte, dann konnte sie manchmal auch die ganze Nacht lang nicht schlafen. Ich habe dann immer gehört, wie sie im Haus auf Wanderschaft gegangen ist, um diese Unruhe loszuwerden, die sie jedes Mal fest im Griff hatte. Das hätte mich fast wahnsinnig gemacht, weil ich dann auch nicht mehr schlafen konnte. Und irgendwann bin ich in solchen Nächten auch aufgestanden und bin mit ihr durchs Haus gewandert. Ich glaube, das hat uns beiden ganz gut getan. Man hatte viel Zeit, um über Dinge zu reden, die bei Tageslicht unausgesprochen geblieben wären."

Ich wusste nicht, was ich darauf erwidern sollte. Schweigend beobachtete ich, wie Ben den Raum wieder verließ und lauschte seinem Wirtschaften in der Küche. Es dauerte nicht lange, bis er mit einer Decke und zwei Tassen Tee zurückkehrte. Die Decke breitete er auf dem Fußboden aus und klopfte mit einer Hand darauf. Ich verstand es als Aufforderung, mich zu ihm zu gesellen und bekam eine der Tassen in die Hand gedrückt, sobald ich mich ihm gegenüber niedergelassen hatte. Meine Lieblingstasse. Die mit dem dicken Marienkäfer, der auf dem rechten Flügel sieben und auf dem linken Flügel nur drei schwarze Punkte hatte.

„Das habe ich mit meiner Schwester in so mancher dieser unruhigen Nächte gemacht. Ein kleines Mitternachts-Picknick. Manchmal hatte ich sogar das Gefühl, dass sie seitdem immer öfter nachts auf Wanderschaft gegangen ist." Ben nippte an seinem Tee, stellte ihn dann jedoch wieder zur Seite. „Es ist schade, dass du Freya nie richtig kennenlernen konntest. Sie war ein wunderbarer Mensch."

„Das glaube ich."

„Sie hätte alles dafür getan, dir eine richtige Familie zu schenken. Dir ein Zuhause zu geben, wo du dich immer sicher und willkommen fühlen kannst. Das hatte sie von unserer Mutter. Sie war der warmherzigste Mensch, den man sich nur vorstellen kann. Warmherzig und gerecht und einfühlsam. Aber auch sehr streng und konsequent."

Ben hatte zwei Kerzen angezündet und neben uns auf den Fußboden gestellt. In Gedanken versunken beobachtete ich die Flammen bei ihrem übermütigen Spiel mit den Schatten.

„Ich würde gern darüber reden.", sagte ich schließlich leise.

„Worüber?"

„Ich… keine Ahnung. Ich verstehe manche Dinge nicht. Dinge, die da in meinem Kopf so vor sich gehen."

„Was sind das zum Beispiel für Dinge?"

Ben musterte mich aufmerksam und ich bekam Angst vor meiner eigenen Courage. Wollte ich ihm das wirklich sagen? Wie ich mich fühlte, was ich dachte und dass es Stimmen gab, die da in meinem Kopf drinsteckten? Was die mit mir machten?

„Die Schule.", begann ich schließlich ausweichend. „Also ich bin nicht so sonderlich sozial oder so. Ich glaube, ich werde da nie Freunde finden."

„Anastasia, du bist eine intelligente junge Frau und auch, wenn ich dich noch nicht so gut kenne, wie ich es als Onkel vielleicht tun sollte, bin ich mir sicher, dass du eine sehr gute Freundin wärst. Irgendwann wird das jemand erkennen und dann werdet ihr euch anfreunden. Manchmal dauert es eine Weile, bis man so jemandem begegnet. Du nimmst diese Sache mit der Freundschaft vermutlich sehr ernst und bist manchmal sehr erwachsen, da muss eben jemand ganz besonderes kommen, damit das funktioniert. Habe Geduld. Auch du wirst irgendwann eine beste Freundin finden. Vermutlich dann, wenn du am wenigsten damit rechnest."

Was ich darauf antworten sollte, das wusste ich nicht. Ich war schon damit überfordert, einfach nur aufzunehmen, was Ben zu mir sagte. Ich war gerade an meine Grenzen gestoßen, was das Preisgeben meiner Gedanken und Gefühle gegenüber anderen Personen betraf. Mit dem Finger fuhr ich den Umriss einer der Figuren auf der Decke nach, auf der wir Platz genommen hatten. Ich überlegte krampfhaft, wie ich mich aus dieser Situation wieder befreien konnte und beschloss, das Thema zu wechseln. Schließlich gab es da noch eine Sache, die mir in den letzten Tagen so manches Mal im Kopf herumgespukt war.

„Ich weiß, dass das nicht so vorgesehen ist, aber könntest du mir vielleicht die Bilder der Personen zeigen, mit denen du dieses Experiment durchführen möchtest? Es interessiert mich, wie die Leute aussehen."

Ben zögerte einen Moment und dachte über meine Bitte nach, dann nickte er jedoch schließlich und angelte einen braunen Umschlag vom Schreibtisch. Er hielt ihn mir hin und ich nahm ihn. Ich spürte, wie eine unerklärliche Spannung in mir heranwuchs, während ich die Lasche öffnete und die Papiere herauszog. Es waren nur die Bilder der Personen, ohne Namen, ohne Alter, ohne irgendetwas.

Ein junger, nichtssagender Mann, eine freundliche ältere Dame – vermutlich diejenige Versuchsperson, die sich dem Stricken verschrieben hatte. Eine junge Frau… Ich wollte auch dieses Bild beiseitelegen, doch irgendetwas hielt mich davon ab. Die leuchtend rot nachgezogenen Lippen der Frau waren es, die mein Interesse weckten. Das erinnerte mich an mich selbst, wie ich jedes Mal, wenn ich unter Menschen ging, das Bedürfnis verspürte, mich so stark zu schminken, dass mein wahres Ich dahinter verborgen blieb und vor den Blicken der anderen geschützt war.

Ich sah mir noch die restlichen Bilder an, bevor ich alle zusammen wieder zurück in den Umschlag schob. Eine seltsame Neugier in mir drin war nun befriedigt.

Nachdem mein Onkel und ich noch eine Weile über belangloses Zeug gesprochen und unseren Tee ausgetrunken hatten, begaben wir uns beide wieder auf unsere Zimmer. Und auch, wenn meine Ängste und Sorgen noch immer da waren, so hatte ich plötzlich das Gefühl, irgendwie darüberzustehen, als ich mich wieder schlafen legte. Ich beschloss, die Nachttischlampe heute Nacht anzulassen, damit sich daran auch nichts änderte. Licht hatte mich noch nie beim Einschlafen gestört.

16.11.2021   **Anastasia**

Am nächsten Morgen, oder besser gesagt an demselben Morgen, an dem unser Mitternachts-Picknick geendet hatte, war ich in der Schule hundemüde und hatte mehrfach im Unterricht Mühe, die Augen weiterhin offen zu halten und nicht mit dem Kopf auf die Tischplatte zu knallen. In Deutsch ging es noch immer um Theodor Fontane und sein Buch „Irrungen, Wirrungen". Ich empfand es als halbwegs anständige Schullektüre. Zumindest besser als die Werke, die wir in den vergangenen Jahren mit den anderen Lehrern so gelesen hatten.

Ich mochte Magdalene, die weibliche Hauptfigur des Buches, wirklich gern und war deshalb fast schon froh darüber, dass die Beziehung mit Botho durch die Standesunterschiede zwischen den beiden von vornherein zum Scheitern verurteilt war. Botho war meiner Meinung nach ein Schwächling. Hätte er Lene wirklich geliebt, dann hätte er den Mut und die Entschlossenheit bewiesen, seinen

Stand für sie aufzugeben und Teil von Lenes kleinbürgerlicher, ja nahezu proletarischer Welt zu werden.

Aber gut. Die Epoche des Realismus war ja nun auch nicht gerade berühmt dafür, irgendwelchen Wunschvorstellungen gerecht zu werden, sondern hat einfach alles genau so gezeigt, wie es damals, im späten neunzehnten Jahrhundert, eben sein sollte. Und es sollte eben nicht sein, dass ein Mann höheren Standes diesen aufgab, um mit einer Frau zusammen sein zu können, die praktisch dem Proletariat angehörte. Nein, in solchen Situationen sollte sich nach damaliger Norm jeder auf seinen Stand besinnen und ihm vor allem in Sachen Eheschließung treu bleiben.

Einerseits würde ich nun sagen, dass ich froh war, nicht in dieser Zeit gelebt zu haben. Aber andererseits war das damals ganz normal gewesen und wir hatten heute zwar nicht die mit den damaligen Konventionen und Regelungen einhergehenden, aber dafür andere, zeitgenössischere Probleme. Man müsste sich mit jemandem aus der Zeit des Realismus zusammensetzen, um wirklich darüber diskutieren zu können, welche Zeit nun die Bessere und zum Leben angenehmere war. Und da kam es auch wieder darauf an, mit wem aus dieser Zeit man sich traf und welche Erfahrungen diese Person in ihrem Leben hatte machen können.

Das waren die Gedanken, die mich über den Tag begleiteten und auf die ich in so gut wie jeder Stunde früher oder später wieder zurückkam, wenn mich der Unterricht langweilte. Ich konnte mit den Gedanken abschweifen, wie ich wollte – im nächsten Test würde ich es doch wieder irgendwie schaffen, eine Eins oder schlimmstenfalls eine Zwei zu schreiben. Es machte mir einfach Spaß, mich zu Hause in aller Ruhe noch einmal mit dem Stoff auseinanderzusetzen und mich selbstständig zu den Themen weiterzubilden. Das ich in der Klasse nicht als Streber beschimpft wurde, lag einzig und allein daran, dass ich mich im Unterricht zurückhielt und es bevorzugte, von allen ignoriert zu werden.

Bevor ich nach der Schule nach Hause ging, machte ich noch einen kleinen Abstecher in die alte Kaufhalle in der Nähe der Schule, um mich dort nach einer neuen Haarfarbe umzusehen. Mein Blau würde bald schon fast vollkommen verblasst sein und ich hatte dringend eine Veränderung nötig. Ein saftiges Grün schien mir dafür genau das Richtige zu sein.

Ich streifte durch die Regale, bis ich die Haarfarbe fand und entdeckte aus dem Augenwinkel ein mehr oder weniger bekanntes Gesicht, das gerade trübsinnig den Schokoladenbestand des Ladens musterte. Als ich unauffällig nähertrat, erkannte ich sie als das Mädchen, das gestern auf dem Mädchenklo in die Verlegenheit gekommen war, Zeuge meiner Selbstgespräche zu werden.

Sie schien sich einigermaßen unbeobachtet zu fühlen, denn plötzlich griff sie nach drei Tafeln Vollmilchschokolade und schob sie sich in die Jackentasche. Ich wollte mich zurückziehen und einfach vergessen, was ich gesehen hatte, aber in dem Moment drehte sie sich schon zu mir um und erbleichte schlagartig, als sie mich entdeckte.

Wir brachten beide kein Wort hervor.

„Tut… tut mir leid.", stammelte ich schließlich etwas unbeholfen, bevor mir bewusst wurde, was für ein Unsinn das war. Was sollte mir denn bitte leidtun? Dass ich sie beim Stehlen erwischt hatte?

„Ich… wollte nur… das nicht tragen, weil ich noch mehr einkaufen muss, aber keinen Wagen habe. Deshalb habe ich das eingesteckt. Damit ich den Rest in die Hand nehmen kann."

„Aha." Ich glaubte ihr kein Wort. „Ich… gehe dann mal. Man sieht sich." Ich drehte ab und bezahlte noch schnell die neue Haarfarbe, bevor ich das Geschäft wieder verließ.

Als ich nach Hause kam, war Onkel Ben noch unterwegs. Dienstags musste er meist bis zum späten Nachmittag an der Uni bleiben, weil sein letztes Seminar bis sechzehn Uhr ging und er sich mit den Studenten häufig in ausufernde Diskussionen zum Thema verstrickte. Außerdem hatte ich das Gefühl, dass er es auch nicht allzu eilig hatte nach Hause zurückzukehren, wenn seine Chefin vor Ort war.

Es gab Momente, da erzählte er von ihr, als wäre sie eine Heilige, zu der er aufblickte. Aber vielleicht war das normal, wenn man sich so tief in ein so spezielles Fachgebiet vergraben hatte und es dort jemanden gab, der sich genauso gut oder sogar noch viel besser darauf verstand als man selbst.

Ich kochte mir in der Küche schnell eine Tasse Tee und verschwand damit auf mein Zimmer, wo mich mein erster Weg zum Computer zu *Gesa's Kummerkasten* führte. Ich hatte zwar erst gestern Abend eine Nachricht hinterlassen, aber wie ich Gesa inzwischen kannte, hatte sie mir schon längst wieder geantwortet.

Sobald ich die Website geöffnet hatte, blinkte tatsächlich eine neue Nachricht im Postfach auf.

Liebe Ana,

es gab auch bei mir eine Zeit, in der ich glaubte, verrückt zu werden oder es schon längst zu sein. Aber ich bin es nicht und ich denke, auch du brauchst dir deswegen keine Gedanken zu machen. Aus unseren Gesprächen weiß ich, dass du sehr zurückhaltend bist und es dir schwerfällt, Vertrauen zu anderen Menschen zu fassen. Dass es dir schwerfällt, Freunde zu finden. So etwas kann schon dazu führen, dass man sich für anders hält. Ich denke, dir fehlt ganz einfach der Austausch mit einer besten Freundin, die dir ihre gruseligsten Gedanken verrät und der du deine anvertrauen kannst.

Abgesehen davon ist „verrückt" ein sehr dehnbarer Begriff. Manch einer wird als „verrückt" bezeichnet, weil er immer sehr seltsame oder ungewöhnliche Ideen hat, ein anderer, weil er total in irgendetwas, sei es seine Lieblingsmahlzeit oder ein bestimmtes Hobby, vernarrt ist und ein dritter leidet an einer psychischen Erkrankung, die für andere Menschen einfach nicht greifbar ist. Und wenn man etwas nicht versteht, neigt man leider sehr häufig dazu, Angst davor zu haben und der Sache abweisend gegenüberzustehen. Sie als „verrückt" zu deklarieren.

Vielleicht verstehst du, was ich damit sagen will. Selbst wenn es bei dir Gedanken gibt, die eine gewisse Grenze überschreiten und die für dich oder für andere erstmal nicht greifbar sind, dann heißt das nicht, dass du dich deswegen gleich als „verrückt" bezeichnen musst. Schon allein, weil dieses Wort in der Gesellschaft häufig eher negativ konnotiert ist.

Abgesehen davon solltest du um diese Zeit längst im Bett sein. Es ist schon fast Mitternacht und du hast morgen sicher Schule. Schlaf gut!

Liebe Grüße,
Gesa

Für einen Moment brannte ein unbeschreibliches Gefühl der Enttäuschung in mir auf, von dem ich jedoch nicht genau wusste, woher es eigentlich rührte. Gesas Worte hatten mich getroffen. Irgendwo an einem wunden Punkt, der sich bisher sehr gut versteckt gehalten hatte. Aber im nächsten Augenblick war diese Enttäuschung auch schon wieder einer unglaublichen Dankbarkeit für diese Worte gewichen und einer grenzenlosen Traurigkeit.

Eine Freundin, die mir ihre gruseligsten Gedanken verrät und der ich meine anvertrauen konnte. Wer hatte denn schon eine solche Freundin? So etwas gab es nur in Filmen. Mich hatte das Leben gelehrt, dass man sich schlussendlich nur auf sich selbst verlassen konnte. Dass im Grunde genommen jeder Mensch ein Einzelkämpfer war. Vielleicht fanden sich manche Menschen mit anderen zusammen, weil sie sich gut verstanden und ähnliche Ziele im Leben verfolgten. Aber wenn alles zusammenbrach, dann wäre doch jeder auf sich allein gestellt. Und schlussendlich konnte das kleinste und dümmste Missverständnis die engsten Freundes- und Familienbande auseinanderreißen. Was hatte es dann für einen Sinn, überhaupt erst welche zu knüpfen? Man ersparte sich nur unnötige Enttäuschungen, indem man so etwas aus dem Wege ging.

Das war einer dieser Momente, in denen mich Gesa mit ihrem ständigen positiven Denken wirklich nervte. Aber gleichzeitig war sie es auch, die mir immer wieder Hoffnung gab. Hoffnung darauf, dass immer wieder alles gut werden würde.

Ich beschloss, auf die Sache mit der Freundin vorerst nicht weiter einzugehen. Gesa würde dann schon merken, dass das für mich kein Thema war und mich in Zukunft mit solchen Kommentaren verschonen.

Liebe Gesa,

wahrscheinlich hast du Recht und ich sollte nicht zu viel auf dieses Gefühl geben, irgendwie nicht ganz dicht zu sein. Ich schätze, jeder hat so seinen Vogel und auch ich sollte meinen einfach so akzeptieren, wie er nun einmal ist. Es gibt einfach manchmal diese Momente, in denen mir das alles unglaublich Angst macht. In denen ich nicht weiß, wie es noch weitergehen soll.

Wie wird mein Leben in zehn Jahren aussehen? Oder wie wird es in fünf Jahren aussehen? Was mache ich nach dem Abi? Ich habe keine Ahnung, was ich mit mir anstellen möchte und was mir überhaupt für Möglichkeiten offenstehen. Bei mir gibt es keine Familie, die mich finanziell unterstützen kann. Nur meinen Onkel. Meinen Adoptivonkel, um genau zu sein. Also, rein theoretisch ist er nun mein Adoptivvater, aber… ach, das ist eine lange Geschichte. Ich denke, es genügt an der Stelle, ihn als meinen Onkel zu bezeichnen.

Jedenfalls kann ich doch meinen Onkel nicht fragen, ob er mir ein Studium bezahlt! Ich wage es mir nicht einmal, davon zu reden, damit er sich nicht verpflichtet fühlt, mir in dieser Hinsicht irgendwelche Versprechungen zu machen. Vor allem nicht, solange ich nicht einmal weiß, was ich eigentlich will. Was ich wirklich kann und wo ich merke, dass ich genau da hingehöre.

Liebe Grüße,
Ana

Vielleicht war es besser, wenn Gesa nicht wusste, dass ich vor Jahren schon einmal in der Klapse war. Zwangseingewiesen. Wegen… nun ja. Wegen mir. Einfach wegen mir.

Ich war damals noch ein Kind. Aber ich hatte mich während und nach der Therapie gut gemacht, weshalb man auch im Heim beschlossen hatte, das alles auf sich beruhen zu lassen und bei der Adoption nicht mehr auf den Tisch zu bringen.

An die Zeit in der Klinik erinnerte ich mich nicht mehr wirklich. Es war dort alles sehr kahl und steril gehalten und mir fehlte vollkommen die Orientierung. Ich nehme an, dass das vor allem an den Medikamenten lag, die man mir häufig zur Beruhigung verabreicht hatte. Es fühlte sich danach immer so an, als bestünde um mich herum alles aus weicher, rosa Zuckerwatte. Ich wusste zwar, dass es da Probleme gab und in mir drin ein für mich nicht greifbares Ungeheuer lauerte, das von Zeit zu Zeit auszubrechen und Dinge zu tun drohte, die ich gar nicht tun wollte, doch das war dann alles ganz weit weg.

Die Medikamente brachten ein Gefühl der Sorglosigkeit mit sich, womit ich mich nie so recht wohlgefühlt hatte, da es mir die Kontrolle über mich selbst entzog. Das letzte bisschen Kontrolle, das mir noch geblieben war. Das Leben war nun einmal nicht sorglos. Dem musste man sich stellen, wenn man als Gewinner hervorgehen wollte.

Das alles lag nun jedoch schon lange zurück. Irgendwann einmal hatte ich mir vorgenommen, diese Zeit einfach aus meinem Leben zu verbannen, indem ich nicht mehr daran dachte. Und normalerweise funktionierte das auch.

Kopfschüttelnd suchte ich in meinem Rucksack nach den Geschichtssachen und machte mich an die Vorbereitungen für die anstehende Klausur. Vielleicht könnte ich Onkel Ben heute Abend fragen, ob er mich abhörte. Mittlerweile saß der Stoff schon ziemlich gut und es dürfte nicht allzu peinlich werden.

Kapitel 4
Grau – Die Farbe des Unbestimmten

19.11.2021   **Anastasia**

An diesem Freitagnachmittag war es ungewöhnlich still in der Wohnung, als ich von der Schule heimkehrte. Normalerweise hörte ich beim Eintreten schon verschiedenste Stimmen über diverse Themen reden und fand Onkel Ben in seinem Büro, wie er am Rechner saß und ‚transkribierte'. Wenn ich nicht da war, ließ er die Aufnahmen laut laufen und benutzte keine Kopfhörer.

Was dieses ‚Transkribieren' so genau beinhaltete, das hatte ich noch nicht ganz verstanden, doch ich wusste, dass er dabei nur sehr ungern unterbrochen wurde und keine Störgeräusche um sich herum dulden konnte. Also schlich ich an diesen Tagen auf Zehenspitzen durch den Wohnungsflur zu meinem Zimmer, schloss die Tür hinter mir und beschäftigte mich mit den Schulsachen, bis Ben anklopfte, um mir Bescheid zu sagen, dass er für heute fertig sei.

Heute war jedoch nichts zu hören. Keine Stimmen und kein Onkel Ben, der versuchte, den Tonfall und die Sprechweise der Stimmen nachzuahmen, um das Gesagte möglichst realitätsgetreu zu Papier bringen zu können. Eine seltsame

Nervosität stieg in mir auf und mein Herz begann mir bis zum Hals zu schlagen. Ben war am Freitag immer hier! Immer! Er saß immer in seinem Büro und arbeitete an irgendetwas!

In meinen Ohren begann es zu rauschen.

„Vielleicht musste er noch etwas erledigen und ist kurz weggefahren.", flüsterte plötzlich die rechte Stimme.

Ich wunderte mich darüber, dass die Stimme mir heute ausschließlich mit einer logischen Erklärung zur Seite zu stehen schien. *„Vielleicht. Dann wird in der Küche ein Zettel liegen, damit ich weiß, wo er ist."*

„Und damit du weißt, wann er zurückkommt. Wenn er denn zurückkommt."

„Natürlich kommt er zurück. Warum sollte er nicht?"

„Warum sollte er nicht? Die Frage wäre wohl eher, warum er sollte!? Es ist nicht leicht für einen jungen Mann, sich um ein fremdes Mädchen mit Stimmen im Kopf und nächtlichen Panikattacken zu kümmern. Vielleicht hat er sich ja von der Brücke am Ortsanfang gestürzt."

Ich schloss die Augen, während ich meinen Schulrucksack zu Boden gleiten ließ und in die Küche trat. Ich betete inständig, dort einen Zettel vorzufinden, der das alles erklärte. Der die Stille erklärte, die mich zu erdrücken drohte.

„Jetzt mach schon die Augen auf! Mach sie auf! Ich wette, er ist weggefahren, weil er einen Platz in der Klapse für dich sucht. Weil du ihm Angst machst."

Vorsichtig öffnete ich die Augen. Ich starrte auf den Tisch, wo der Zettel sonst meist lag. Doch dort stand nur eine Tasse mit einem noch unbenutzten Teebeutel darin.

„Was willst du jetzt tun? Da liegt kein Zettel. Nirgendwo liegt ein Zettel. Er ist einfach weggegangen. Hat dich im Stich gelassen. Wie alle anderen es auch getan haben. Einer nach dem anderen."

„Hier muss ein Zettel sein! Hier muss einer sein!" Hektisch begann ich unter dem Tisch und unter den Stühlen nach einem Zettel zu suchen. Tastete mit den Händen die Schränke ab und fühlte, ob vielleicht etwas darunter gerutscht sein könnte. *„Hier muss ein Zettel sein! Das Heim hat ihm doch gesagt, dass er mir immer einen Zettel schreiben muss!"* Tränen stiegen in meinen Augen auf.

„Wenn er sich aus Verzweiflung von der Brücke gestürzt hat, wird er das wohl als überflüssig empfunden haben. Vielleicht solltest du mal nachsehen, ob er dort irgendwo im Wasser treibt oder ans Ufer gespült im Dreck herumliegt."

Hart schlug ich mir mit der Hand gegen die Stirn. *„Was redest du für einen Unsinn!? Es ist nichts passiert! Es gibt eine ganz einfache Erklärung! Ich muss sie nur finden."* Ich schlug noch einmal zu, noch härter. Doch ich wusste, dass die Stimme davon nicht verschwinden würde. *„Lass mich in Ruhe. Lass mich einfach in Ruhe."*

„Hallo, Anastasia."

Abrupt wandte ich mich um, als hinter mir eine vertraute Stimme erklang.

„Onkel Ben."

„Der bin ich." Ben musterte mich nachdenklich und mir wurde bewusst, dass er schon eine ganze Weile dort gestanden und mich beobachtet haben könnte.

„Hallo."

„Hallo."

„Wie lange stehst du da schon?"

„Ich bin gerade aus dem Büro gekommen. In der Wohnung nebenan wurde heute gebohrt und ich musste die Kopfhörer benutzen. Suchst du etwas?"

Mein Blick fiel auf die Strippen, die von seinen Schultern baumelten. „Ah... nee. Also, ja. Mir war was runtergefallen."

„Ach so." Wieder der nachdenkliche Blick im Gesicht meines Onkels. Wieder wich ich ihm aus.

„Willst du was essen?", fragte Ben vorsichtig.

„Nein, danke. Ich habe keinen Hunger." Es genügte, wenn ich erst einmal den Schreck verdauen konnte.

Mein Onkel schien das zu akzeptieren und auf einmal breitete sich ein leichtes Lächeln auf seinem Gesicht aus. „Ich habe eine gute Nachricht."

„Und die wäre?"

„Ich habe bei dem Projekt zugesagt und offiziell die Leitung übernommen. Am Sonntag ist dann das erste Gespräch. Mit der Künstlerin. Ich habe eben schon mit ihr telefoniert, um den Termin auszumachen und ich kann dir sagen – es wird spannend. Das höre ich schon an ihrer Stimme!"

„Klingt gut." Manche glaubten an die magische Kraft von Steinen, andere sahen die Aura eines Menschen in dessen Stimme verborgen.

„Denke ich auch." Mein Onkel beobachtete mich weiter und ich hatte das Gefühl, als wollte er noch etwas sagen.

„Was ist?"

„Es gibt bei der Sache nur ein kleines Problem."

„Und das wäre?"

„Die junge Frau, die wir als Gesprächspartnerin für unsere fünf Kandidaten eingeplant hatten, ist wegen Krankheit abgesprungen."

Ich ahnte, was nun kommen würde. Und egal wie sehr mein Onkel bitten und betteln würde – ich würde nicht zusagen. Das kam gar nicht infrage. Ich wäre niemals bereit dazu, so unvorbereitet mit fünf Personen zu reden, die mir vollkommen fremd waren. Nein. Einfach – nein.

„Ich weiß, dass das nicht so dein Ding ist, Anastasia. Das ich dir damit einiges zumuten würde. Aber ich dachte, wenn du da einspringen würdest, dann hilft das nicht nur mir mit meinem Projekt aus der Patsche, sondern auch uns beiden, um irgendwie zusammenzuwachsen. Dann haben wir so ein gemeinsames Projekt und vielleicht hilft uns das, ein bisschen mehr zu einer Familie zu werden. Vertrauen aufzubauen."

In meiner Kehle saß ein dicker Frosch. Ich wollte das nicht machen. Ich wollte nicht. Aber ich wollte doch auch mal eine Familie haben! Auch mal mit jemanden zusammen etwas machen. Gesa hatte doch gesagt, ich bräuchte Freunde. Vielleicht war das ja ein Anfang. Was hatte ich schon zu verlieren?

„Darf ich da noch drüber nachdenken? Bis morgen?", fragte ich schließlich vorsichtig. Ich wusste ja, dass meinem Onkel die Zeit im Nacken saß.

„Natürlich. Du musst das nicht sofort entscheiden. Es ist auch in Ordnung, wenn du es nicht machst. Ich verstehe das. Ich würde mich nur sehr darüber freuen. Einfach für uns."

Ich nickte stumm. Wir standen einen Moment lang unbeholfen in der Küche herum, bis ich mich verabschiedete, um zu lernen. Ben verzog sich wieder in sein Büro.

Erst, als ich das Hausaufgabenheft aufschlug, wurde mir wieder bewusst, dass heute Freitag war. Und an einem Freitag lernte man nicht. Nicht einmal eine Anastasia Seefeld. Ich packte meine Sachen wieder beiseite und stand auf, um mich im Spiegel zu mustern. Welch gute Gelegenheit, um die neue Haarfarbe auszuprobieren. Das Blau war kaum noch zu sehen und ich hatte keinen Zweifel daran, dass mir ein saftiges Grün sehr gut gefallen würde.

20.11.2021   **Gesa**

Liebe Ana,

genau wie deine Mitschüler bist du selbst gerade erst der Pubertät entwachsen. Viele eurer Vorstellungen von der Zukunft haben sich in den letzten Jahren verändert und dieser Wandel hat sicher bei euch allen eine gewisse Verunsicherung hinterlassen. Außerdem befindet man sich in der Schule in einer Art Kokon, der einen in gewissem Maße vom „wahren" Leben abschirmt. Ihr sitzt dort in euren stickigen Klassenzimmern und bekommt Grundlagen für euer späteres Leben gefüttert, aber die Möglichkeit, euch selbst auszuprobieren und auszutesten, die hält sich in Grenzen. Nach der Schule werdet ihr dann ins kalte Wasser geworfen und müsst sehen, was ihr mit dem bis dahin Gelernten anfangen könnt. Das ist wohl die schwerste Prüfung von allen. Aber so geht es jedem.

Und ich bin mir sicher – ihr werdet euren Weg finden. Du, genauso wie alle anderen auch.

Und ich bin mir außerdem sicher, dass dein Onkel dich gerne dabei begleitet und dir den Rücken stärkt. Ich bin selbst als Kind in ein Heim gekommen und seitdem bei mehreren verschiedenen Pflegefamilien aufgewachsen. Daher weiß ich, wie schwer es sein kann, zu einer neuen Familie ein gewisses Vertrauen aufzubauen. Deren Hilfe anzunehmen und nicht ständig nach dem Haken zu suchen. Und es fällt umso schwerer, je öfter man enttäuscht wurde. Doch es gibt immer wieder Menschen, die es tatsächlich wert sind, sich ihnen zu öffnen. Man darf bei aller Vorsicht nie die Hoffnung aufgeben, eben diesen Menschen irgendwann zu begegnen.

Liebe Grüße,
Gesa

Ich wusste, wie es war, getrennt von den eigenen Eltern aufzuwachsen. Meinen Vater hatte ich nie kennengelernt und ich wusste auch nicht, ob meine Mutter mir so genau hätte sagen können, um wen es sich bei meinem Erzeuger gehandelt hatte. Denn mehr als das war er für uns beide nicht.

Meine Hand tastete nach der Hemdtasche über der linken Brust, in der ich jahrelang ein altes Foto von meiner Mutter aufbewahrt hatte, auf dem sie fröhlich in die Kamera lachte und mir eine Kusshand zuwarf. Das Foto gab es nicht mehr. Über die Jahre hinweg war es mehr und mehr vergilbt und zerknittert, bis es eines Tages mit in die Wäsche geraten war und sich vollkommen darin aufgelöst hatte.

So sehr man mich das von Pflegefamilie zu Pflegefamilie auch hatte vergessen lassen wollen – ich hatte eine Mutter. Ich hatte eine Mutter, die mich liebte. Auch, wenn sie nicht so für mich da sein konnte, wie die Mütter der anderen Kinder, mit denen ich zur Schule gegangen bin.

Sie war eine sehr schöne Frau, meine Mutter. Manchmal vergaß ich, wie sie ausgesehen hatte, doch dann erinnerte ich mich an den blumig süßen Duft, der sie stets umgeben hatte und das weiche, lange Haar, das ich früher so gern frisiert hatte. Ihre großen, wachen Augen hatten alles verfolgt, was um sie herum geschah und ein leichtes Flackern darin hatte einen die Empfindlichkeit ihres sanften Wesens erahnen lassen. Die Empfindlichkeit, die nach und nach der Dunkelheit und Angst gewichen war, die sich in ihr ausgebreitet und sie zu einem anderen, fremden Menschen hatte werden lassen. Als ich sie das letzte Mal gesehen hatte, war nichts mehr von der Frau vorhanden gewesen, die auf dem Bild zu sehen war. Sie hatte mir Angst gemacht.

Mein Blick wanderte nach oben an die Decke meiner improvisierten Wohnstube. Dorthin, wo wir einst gelebt hatten. Wo sie nach und nach zu einem beängstigenden Wrack verfallen war und ich bei ihrem Anblick Todesängste empfunden hatte.

Nein, Gesa! Entschlossen schlug ich mit der Hand gegen die Wand. *Nein, du darfst nicht über diese Zeit nachdenken! Du darfst das nicht! Es bringt nichts! Überhaupt nichts! Mach weiter wie bisher. Mach einfach weiter.*

Ein Blick auf die Uhr sagte mir, dass es jederzeit klingeln würde. In einem spontanen Anfall von sozialem Enthusiasmus hatte ich zugestimmt, an einem Projekt zur

Konversationsforschung teilzunehmen und mich als Versuchsperson zur Verfügung gestellt. Ich bereute es schon längst wieder, das getan zu haben, doch einfach abzusagen, wäre mir unangenehm gewesen.

Der Projektleiter, ein gewisser Ben Seefeld, hatte mir bei seinem Anruf am Freitag auch genauer erklärt, worum es eigentlich ging und was bei diesem Projekt erforscht werden sollte und mich hatte plötzlich eine gewisse Nervosität deswegen überfallen. Ich hoffte nur, dass er nicht erwartete, dass ich mir selbst einen Partner organisiert hatte, mit dem ich nun Konversation betreiben konnte. Ich könnte höchstens ganz spontan die Nachbarin fragen. Aber bestimmt war alles in bester Ordnung und ich machte mir vollkommen unnötig so viele Gedanken deswegen.

Derselbe Tag   Ben

Gedankenverloren beobachtete ich, wie sich ein leichter Nieselregen in den dunkelgrauen Haaren meiner Nichte verfing, die nun eigentlich in einem saftigen Grün hätten erstrahlen sollen. Ich fragte mich, ob es als Zeichen des Himmels zu werten war, dass die Farbe der Hoffnung sich in dieses undurchschaubare, triste Grau verlaufen hatte. Dieses Mädchen tat so viele Dinge, die ich einfach nicht zu deuten wusste und die mir Sorgen bereiteten. Irgendwann würden wir darüber reden müssen. Vielleicht war dieses gemeinsame Projekt ein guter Anfang. Ich war gestern so unglaublich erleichtert, als sie in mein Büro geschlichen kam und zugestimmt hatte, als Gesprächspartnerin einzuspringen. Noch immer etwas zögerlich, aber sie hatte zugestimmt. Das war alles, was zählte.

Ich fuhr mir mit einer Hand durch die Haare und verzog das Gesicht, als ich spürte, wie auch ich von oben bis unten dem Regen zum Opfer gefallen war. Meine Nichte schien sich daran nicht zu stören, denn sie zeigte keinerlei Ambitionen, ihre Kapuze aufzusetzen oder einen Schritt schneller zu gehen.

„Einen leichten Grünstich kann man erkennen.", sagte ich mehr zu mir selbst, während wir hintereinander dem schmalen Gehweg zur angegebenen Adresse folgten.

Anastasia wandte sich zu mir um, ein ironisches Lächeln auf den Lippen. „Ja, das stimmt. Sieht aus wie Schimmel, nicht wahr?"

Ich konnte mir ein Grinsen nicht verkneifen. „Ein bisschen schon. Aber du kannst ja so tun, als wäre das Absicht gewesen."

„Ich gebe mir die größte Mühe."

Das Thema war beendet. Nicht nur, weil Anastasia genauso wenig wie ich Anstalten machte, weiter darüber zu diskutieren, sondern ebenso, weil gerade in diesem Moment vor uns das Haus auftauchte, zu dem uns die erste Versuchsperson meines Forschungsprojektes bestellt hatte.

Eigentlich hatte ich erwartet, unsere Versuchsperson bei sich zu Hause anzutreffen. Das Haus, welches mit der angegebenen Hausnummer bezeichnet war, konnte jedoch kaum im konventionellen Sinne bewohnt sein. Es war groß. Sehr groß. Und so heruntergekommen, als stünde es schon seit vielen Jahren leer und sehne sich danach, endlich ein paar neue Menschlein zu finden, die es beherbergen könnte.

„Bist du dir sicher, dass wir hier richtig sind?", fragte Anastasia, die meine Gedanken geteilt zu haben schien.

„Es ist auf jeden Fall die richtige Adresse. Vielleicht ist es ja der Arbeitsplatz unserer Versuchsperson. Die meisten Künstler haben doch so ihre Eigenarten, die wohl kaum einer außer ihnen selbst so recht nachvollziehen kann."

„Stimmt auch wieder."

Ich trat an meiner Nichte vorbei zum Klingelschild. „Gesa Ostrowski. Das ist auch der richtige Name." Gerade als ich die Klingel betätigen wollte, wurde von drinnen das Tor geöffnet und wir standen einer kleinen, zierlichen Gestalt gegenüber, deren strahlend grüne Augen die Dunkelheit dieses verhangenen Tages wieder wettmachten.

„Hallo. Sie sind Ben Seefeld?", fragte die Frau und unterdrückte ein Frösteln.

Es dauerte einen Moment, bis ich mich wieder gesammelt hatte und die Frage zu meinem Hirn vorgedrungen war. Zögernd streckte ich ihr eine Hand entgegen, die sie mit einem überraschend festen Händeruck ergriff.

„Ja, der bin ich." Erst, als meine Nichte sich neben mir räusperte, erinnerte ich mich wieder daran, dass es sie ja auch noch gab. Anastasia tat es mir gleich und begrüßte Gesa Ostrowski knapp, aber freundlich.

„Ich bin Anastasia. Ihre Gesprächspartnerin."

„Hallo. Schön, Sie kennenzulernen. Kommen Sie rein!"

Wir folgten der Frau über den Hof, wobei wir uns größte Mühe gaben, nicht in eines der mit Wasser gefüllten Schlaglöcher zu treten.

„Ich entschuldige mich schon einmal für meine Wohnung. Das Haus ist im Laufe der Jahre mehr und mehr heruntergekommen, aber genauso wenig, wie ich es als einzelne Person schaffe, alles instand zu halten, bringe ich es übers Herz, von hier wegzugehen."

„Kein Problem. Alte Häuser haben immer so eine ganz besondere Ausstrahlung…"

Gesa Ostrowski drehte sich kurz zu mir um und schenkte mir ein freches Zwinkern. „Genauso ist es."

Während wir auf die Haustür zusteuerten, nutzte ich die Gelegenheit, um diese ungewöhnliche Frau ein wenig genauer zu betrachten. Ihre wilde Hochsteckfrisur und die Kleidungsstückte, die so wirkten, als wären sie gerade von eigener Hand aus den verschiedensten Stofffetzen zusammengeschneidert worden, passten meiner Meinung nach gut zu dem Haus, das überall mehr oder weniger reparaturbedürftig erschien und doch seit Jahren schon zusammenhielt und die neugierigen Blicke der Passanten auf sich zog.

Im Vorraum des Hauses war es zwar trocken, aber genauso kalt wie draußen, sodass ich froh war, als Gesa Ostrowski erklärte, sie hätte uns in der Küche am Feuer ein paar Stühle bereitgestellt.

„Also, wie gesagt – dieses Haus ist alt. Bevor Sie ein Fenster öffnen, sich irgendwo niederlassen oder etwas anderes tun möchten, bei dem ein direkter Kontakt mit gewissen Gegenständen oder Bauteilen erforderlich ist, fragen Sie mich besser vorher, ob das unter Umständen gefährlich sein könnte. Jede Handlung und jeder Schritt erfolgt auf eigene Gefahr."

Ich fing einen fragenden Blick von Anastasia auf und zuckte ratlos die Schultern. Wir würden einfach sehen, was sich bei dem Gespräch dann ergab und wie wir die Sache bei den nächsten Treffen fortsetzen wollten. Alles andere spielte erst einmal keine große Rolle.

Derselbe Tag   **Gesa**

Als ich mit Ben und Anastasia Seefeld das Haus betrat, dachte ich darüber nach, wann ich hier das letzte Mal Besuch empfangen hatte. Das musste irgendwann im Sommer gewesen sein. Von Zeit zu Zeit trafen Christine und ich uns zum Kaffeetrinken und Lästern, aber eben meistens bei ihr. Vor allem, wenn es draußen kälter wurde und es doch manchmal einiger Bemühungen bedurfte, ein wenig Wärme in diese alten Mauern zu bekommen.

Ich ließ meinen Besuch an mir vorbei in die kleine Küche eintreten. Während Ben Seefeld seine Kameras und das Tonaufnahmegerät platzierte, senkte sich ein unangenehmes Schweigen über den Raum. Zumindest empfand ich selbst es als unangenehm und dem Mädchen, das so bedacht darauf zu sein schien, meinem Blick bestmöglich auszuweichen, musste es wohl ähnlich ergehen. Ben Seefeld war so in sein Wirtschaften vertieft, dass er davon vermutlich gar nichts mitbekam.

„So.", verkündete der junge Projektleiter schließlich und begutachtete sein Werk zufrieden. Er hatte zu beiden Seiten des Fensters jeweils eine Kamera aufgestellt, die einmal mehr Anastasia, einmal mehr mich filmte. In der Mitte des

Raumes ein Tonaufnahmegerät, das jedes unserer Worte aufmerksam verfolgen würde. „Jetzt kann es losgehen."

Da ich vorher nicht wusste, ob es bezüglich der Aufstellung einen konkreten Plan gab, hatte ich im Vornherein einfach drei Stühle bereitgestellt, die nach Belieben angeordnet werden konnten. Ben Seefeld griff nach einem dieser Stühle und zog ihn direkt neben eine der Kameras, also außerhalb des Bereiches, in dem sämtliche Geschehnisse der nächsten halben Stunde aufgezeichnet werden würden. Das war wohl sein Platz.

Anastasia und ich ließen uns auf den beiden einander gegenüberstehenden Stühlen nieder. Nachdem sie bei der Begrüßung noch weitestgehend entspannt gewirkt hatte, versteckte sich das Mädchen nun konsequent hinter einem grünlich-grauen Haarschleier und erst, als Ben sich räusperte, schien sie zu registrieren, dass die Aufnahme begonnen hatte.

„Dein Name ist Anastasia?", fragte ich einfallslos, um irgendwie ein Gespräch in Gang zu bringen. Anastasia nickte.

„Ich bin Gesa. Ich denke, wir sagen einfach Du, oder?"

Wieder nickte sie still.

„Darf ich fragen, wie alt Du bist?"

„Siebzehn."

„Also gehst Du noch zur Schule?"

„Ja."

Ich beobachtete Anastasia, wie sie an dem schwarzen Nagellack auf ihren Fingernägeln zu kratzen begann.

„Was machen Sie denn?", fragte das Mädchen nach längerem Schweigen, ohne mich dabei anzusehen.

Am liebsten hätte ich sie darauf angesprochen, dass ich es nicht leiden konnte, wenn mir eine Person, mit der ich in ein Gespräch verwickelt war, nicht ins Gesicht sah. Wenn sie Fragen stellte, aber so tat, als interessierte es sie kein bisschen, was ich darauf antwortete. Sie und Ben Seefeld waren es doch, die etwas von mir wollten, nicht andersherum.

Ich erinnerte mich jedoch gerade noch rechtzeitig daran, wie oft sich meine Lieben aus *Gesa's Kummerkasten* an mich wandten, weil sie durch ihre Art und ihre Hemmungen im Umgang mit anderen immer wieder aneckten oder auf Unverständnis stießen. Weil sie falsche Signale aussandten und die Menschen um sich herum abwiesen, während sie sich eigentlich nur danach sehnten, gemocht und anerkannt zu werden.

Wer wusste schon, was in Anastasia vor sich ging? Ich sollte Geduld mit ihr haben und dem Mädchen die Hand reichen, statt sie für etwas zu verurteilen, von dem ich keine Ahnung hatte.

„Ich stelle Zinnfiguren her. Das ist ein Kunsthandwerk.", beantwortete ich geduldig ihre Frage.

„Ist das Ihr Hobby oder Ihr Beruf?"

„Du. Sag ruhig Du. Und das ist eigentlich beides. Hobby und Beruf. Die Ideen für die Figuren kommen von ganz allein. Meistens orientiere ich mich damit an irgendwelchen historischen Ereignissen. Viel Geld verdiene ich damit allerdings nicht. Allein mit den Figuren könnte ich mir meinen Lebensunterhalt nicht verdienen. Da fehlt mir noch die zündende Geschäftsidee."

„Wie sind Sie… wie bist Du dazu gekommen? Zu den Figuren?", fragte das Mädchen kaum hörbar, noch immer hochkonzentriert an den Fingernägeln kratzend.

„Das ist eine lange Geschichte." Prüfend warf ich einen Blick zu Ben Seefeld, doch der nickte nur. Es war also Platz für lange Geschichten in der Unterhaltung. „Ich bin in einem kleinen Kinderheim aufgewachsen. Oder zumindest war ich dort zeitweise untergebracht, wenn eine Pflegefamilie mich abgegeben hatte und nach einer Neuen gesucht werden musste. Ich hatte damals nur Unsinn im Kopf, damit ist nicht jeder auf Dauer klargekommen. Aber das Heim war auch zu klein, um alle Kinder dort zu behalten. Es war eigentlich ganz schön dort, wenn einen die ständige Gesellschaft nicht störte. Das Haus war ziemlich alt und die Erzieher meistens sehr freundlich. In unbeobachteten Momenten bin ich oft in den alten Schuppen verschwunden, der in einem kleinen Wäldchen auf dem Gelände stand. Dort hatte ich meine Schätze deponiert. Zwei Bücher, ein zierliches Armkettchen und ein altes Kuscheltier. Das war alles, was ich von zu Hause hatte mitnehmen können, als man mich geholt hatte. Und ein Bild von meiner Mutter. Das habe ich nie hergegeben. Und dieser alte, zugige Schuppen schien mir der sicherste Ort für meine Schätze zu sein. Ich hatte dort nie jemanden hingehen oder irgendwen von dort kommen sehen. Bis eines Tages das rechte Ohr von meinem Kuscheltieräffchen abgefallen ist. Ich hatte mich mit Nadel und Faden in den Schuppen verzogen, um es wieder anzunähen. Ich war so in meine Arbeit vertieft, dass ich gar nicht bemerkt habe, wie unser alter Hausmeister hinter mir den Schuppen betreten und mich dabei beobachtet hatte."

Anastasia sah mich nun direkt an und ihre Hände lagen regungslos in ihrem Schoß. Sie hörte mir zu. Diesmal hörte sie mir wirklich zu.

„Was ist dann passiert?", fragte das Mädchen gespannt. Ich lächelte ihr ermutigend zu und fuhr mit meiner Erzählung fort.

„Das war der Beginn einer wunderbaren, tiefen Freundschaft. An diesem Tag nahm der Hausmeister mich mit in seine Werkstatt und ließ mich dort auf der Werkbank sitzen. Er zeigte mir, wie er diese wunderschönen Zinnfiguren zum Leben erweckte, die überall im Heim verteilt standen. Wie man die Umrisse der Figuren in die Schieferblöcke graviert, wie man die Formen der Vorder- und Rückseite aneinander anpasst und das Material zusammenbraut, das dann in die Form eingegossen wird. Er ließ mich auch meine eigenen Ideen entwickeln und ich durfte mich selbst an diesem Handwerk versuchen, das sein wichtigster Lebensinhalt war. Es hat mir so viel Spaß gemacht, auszuprobieren, wie man die Leidenschaft für diese Beschäftigung in die Figuren einfließen lassen und für den Betrachter sichtbar machen kann. Eigentlich passiert das ja ganz von selbst. Man muss sich nur treiben lassen. Dann lernt man seine eigenen Wünsche und Hoffnungen dabei kennen und zu verstehen."

Die Augen des Mädchens waren glasig geworden und ich ließ ihr Zeit, das Gesagte zu verarbeiten.

„Aber was ist dann aus dem Hausmeister geworden?", fragte sie schließlich. „Habt ihr noch Kontakt?"

Mit dieser Frage hatte ich nicht gerechnet. Ihr darauf zu antworten, tat mir in der Seele weh. Meine Stimme wurde dünn, als ich ihr zögerlich erzählte, wie ich noch am Tag meines achtzehnten Geburtstags das Heim verlassen und viele Jahre lang keinen einzigen Gedanken mehr an diese Zeit verschwendet hatte. Daher hatte ich auch nicht mitbekommen, dass der Hausmeister nur wenige Tage, nachdem ich gegangen war, gestorben war. Eine Erzieherin hatte ihn in unserem Schuppen gefunden. Er musste gerade an einer seiner Figuren gearbeitet haben. Eine Figur, die mir verdächtig ähnlich sah, wie man mir später sagte.

Wieder erfüllte Schweigen den Raum. Anastasia machte keine Anstalten mehr, irgendetwas dazu zu sagen und auch ich wusste in dem Moment nicht mehr weiter. Aus dem Augenwinkel sah ich, wie Ben Seefeld sich aus einer Art Trance befreite und sich an den Kameras zu schaffen machte. Die Aufnahme war vorbei. Anastasia hatte sich wieder hinter ihrem grünlich-grauen Haarschleier versteckt und ich bemerkte, wie sie unauffällig auf ihrem Stuhl herumzurutschen begann.

„Die Toilette ist auf den Gang raus und bis ganz hinten durch. Die schmale, hellgrün gestrichene Tür.", sagte ich und das Mädchen verschwand still und leise aus dem Raum.

Es kam mir so vor, als wäre ich gerade aus einem Traum erwacht und brauchte noch einen Moment, um wieder zu mir zu finden.

„Das war eine schöne Geschichte. Traurig, aber schön.", meinte Ben Seefeld, nachdem er seine Gerätschaften zusammengesammelt und sich gegen meine improvisierte Feuerstelle gelehnt hatte, um auf Anastasia zu warten. „Meine

Nichte weicht mir für gewöhnlich aus, wenn ich versuche, mit ihr über Gefühle zu reden."

„Ihre Nichte?"

Ben Seefeld nickte in die Richtung, in der sich laut meiner Angabe die Toilette befinden sollte. „Anastasia. Sie ist meine Nichte. Sie ist bei dem Projekt spontan eingesprungen. Wir hatten eigentlich jemand anderen eingeplant, der die Gespräche führen sollte."

„Ach so." Das erklärte natürlich einiges. „Wir sollten auch Du zueinander sagen, meinen Sie nicht? Immerhin werden wir uns noch ein paar Mal wiedersehen, wenn ich das richtig verstanden habe?"

„Gute Idee. Ben." Ben reichte mir erneut die Hand und ich ergriff sie. Es fühlte sich gut an. Irgendwie.

„Gesa."

Gerade, als ich meine Hand zurückzog, kam Anastasia zurück in die Küche. Ben bedankte sich noch einmal bei mir für das Gespräch, bevor beide ihre Sachen zusammenpackten und mich in meinen einbruchgefährdeten vier Wänden zurückließen. Gott sei Dank ohne Smalltalk zum Abschied. Das hatte ich noch nie gemocht und das Anastasia nicht der Typ dafür war, das konnte man sich nach der letzten halben Stunde auch gut ausmalen. Ben schien viel zu sehr in Gedanken versunken, um etwas in der Art vom Zaun zu brechen.

Ich war nun sehr gespannt, wie sich unser Gespräch beim nächsten Mal entwickeln würde. Ob ich dann vielleicht auch etwas mehr über Anastasia in Erfahrung bringen konnte. Ich würde es mir wünschen.

Zurück im Haus ließ ich mich abwechselnd auf dem Stuhl von Ben und Anastasia Seefeld nieder, um die Szenerie und das Gespräch aus deren Perspektive reflektieren zu können. Das war zweifellos eine sehr seltsame Angewohnheit, die ich damit an den Tag legte, doch es half mir, mich in andere Personen hineinzuversetzen. Und das wiederum half mir, ein gewisses Verständnis für die mir manchmal völlig fremden Gedanken und Gefühle meiner Sorgenkinder aus *Gesa's Kummerkasten* aufzubringen.

Während ich darin vertieft war, meinen Stuhltanz aufzuführen, musste irgendwann mein Laptop aus dem Nebenraum versucht haben, auf sich aufmerksam zu machen. Denn als ich beschloss, mich endlich dem Bilderrahmen zu widmen, den die gute Christine für mich hatte mitgehen lassen, leuchtete das kleine Lämpchen an der Tastatur, das in den meisten Fällen eine neue Nachricht ankündigte. Manchmal leuchtete es auch einfach nur so und ich fragte mich dann, aus welchem Grund der Laptop geglaubt hatte, meiner Aufmerksamkeit zu bedürfen. Aber im Endeffekt war auf dieser Welt ja niemand völlig frei von Fehlern.

Diesmal jedoch hatte er allen Grund zum Leuchten, denn als ich *Gesa's Kummerkasten* öffnete, war dort eine neue Nachricht von Ana eingetroffen. Neugierig machte ich mich sofort daran, zu lesen, was dem jungen Mädchen diesmal auf dem Herzen lag.

Liebe Gesa,

mein Leben ist eine einzige Katastrophe. Angefangen von meinen Haaren, über die Stimme in meinem Kopf bis hin zu der wahrlich bedenklichen sozialen Inkompetenz, die mich gefangen hält und mir eine Tür nach der anderen vor der Nase zuschlägt.

Habe ich dir eigentlich schon von meinem gestrigen Haarfärbe-Debakel erzählt? Ich weiß es gerade gar nicht so genau.

In den letzten Monaten waren meine Haare so blau wie der Himmel. Mir hatte die Farbe sehr gut gefallen, weil sie so frisch und fröhlich wirkte, ganz im Gegensatz zu mir. Allerdings ist sie im Laufe der Zeit Stück für Stück wieder herausgewachsen und hat einen blonden Ansatz freigegeben, der immer deutlicher zu sehen war. Da sich die blaue Färbung dann außerdem schon mächtig ausgewaschen hatte, dachte ich, es dürfte kein Problem sein, etwas Neues auszuprobieren und mit einem saftigen Grün darüber zu gehen. Und ich schätze, in diesem Punkt habe ich mich wohl mächtig geirrt. Denn nun sind meine Haare grau. Mit einem leichten, schimmeligen Grünstich, aber eben grau. Es sieht wirklich schlimm aus. Mein Onkel meinte zwar, dass das kein Problem wäre, wenn ich einfach so tue, als sollte es so sein, doch mir tut es im Herzen weh, mich so im Spiegel zu sehen.

Kennst du den Spruch, dass die Seele auf die Dauer der Zeit die Farbe deiner Gedanken annimmt? Mir kommt es so vor, als würde meine Seele im Laufe der Zeit jeweils die Farbe meiner Haare annehmen. Und ein schimmeliges Grau lässt mich da wenig optimistisch meiner Wege gehen. Wie du dir sicher denken kannst.

Im Vergleich zu meinem heutigen Erlebnis ist das jedoch noch gar nichts. Es ging um ein neues Forschungsprojekt meines Onkels, bei dem das Gespräch zwischen zwei völlig unbekannten Personen und dessen Entwicklung im Laufe der Zeit untersucht werden soll. Mein Onkel ist der Leiter des Projekts und da eine der Versuchspersonen unerwartet abgesprungen ist, hat er mich gebeten, ihren Part zu übernehmen. Du kannst dir sicher vorstellen, wie begeistert ich von diesem Vorschlag war, aber ablehnen konnte ich auch nicht. Mein Onkel gibt sich so viel Mühe, damit wir uns hier gemeinsam einleben und einen Draht zueinander finden.

Immerhin sollte das erste Gespräch mit der Künstlerin erfolgen. Hätte ich frei wählen können, mit wem ich als erstes reden möchte, dann wäre meine Wahl sicher auch auf sie gefallen. Sie trägt den gleichen Namen wie du. Aber das habe ich erst erfahren, als wir uns bei der Begrüßung gegenüberstanden.

Ich mochte diese Frau von Anfang an. Sie wirkte so unglaublich sympathisch, wie sie uns dort in ihren ungewöhnlichen Klamotten gegenüberstand. Dort, in diesem alten, halb verfallenen Haus, in dem ich mich irgendwie von Anfang an absolut heimisch gefühlt habe. Kennst du das, wenn du an einen Ort kommst und dich dort sofort wohlfühlst? Wenn du das Gefühl hast, nur darauf gewartet zu haben, endlich wieder dorthin zurückzukehren? Obwohl das ja eigentlich unmöglich ist, weil dir dieser Ort bis dahin vollkommen fremd gewesen ist und du dich nie zuvor auch nur in der Nähe aufgehalten hast.

Gesa selbst muss mich aber wohl für ziemlich seltsam gehalten haben. Zu Recht, wie ich gestehen muss. Diese Wirkung, die dieses alte Haus auf mich hatte, in Kombination mit der ungewöhnlichen Gesprächssituation, das hat mich vollkommen aus dem Konzept gebracht. Nicht, dass ich sonst sonderlich kommunikativ wäre, aber ich wäre zumindest in der Lage dazu gewesen, mich wie ein normaler Mensch zu unterhalten. Oder sie wenigstens ein einziges Mal wirklich anzusehen, während wir miteinander gesprochen haben.

Es ist ein Wunder, dass mein Onkel mich nicht unverzüglich von dem Experiment abgezogen hat, sobald wir wieder im Auto gesessen haben und nach Hause gefahren sind. Aber so ist er nicht. Er hat eine Geduld, wie ich sie bei noch niemand anderem je zuvor erlebt habe. Und abgesehen davon, wird es ihm sicher auch schwerfallen, so auf die Schnelle einen Ersatz für mich zu finden. Einen Ersatz für den Ersatz, sozusagen.

Vielleicht klappt ja beim nächsten Mal alles schon etwas besser. Wenn ich so ungefähr weiß, was dort auf mich zukommt.

Mein Onkel schien die Künstlerin übrigens auch ganz toll zu finden. Er konnte die ganze Heimfahrt über nicht aufhören, darüber zu philosophieren, was ihn so an ihr fasziniert hat. Ob es das Haus war, in dem sie lebte oder diese ganz eigenwillige Art, auf die sie sich kleidete oder schlicht und ergreifend ihre gesamte Erscheinung.

Wer weiß, was da noch auf uns zukommt...

Ich wünsche dir ein schönes Restwochenende!

Liebe Grüße,
Ana

Es brauchte einen Moment, bis die Rädchen in meinem Hirn sich soweit gedreht hatten, dass ich zu der Erkenntnis gelangte, dass ich eben diesem jungen Mädchen, das hinter den soeben gelesenen Zeilen steckte, vor einer knappen Stunde in der Realität begegnet war. Und dass es einzig und allein diese Begegnung war, über die meine liebe Ana in ihrer Nachricht sprach.

Nachdenklich begann ich, ein paar zusammenhanglose Worte in den Antwortbereich unter Anas Nachricht zu tippen, löschte sie jedoch gleich wieder und beschloss, das alles erst einmal zu verdauen, bevor ich dem Mädchen schrieb. Ich klappte den Laptop wieder zu und mein Blick fiel auf den alten Bilderrahmen mit den filigranen Verzierungen, die nur darauf warteten, wieder in ihrem alten Glanz zu erstrahlen. Die an vielen Stellen leicht abgewetzte weiße Farbe musste mit Sandpapier angeraut werden, damit ich dann eine neue Schicht Grundierung auftragen und den Rahmen später mit einem frischen Weiß überpinseln konnte. Vielleicht wäre auch ein leicht eierschalenfarbenes Weiß ganz passend. Das würde ich dann entscheiden, wenn es soweit war.

Ich schnappte mir einige alte Zeitungen und breitete sie auf dem Boden aus. Nicht, dass da noch viel zu retten gewesen wäre, doch man konnte ja für den inneren Seelenfrieden wenigstens so tun, als würde man sich darum bemühen, Ordnung zu bewahren.

Tatsächlich fand ich schnell in einem der vielen kleinen Schubfächer meiner Werkbank einen Bogen Sandpapier und legte eine CD von Marianne Rosenberg ein, die mich schon bei vielen meiner handwerklichen Arbeiten begleitet und mich über so manche kreative Krise hinweggetröstet hatte.

Ich liebte diese innere Ruhe, die sich während solcher Arbeiten in mir ausbreitete. Und ich liebte es, zu sehen, wie man in seinem Tun immer weiter voranschritt, bis man schließlich das wunderbare Resultat tagelanger Arbeit in den Händen hielt. Und doch gab es immer wieder

Augenblicke, in denen man innehalten und manchmal sehr lange darüber nachdenken musste, wie es weitergehen sollte. Wie man aus einem Gegenstand das Beste rausholen und ihn zu etwas Neuem, ganz Wunderbarem machen konnte. Und in diesen Momenten half es mir, mich von der Musik treiben zu lassen.

Als ich schließlich damit begonnen hatte, die Oberfläche des Rahmens anzurauen und überflüssige Farbe zu entfernen, war ich so in meine Arbeit vertieft, dass ich im ersten Moment gar nicht mitbekam, wie mein Telefon zu klingeln begonnen hatte.

„Ostrowski?", meldete ich mich schließlich und ging im Kopf die Möglichkeiten durch, wer denn am Samstagnachmittag noch etwas von mir wollen könnte.

„Hallo, Gesa! Hier ist Christine."

„Ach, hallo Christine! Alles gut bei dir?"

„Alles gut bei mir. Aber sag mal, wie sieht es denn morgen bei dir aus? Hättest du Lust, auf eine Tasse Kaffee vorbeizukommen? Du glaubst gar nicht, was heute im Laden los war! Das muss ich dir erzählen."

Ich lachte leise, weil meine liebe Christine eigentlich immer eine spannende Geschichte aus dem Laden auf Lager hatte, die sie mir unbedingt erzählen musste. „Morgen sieht gut aus. Wie immer gegen drei?"

„Wie immer gegen drei."

„Dann bis morgen! Ich bin schon gespannt auf deine Geschichte!" Und das war ich wirklich. Ich saß gerne mit Christine zusammen und hörte ihr einfach zu. Im Gegensatz zu ihr hatte ich nie viel zu erzählen. In meinem kleinen Leben gab es nicht viel, über das man reden konnte. Und das, was es da gab, das war viel zu viel und auch viel zu emotional, um es einfach so auf den Tisch zu bringen, ohne die lockere Atmosphäre zu zerstören.

Nur diesmal würde es anders sein. Diesmal hatte auch ich etwas, über das ich dringend mit jemandem sprechen musste.

Kapitel 5
Braun: Die Farbe der Bodenständigkeit

21.11.2021   **Christine**

An diesem Sonntag freute ich mich so sehr auf Gesas Besuch, dass meine Hände vor Aufregung zu zittern begonnen hatten. Ich mochte vor langer Zeit, als der Laden noch Treff- und Austauschpunkt der gesamten Stadt gewesen ist, die Klatschtante höchstpersönlich und mit Gott und der Welt bekannt gewesen sein, doch diese Zeit war längst vorbei. Die Leute brauchten meinen Laden nicht mehr, um miteinander ins Gespräch zu kommen. Das Smartphone hatte mich ersetzt und ich war Jahr für Jahr immer mehr in Vergessenheit geraten.

Ich fühlte mich an manchen Tagen so einsam, wie ich es früher nie für möglich gehalten hätte. Einsamkeit. So etwas kannte ich als Jugendliche nicht. Sobald die Schule oder die Arbeit rum war, hatten wir uns in der Gruppe zusammengefunden und waren durch die Straßen gezogen, hatten jeden aufgesammelt, der noch zu finden war und die kleine Stadt auf den Kopf gestellt. Man war nie allein gewesen. Nie, nie, nie. Nicht einmal, wenn man es wollte.

Nun jedoch sah das ganz anders aus. Die früheren Klassenkameraden waren zum Großteil von hier fortgezogen und selbst wer hiergeblieben war, der hatte eine Familie gegründet und neue Freunde gefunden, die in aller Welt verstreut lebten. Und hierherziehen, das wollte sowieso kaum jemand. Das war schon damals so gewesen.

Aber, ich sagte mir stets: *Stine, lass den Kopf nicht hängen. Es gibt noch Menschen, die immer bei dir bleiben und dich nie im Stich lassen werden.* Und zu diesen Menschen gehörte zum Beispiel Gesa Ostrowski. Sie war noch jung und das Leben hielt für sie noch viel bereit, doch nichts in der Welt könnte sie aus diesem alten Haus holen, in dem sie lebte. Weil dieses Haus ihr Leben war.

Die andere Person war meine Mutter. Denn, wenn es mich auch eines Tages in den Wahnsinn treiben würde, stets und ständig an sie gekettet zu sein und springen zu müssen, wenn sie etwas sagte, so wusste ich doch, dass sie der gutmütigste und liebevollste Mensch der Welt war, wenn sie einen guten Tag hatte.

Ich räumte im Wohnzimmer noch ein paar Bücher zur Seite, obwohl ich wusste, dass es vollkommen unnötig war, für Ordnung zu sorgen, wenn Gesa mich besuchen kam. Denn genauso unkonventionell und vollkommen hemmungslos, wie Gesa einem Eintritt in ihre Künstlerhöhle gewährte, so wenig schien sie von anderen zu erwarten oder auch nur damit zu rechnen, dass sie Wert darauf legten, sich einem Außenstehenden von ihrer besten Seite zu präsentieren. Wahrscheinlich tat ich das vor allem für mich selbst. Weil Ordnung in den eigenen vier Wänden meist auch die beste Voraussetzung für Ordnung in der eigenen Gedankenwelt war.

Als ich Gesa durch das Wohnzimmerfenster näherkommen sah, begab ich mich zur Tür, um ihr zu öffnen.

„Hallo, Christine!", begrüßte sie mich schon von Weitem und winkte mir aufgeregt zu. Ich winkte zurück und wir umarmten uns herzlich, als Gesa das Haus erreichte.

„Hallo, Gesa. Schön, dass du da bist."

„Schön, dass du angerufen und mich eingeladen hast. Ich habe heute Vormittag gleich noch Kekse gebacken."

Begeistert nahm ich Gesa die große Tüte Kekse ab und musterte den Inhalt. „Absolut traumhaft. Ich glaube, keiner kann bessere Kekse backen als du." Und das meinte ich wirklich so. Keine der Kekse, die ich im Laden führte, konnten denen von Gesa auch nur ansatzweise das Wasser reichen.

„Danke. In Bezug auf Nahrungsmittel ist das aber auch das einzige halbwegs Genießbare, das ich zustande bringe."

„Ach, Quatsch. Komm rein!" Ich ließ die junge Frau an mir vorbei ins Haus eintreten und sah ihr nachdenklich hinterher. Keiner verstand es besser als Gesa, ein viel zu großes Jackett mit einer Schlaghose und Cowboyschuhen zu kombinieren und dabei einfach nur bezaubernd und verspielt zugleich auszusehen. Was ihre Kleidung betraf, so besaß sie das Talent ihrer Mutter, aus jedem Stofffetzen etwas Wunderbares und Einmaliges zu zaubern. „Wie geht's dir sonst so? Alles im grünen Bereich in der Künstlerburg?"

„Alles im grünen Bereich. Aber mit dem Bilderrahmen bin ich noch nicht ganz fertig. Ich hatte gestern noch Besuch bei mir."

„Ach ja, ich habe bei dir in der Nähe am Straßenrand ein fremdes Auto stehen sehen, als ich gerade von der Arbeit heim bin. Dann hat das also zu dir gehört?"

„Naja, wenn man das so sagen will. Es war doch ein ziemlich seltsames Treffen, wie ich so im Nachhinein feststellen musste."

„Klingt ja nach einer interessanten Geschichte, die du mir dann hoffentlich gleich erzählen wirst." Ich schob Gesa vor mir her Richtung Wohnstube, wo wir uns nebeneinander auf dem rosa-weiß geblümten Sofa niederließen. Das Sofa stammte aus der Zeit, als meine Mutter nach dem Tod meines Vaters in eine Art Blumen-Wahn verfallen war, sodass man sich in der Wohnung von Zeit zu Zeit wie im botanischen Garten vorkam. Bis auf das Sofa und die zitronengelb geblümten Gardinen hatte ich nun jedoch alles umgestaltet und den Wänden einen hellen Grünton verpasst.

„Ist deine Mutti wach?", fragte Gesa wie immer, wenn sie mich besuchen kam.

„Sie ist eben gerade eingeschlafen. Und ich hoffe, dass wir jetzt ein bisschen Zeit für uns haben." Ich konnte mir eine gewisse Bitterkeit in der Stimme nicht ganz verkneifen.

„Ist sie immer noch so schlecht drauf?"

Ich seufzte tief, während ich den Kuchen aus der Küche holte und uns Kaffee einschenkte. „Darauf kannst du wetten. Als ich ihr heute Morgen ihr Frühstück gebracht habe, hat sie das Gesicht verzogen und sich das Tablett einfach von den Beinen gekippt. Ich hätte platzen können vor Wut, als ich die Sauerei gesehen habe. Gott sei Dank musste ich heute nicht in den Laden."

„Ach, Stine. Sie macht es dir wirklich nicht leicht… Du weißt, dass ich jederzeit da bin, wenn du Hilfe brauchst."

„Ich weiß, ich weiß. Aber ich denke immer wieder, dass ich es schon irgendwie schaffen werde. Außerdem glaube ich nicht, dass sie eine fremde Person um sich herum dulden würde. Sie wird schon immer ärgerlich, wenn ich ihr nur sage, dass du zu Besuch kommst. Manchmal frage ich mich, was ich ihr angetan habe, dass sie sich mir gegenüber so verhält. Ich habe doch schon mein ganzes Leben für sie aufgegeben." Gesa drückte meine Hand und ich lächelte schwach. „Tut mir leid. Du bist sicher nicht hier, um dir Geschichten aus dem Pflegeheim anzuhören."

„Es ist alles gut, Stine. Und ich denke nicht, dass das Verhalten deiner Mutter gegen dich gehen soll. Sie weiß wahrscheinlich gar nicht mehr, was sie da tut. Und wie das bei dir ankommt, was sie sagt und macht. Du weißt ja, dass sie an besseren Tagen manchmal wie ausgewechselt ist."

„Das stimmt wohl. Und ich hoffe, dass ein paar dieser besseren Tage bald mal wieder in Erscheinung treten. Sonst weiß ich nicht, ob ich sie noch weiter hierbehalten kann."

„Ganz bestimmt. Und demnächst rufst du einfach bei mir an, wenn dir die Puste ausgeht. Dann werden wir sehen, ob ich dir irgendwie unter die Arme greifen kann."

„Das mache ich."

„Versprochen?" Gesa hob streng die Augenbrauen.

„Versprochen." Ich drückte meiner jungen Freundin die Schulter und allein durch dieses Versprechen fühlte ich mich, als wäre mir eine gewaltige Last von den Schultern genommen worden.

„Und jetzt erzählst du mir, was da im Laden los war! Ich erfahre doch sonst immer nichts, wenn du mir nicht den neuesten Klatsch und Tratsch erzählst." In Gesas Augen trat ein erwartungsvolles Glitzern, doch mir war nicht mehr danach, ihr die Geschichte zu erzählen. Ich sah keinen Sinn mehr darin, ihr davon zu berichten, wie der Nachbarsjunge mir die Regale leergefegt hatte. Gesa hörte mir oft stundenlang zu, aber ich spürte, dass es diesmal in ihrem Leben etwas gab, wovon sie mir unbedingt erzählen wollte.

„Ich weiß was Besseres.", erwiderte ich deshalb ernst, bevor ich mit einem herausfordernden Grinsen fortfuhr. „Du erzählst mir jetzt erstmal, was es mit diesem Auto und dem mysteriösen Besucher auf sich hat!"

Ein fröhliches Lachen schallte durch den Raum. „Dem mysteriösen Besucher?", wiederholte Gesa meine Frage. „Wie kommst du denn darauf, dass es ein Mann gewesen ist?"

„Naja, hätte ja sein können, dass du jemand Besonderen kennengelernt hast…"

„Nein, das habe ich nicht. Bei diesem Besuch hat es sich zwar tatsächlich um einen Mann gehandelt, aber in Begleitung seiner Nichte."

Mein Interesse war geweckt und ich hörte gespannt zu, wie Gesa mir von dem Forschungsprojekt der germanistischen Sprachwissenschaft erzählte, von Anastasia, ihrem Onkel und der ziemlich beschwerlichen und eigenartigen Unterhaltung über Gesa selbst und ihr Handwerk.

„Wow. So etwas erlebt man tatsächlich nicht alle Tage."

„Stimmt. Aber das ist noch nicht alles." Gesa schob sich ein Stück Kuchen in den Mund und spülte es mit einem Schluck

Kaffee runter. Ich wusste, dass sie das gerne tat, weil ihr der Kuchen so offenbar noch besser schmeckte, doch heute war der Kaffee auch bitter nötig, um den trockenen Teig überhaupt halbwegs genießen zu können.

„Ach, nicht?"

„Nein. Erinnerst du dich daran, dass ich dir irgendwann einmal von dieser Internetseite erzählt habe, auf der ich mit fremden Menschen über ihre Sorgen und Probleme spreche?"

„Ja, ich erinnere mich. *Gesa's Kummerkasten.*"

„Ganz genau. Und dort habe ich vor… ach, ich weiß nicht. Es ist schon eine ganze Weile her, da hat sich ein Mädchen an mich gewendet. Sie ist jetzt siebzehn Jahre alt und wir schreiben seitdem sehr häufig miteinander. Sie ist ein wenig unsicher und macht sich viele Gedanken über alles. Sie lebt bei ihrem Adoptivonkel und das ist nicht immer so ganz einfach. Obwohl er wirklich nett zu sein scheint, aber ihr fällt es eben schwer, sich da einfach fallen zu lassen und Vertrauen in die Situation zu haben. Sie wurde schon so oft von einer Pflegefamilie in die nächste abgeschoben und musste dann doch wieder zurück ins Heim. Das hat immer alles nicht funktioniert. Wie soll sie dann daran glauben können, dass es diesmal anders ist?" Gesa stocherte mit der Gabel in dem letzten Stückchen Kuchen herum und schien vollkommen in Gedanken versunken zu sein.

„Sie erinnert dich an dich selbst, nicht wahr?", fragte ich einer Eingebung nach. Ich war keine Psychologin und in dieser Hinsicht auch weitestgehend unbegabt, doch ich kannte Gesa und ich kannte Teile ihrer Vergangenheit.

„Kann sein. Vielleicht. Wenn sie manchmal über die Zeit im Kinderheim und bei den Pflegefamilien spricht... so lange ist es bei mir auch noch nicht her. Vor acht Jahren bin ich dort weg. Einige sind schon mit sechzehn gegangen, aber ich hatte bis zum Schluss die Hoffnung nicht aufgegeben, dass meine Mutter eines Tages in der Tür steht, um mich von dort wegzuholen. Sie muss doch gewusst haben, wo ich war."

„Das weiß man nicht, Gesa. Das mit deiner Mutter war damals sehr kompliziert und wie es ihr jetzt geht, das steht in den Sternen."

„Denkst du, es geht ihr gut?" In den Augen der jungen Frau standen Tränen und ich konnte die Sehnsucht spüren, die sie Tag für Tag mit sich herumschleppte. Die Sehnsucht nach ihrer Mutter. Die Sehnsucht nach den längst vergangenen glücklichen Jahren.

„Ich weiß es nicht. Ich weiß doch nicht einmal so genau, was damals mit deiner Mutter passiert ist. Ich kann nur raten und spekulieren."

„Ich habe nach ihr gesucht. Aber ich finde einfach nichts! Überhaupt nichts! Wie kann das sein?"

„Warst du in der Wohnung oben?"

„Nein."

„Vielleicht…"

„Nein, Christine. Ich kann dort nicht hoch. Ich kann das nicht."

„Ob du es kannst oder nicht, Gesa, ich denke, dort oben findest du am ehesten das, was du suchst. Und wenn du daraus auch keine Schlüsse über ihren jetzigen Aufenthalt ziehen kannst, dann erfährst du vielleicht wenigstens, was mit ihr passiert ist." Und dann würde auch ich endlich erfahren, was geschehen war. Ich wusste zwar deutlich mehr als Gesa über jene vergangenen Zeiten, doch auch für mich gab es noch einige ungelöste Rätsel, die mich in so mancher Nacht einfach nicht schlafen lassen wollten.

„Geh in die Wohnung. Etwas anderes kann ich dir nicht raten. Wenn du möchtest, kann ich dich auch begleiten." Schweigen legte sich über den Raum und ich überlegte krampfhaft, wie ich die Spannung, die sich zwischen uns aufgebaut hatte, wieder lockern könnte.

„Aber eines verstehe ich nicht. Was ist denn ein Adoptivonkel?", fragte ich schließlich ehrlich interessiert und richtete die schmale Brille, deren einer Bügel bereits leicht verbogen war. „Geht man da ins Heim und sagt: ,Hallo, ich würde gern ein Kind adoptieren, aber bitte nicht als Vater, sondern als Onkel?'."

„Ich weiß es nicht genau. Ich wollte nicht so neugierig nachhaken. Wenn ich mit den Menschen dort schreibe, wird wenig gefragt. Jeder sagt, was er gerne sagen würde und der Rest, der bleibt, wie er ist. Damit die Anonymität gewahrt bleibt und sich niemand in dieser Hinsicht irgendwie… angegriffen oder bedrängt fühlt. Ich frage höchstens in Bezug auf das Denken und Empfinden der Personen nach, um ihnen da manchmal einen Schubs in die richtige Richtung zu geben oder um Erkenntnisse aus ihnen herauszukitzeln, die einem Außenstehenden ziemlich schnell auffallen."

„Ach so. Naja gut. Wenn du das jemals in Erfahrung bringst, dann wüsste ich gerne, was es damit auf sich hat."

Ich war froh, ein leichtes Schmunzeln auf Gesas Lippen erkennen zu können.

„Ich werde an dich denken.", sagte sie mit einem kecken Zwinkern. „Aber wir sind immer noch nicht beim springenden Punkt angekommen."

„Immer noch nicht? Wie spannend kann es denn noch werden?"

„Keine Sorge, wir sind gerade beim Höhepunkt angelangt. Ich bin dem Mädchen nämlich gestern in Echt begegnet."

„Was?" Ich zuckte zusammen, als die Kuchengabel meiner Hand entglitt und scheppernd auf den Teller zurückfiel. „Was?", wiederholte ich perplex.

„Ich bin dem Mädchen in Echt begegnet. Gestern. Bei mir zu Hause."

„Was? Wie denn?" Vor meinem geistigen Auge begann der gestrige Tag, der mir vorgekommen war, wie jeder andere auch, revue zu passieren. Das Einzige, das gestern anders war, war die Bettwäsche meiner Mutter, denn die musste nach alter Sitte jeden Freitagabend gewechselt werden. Wobei dazuzusagen war, dass diese sogenannte ‚alte Sitte' auch erst in den letzten Monaten ins Leben gerufen worden war. Ach ja, und dann war da noch das Auto, das bei Gesa in der Nähe am Straßenrand gestanden hatte. Prüfend musterte ich Gesa über den Brillenrand hinweg.

„Es hat etwas mit dem Auto zu tun, nicht wahr?" Es bedurfte keiner Antwort seitens meiner jungen Freundin, damit ich wusste, dass ich richtig lag. „Ist ja Wahnsinn. Da nimmt man einmal an einem Forschungsprojekt teil und dann passiert sowas."

„Ja. Das ist tatsächlich Wahnsinn. Aber das Schlimme an der Sache ist, dass ich nicht weiß, was ich nun tun soll. Ich kann doch nicht einfach weiter die unbekannte Kummerkastentante bleiben. Was, wenn das alles irgendwann auffliegt? Dann habe ich ihr tagelang mitten ins Gesicht gelogen. Bei jedem einzelnen Treffen, mit jeder Nachricht die ich schreibe, aufs Neue. Ihr fällt es so schon schwer, den Menschen um sie herum Vertrauen entgegenzubringen. Das kann ich nicht verantworten."

Gesa stützte die Ellenbogen auf den Oberschenkeln ab und legte ihr Gesicht in die offenen Handflächen. Ich musste genau hinhören, um zu verstehen, was sie nun sagte.

„Aber wenn ich ihr nun erkläre, wer ich bin und das wir uns kennen, dann nehme ich ihr damit einen Menschen, dem sie tatsächlich vertraut hat. Ich nehme ihr eine wichtige Stütze. Wahrscheinlich so ziemlich die einzige Stütze, die sie noch hat."

„Denkst du wirklich, dass du ihr damit eine Vertrauensperson wegnimmst? Du bist doch immer noch da. Du bist ihr sogar näher als je zuvor."

„In einer gewissen Weise schon, aber es ist ja etwas ganz anderes, mit jemandem über seine Sorgen und Probleme zu sprechen, den man nicht kennt und der einen selbst nicht kennt, als das alles mit einem Bekannten zu diskutieren. Zu wissen, wer sich hinter der anderen Person verbirgt, wie sie aussieht, wie sie lebt, was sie macht, das schränkt einen in der eigenen Redefreiheit ein. Weil man dann mehr darüber nachzudenken beginnt, was der andere von den eigenen Gedanken und Gefühlen, von der eigenen Lebensweise wohl halten mag. Man bindet sich an diesen Menschen. Die

Kummerkastentante wird zu einer Figur des eigenen Lebens, obwohl sie nur diejenige sein sollte, die gemeinsam mit einem auf dieses Leben blickt."

„Das mag ja sein, aber ich verstehe nicht, warum das so schlecht sein soll. Im gleichen Zuge, wie du ihr die unbekannte Kummerkastentante nimmst, schenkst du ihr doch eine Figur des eigenen Lebens, bei der sie weiß, dass sie Vertrauen zu ihr haben kann."

„Wenn ich ihr das sage, wird sich unser gesamtes Kommunikationsverhalten verändern. Schriftlich wie auch mündlich." Gesa schob sich fahrig eine der Strähnen aus dem Gesicht, die sich aus ihrer lockeren Hochsteckfrisur gelöst hatten.

„Na und? Mündlich kann es ja wohl kaum noch schlechter laufen als bei eurem ersten Termin. Und schriftlich, da müsst ihr euch eben etwas überlegen. Das Leben steckt voller Herausforderungen, Gesa. Und auf dem schriftlichen Wege kann man sowieso nur das Wenigste klären. Betrachte es als Chance, sie in die Welt der normalen Menschen einzuführen. In die Welt der Menschen, die mit anderen über ihre Probleme reden und sich mündlich untereinander verständigen können." Entschieden griff ich nach der Kaffeekanne und schenkte uns beiden nach. Ich reichte Gesa die Milch, denn im Gegensatz zu mir, trank sie ihren Kaffee nur ungern schwarz.

„Danke. Du hast wohl Recht. Etwas anderes bleibt mir sowieso kaum übrig. Ich sollte das Beste daraus machen." Die Milch vereinigte sich in tänzerischen Kringeln mit dem schwarzen Kaffee.

„So sehe ich das auch. Wann ist denn der nächste Gesprächstermin für euer Projekt?"

„Am Mittwoch. Gegen vier rum, wenn sich nichts ändert."

„Dann hast du ja noch etwas Zeit, dich seelisch und moralisch darauf vorzubereiten. Wenn dir danach ist, kannst du dann zum Abendessen rüberkommen und wir quatschen darüber, wie es gelaufen ist."

„Du kannst auf mich zählen. Das…" Ein grantiges Rufen aus dem Nebenzimmer ließ Gesa innehalten.

„Da siehst du's.", murmelte ich grimmig, während ich mich schwerfällig vom Sofa erhob. „Nicht einmal eine Stunde hat man mal für sich."

„Darf ich mitkommen?", fragte Gesa spontan und ich stockte für einen Moment. Mitkommen. Zu meiner Mutter?

„Willst du dir das wirklich antun?", fragte ich skeptisch.

„Entweder sie mag mich oder eben nicht. Ich kann mit beidem umgehen."

Das glaubte ich der jungen Frau mit ihrem ausgefallenen Geschmack aufs Wort. Mir kam es manchmal so vor, als würde sie Menschen, die sie nicht mochten, viel lieber haben als alle anderen.

„Also gut. Dann gehst du eben zu ihr. Aber sag dann nicht, ich hätte dich nicht gewarnt."

Derselbe Tag   **Gesa**

Das erste was mir auffiel, als ich das Schlafzimmer von Christines Mutter betrat, war der Duft eines schweren, süßen Parfüms, der hier in der Luft lag. Mein Blick tastete den Raum ab, der recht altmodisch und über und über bestückt mit Möbeln und Dekoration in den verschiedensten Blumenmustern war. Inmitten all dieser Blumen lag in dem gigantischen Ehebett eine ältere Frau, halb aufgerichtet und so ordentlich zurechtgemacht, als wollte sie noch ausgehen. Sie beobachtete mich mit spöttischem Blick.

„Haben Sie sich verlaufen, junge Frau?", fragte sie forsch.

„Nein, ich glaube, ich wollte hierher." Ich schenkte ihr ein Lächeln und trat näher an das Bett heran. „Ich bin Gesa.", sagte ich und reichte ihr meine Hand. Die ältere Frau ergriff sie nicht.

„Ich weiß, wer Sie sind. Sie wohnen in dem Haus, in dem früher diese Verrückte gelebt hat."

„Genau. Ich bin die Tochter der Verrückten. Verraten Sie mir trotzdem Ihren Namen?"

Stines Mutter überging meine Frage und musterte mich von Kopf bis Fuß. „Sagen Sie mir lieber, was Sie hier wollen."

„Ich bin eine Freundin Ihrer Tochter und wir waren der Meinung, dass es Zeit wird, mich Ihnen vorzustellen."

„Wer war dieser Meinung? Sie oder meine Tochter?"

„Eigentlich war ich dieser Meinung. Stine war sich nicht ganz sicher, ob das so eine gute Idee ist."

„Ach, und Sie waren sich da sicher."

„Wie gesagt, Stine ist eine Freundin. Und wenn sie sich Sorgen um etwas macht, dann lässt mich das auch nicht kalt."

Der Gesichtsausdruck der älteren Frau verlor etwas von seiner Härte und ich glaubte einen traurigen Glanz in ihrem Blick erkennen zu können.

„Weswegen macht meine Tochter sich Sorgen?", fragte sie und zupfte an den Ecken ihrer rosa-gelb geblümten Bettdecke.

„Sie macht sich Sorgen um Sie. Sie machen es ihr nicht gerade einfach, wenn Sie das Essen verweigern und Stine zu Ihrer persönlichen Putzfrau machen. Sie versucht immer wieder, Ihre Krankheit vorzuschieben, um Ihr Verhalten zu rechtfertigen, aber daran glaube ich nicht."

Stines Mutter starrte ins Leere. „Glauben Sie was Sie wollen, aber verschonen Sie mich damit."

„Sie kann ich gerne damit verschonen. Aber Ihre Tochter ist fertig mit den Nerven. Und deshalb werde ich mich hier nicht wegbewegen, bis wir darüber gesprochen haben." Entschieden verschränkte ich die Arme vor der Brust und blieb neben dem Bett stehen. Stines Mutter sah weiterhin stur an die Wand gegenüber dem Ehebett. Ich hatte keine Ahnung, wie lange wir beide so verharren würden.

„Warum ist es Ihnen so wichtig, sich mit den Sorgen meiner Tochter auseinanderzusetzen?", fragte die ältere Frau plötzlich.

„Weil ich Stine sehr gern habe. Sie war immer für mich da, seit ich in unser altes Haus gezogen bin und sie ist so ziemlich der liebevollste und aufmerksamste Mensch, den ich kenne. Jeder kann froh sein, so eine Freundin an seiner Seite zu haben."

Stines Mutter lehnte ergeben den Kopf gegen die Rückwand des Bettes und klopfte mit der Hand neben sich auf die Matratze. Ich setzte mich zu ihr und sah sie erwartungsvoll an.

„Meine Tochter hat im Laufe der Jahre vergessen, ihr eigenes Leben zu führen. Sie krallt sich an mir und meiner Krankheit fest, um eine Ausrede zu haben, sich hier zu vergraben. Sie ist noch so jung. Gerade mal zweiundvierzig. Sie sollte leben und lieben, solange es noch geht. Und mich soll sie endlich in ein Pflegeheim schaffen, wo ich Menschen um mich habe und wo die Leute ihr Geld damit verdienen, sich um mich zu kümmern."

„Soll das heißen, Sie wollen mit diesem Verhalten provozieren, dass Stine Sie ins Pflegeheim schafft?"

„Das soll es heißen. Meine Tochter ist jemand, mit dem man eigentlich über alles reden kann. Aber wenn ich dieses Thema versucht habe anzusprechen, hat sie sich jedes Mal vollkommen verschlossen."

Ich schubste eine Fussel von der Bettdecke und suchte dann den Blick der Frau, die inmitten dieses Blumenmeeres lag. „Ich kann versuchen, mit ihr darüber zu reden. Vielleicht können wir uns ja gemeinsam eine Lösung überlegen, die sowohl Ihnen als auch Stine gefällt.", schlug ich vor. Obwohl ich tatsächlich keine Ahnung hatte, wie Stine darauf reagieren würde.

„Ich wäre froh, wenn Sie das versuchen würden. Auf Ihre Mutter hat mein Mädchen ja auch immer gehört."

Mir stockte der Atem, als ich diese Worte vernahm. „Was meinen Sie damit?"

„Was meine ich womit?" Das empfindsame Funkeln war aus dem Blick von Stines Mutter verschwunden.

„Das, was Sie über meine Mutter gesagt haben. Was meinen Sie damit?"

„Sie fragen zu viel."

Aufbrausend schlug ich mit der flachen Hand auf die Matratze. „Ich bin die Tochter der Frau, über die Sie gerade gesprochen haben. Was wissen Sie über meine Mutter?"

„Ich weiß gar nichts. Ihre Mutter und meine Tochter waren damals sehr gut befreundet. Christine hätte alles für sie getan. Und dann war sie fort. Einfach so. Die wunderbare Suzanna."

„Meine Mutter konnte nichts dafür. Sie hätte uns nie freiwillig verlassen. Da bin ich mir sicher. Und Stine ist sich da auch sicher."

„Trotzdem hat es sie verletzt. Wahrscheinlich will sie deshalb nicht fort von hier. Um die letzten Erinnerungen an ihre Suzanna irgendwie aufrecht zu erhalten."

Ich atmete tief durch, zählte still bis zehn und griff schließlich nach der Hand der älteren Frau. „Wenn das der Fall ist, dann finden wir sicher eine Lösung."

Auch ihr Blick wurde wieder etwas sanfter. „Das würde ich mir sehnlichst wünschen."

Ich erhob mich vorsichtig von meinem Platz und schüttelte kurz die Decke an der Stelle auf, an der ich sie unter meinem Gewicht plattgedrückt hatte.

„Johanna."

„Was?" Verwirrt sah ich zu Stines Mutter.

„Mein Name ist Johanna."

„Freut mich, Sie kennenzulernen, Johanna.", erwiderte ich mit einem Lächeln.

Ich verabschiedete mich herzlich von Christine, nachdem ihre Mutter mich aus ihrem Schlafgemach entlassen hatte. Ich war mir nun sicher, dass Stines Mutter nur das Beste für ihre Tochter wollte. Auch, wenn sie das auf einem Weg durchzusetzen versuchte, der mir wenig zielführend erschien. Aber vielleicht konnte ich in einem Gespräch mit meiner lieben Freundin klären, was die beiden offenbar nicht kommuniziert bekamen.

Langsam näherte ich mich meinem Haus und stand bald schon vor dem riesigen, alten Gebäude, das mir heute regelrecht bedrohlich erschien, wie es da in den Himmel hinaufragte und mit seinem spitzen Dach die späte Sonne zu verdecken versuchte.

Während ich sonst zielgerichtet auf den Eingang zulief, hob ich nun vorsichtig den Blick zu den beiden oberen Stockwerken. Ich versuchte, einen Blick durch die Fenster zu erhaschen, doch es gelang mir nicht. Sie waren einfach zu hoch und das Einzige, was man darin sehen konnte, waren die großen Linden, die gegenüber des Hauses auf dem Hof standen und sich in den Scheiben spiegelten. Hinter manchen Fenstern erkannte man gerade so die ausgedienten Vorhänge, die an manchen Stellen heruntergerissen waren und in einzelnen Stofffetzen schlaff zu Boden hingen.

Ein Teil von mir war erleichtert, dass es dort oben nichts zu sehen gab. Ein anderer Teil von mir schalt mich für meine Feigheit. *Es ist nur ein Haus!*, zischte eine wütende Stimme tief in mir drin. *Aber ein Haus voller Erinnerungen!*, schoss ich zurück.

Es genügte, das Haus von außen zu sehen, um die Bilder früherer Zeiten heraufzubeschwören. Wie wir lachend über den Hof gerannt waren und Fangen gespielt hatten. Oder wie wir das Haus mit Blumen geschmückt hatten, weil meine Mutter überzeugt davon war, dass es dann wie ein

Schloss aussehen würde und wir die Königin und die Prinzessin sein würden, die dort lebten.

Sie hatte jeden Tag wieder eine neue Idee, um es uns in den kalten Mauern so schön wie möglich zu machen. Um aus diesem fremden Haus einen Ort zu machen, an dem wir uns zu Hause fühlen konnten. Sie war so voller Energie und Lebensfreude. So voller Liebe. Und schlussendlich so voller Angst.

Ich näherte mich dem Gebäude und trat in den kleinen Eingangsbereich ein, aus dem man über eine schmale Treppe über dem Besenschrank ins zweite Stockwerk gelangte. Die Holzverkleidung des Besenschrankes war in einem hellen Grünton gestrichen, während der Rest des Eingangsbereiches in eierschalenfarben gehalten war und nur noch im Treppenbereich an der Tapete einige hellgrüne Blümchen erkennbar waren, die jedoch auch in absehbarer Zeit vollkommen verblasst sein würden. Es waren einst fröhliche Farben, die diesen Raum geschmückt hatten. Doch nun waren sie verblasst und hatten allen Frohsinn mit sich genommen. An der Treppe, ganz oben bei der schiefen Flügeltür, war die Tapete bereits ein Stück heruntergekommen und gab den Blick auf das nackte Gemäuer frei.

Auf den Treppenstufen lag eine dicke Schicht Staub und feine Putzbestandteile, die von der Decke heruntergekommen sein mussten. Das Haus fiel langsam, aber sicher in sich zusammen und ich konnte nichts dagegen tun. Mir fehlte schlicht und ergreifend das Geld dazu.

Mit einer Hand fuhr ich unter dem altersschwachen Geländer hindurch und wischte den Dreck von einer hüfthohen Treppenstufe. Ich klopfte mit den Fingerknöcheln auf das kühle Holz und wartete auf Antwort. So hatte meine Mutter es damals immer gemacht. Ich hatte dann zurückgeklopft und sobald sie fort war, bin ich aus dem Besenschrank hervorgekrochen.

Der kleine Raum war früher mein Geheimversteck gewesen, in das ich mich oft mit einer Taschenlampe zum Lesen oder Spielen zurückgezogen hatte. Außerdem gab es dort eine ganz niedrige, schmale Tür hinter einem der Regale, durch die man nach unten in den Gewölbekeller gelangte. Diesen Zugang kannte nur ich. Er war mein Fluchtweg, wenn es oben zu gefährlich wurde.

Ich klopfte noch einmal eindringlicher auf die Stufe und strich mit Tränen in den Augen über die unebene Fläche, als keine Antwort kam. Mein Blick richtete sich nach oben zu der braun gepinselten Flügeltür und während ich tief Luft holte, setzte ich einen Fuß auf die erste Stufe. Mein Blick fixierte den zu Boden hängenden Tapetenstreifen, während ich mich Stück für Stück weiter nach oben bewegte. Erst, als ich vor der Tür stand, wurde mir bewusst, dass ich die Luft angehalten hatte und ließ sie keuchend aus meiner Lunge entweichen.

Wie von selbst legte sich meine Hand auf die Klinke des schweren Kastenschlosses. Auch sie war kalt und fühlte sich fremd an, als hätte ich sie nie zuvor in meinem Leben betätigt. Allzu oft wird es auch nicht gewesen sein. Die Tür stand ja damals immer offen.

Ich musste mich mit meinem ganzen Gewicht dagegen lehnen, damit sich der rechte Türflügel ein Stück aus seinem Rahmen löste. Aus dem Türspalt strömte mir staubdurchsetztes Sonnenlicht entgegen und gab den hinter der Tür befindlichen Rest des Treppenaufgangs frei. Ich schnappte nach Luft, als ich den Schutt auf den breiter werdenden Stufen erblickte.

Da sich die Tür nicht weiter aufschieben ließ, zog ich mir kurzerhand das Jackett aus, welches ich mir heute Morgen schnell übergeworfen hatte und zwängte mich durch den Spalt in die Wohnung. Von der Treppe war nichts mehr zu sehen und ich musste aufpassen, mir nicht die Knöchel zu brechen, während ich mich die restlichen Stufen nach oben kämpfte.

Vor mir erstreckte sich ein großer Haufen Deckenmaterial, der aus dem dritten Stockwerk heruntergekommen war und dort ein gigantisches Loch hinterlassen hatte. Gott sei Dank hatten in der Dachwohnung im Bereich des Lochs nicht viele Möbel gestanden, höchstens ein paar alte Lampen und Regale, von denen nur eine einzige Lampe mit durch die Decke gefallen war und nun in tausend Scherben zertrümmert die Krönung des Schutthaufens darstellte. Es war genau, wie ich es geahnt hatte. Nur noch hundertmal schlimmer.

Meine Beine gaben unter mir nach und ich sank auf die oberste Treppenstufe, die irgendwo unter den Gesteinsbrocken zu finden sein musste. Nun konnte ich mich nicht mehr rausreden. Jetzt, wo ich die Wohnung im Obergeschoss betreten hatte, war es nicht nur zu meiner Aufgabe geworden, den Treppenaufgang kraft meiner Wassersuppe weitestgehend wieder herzurichten und zu stabilisieren, sondern außerdem den Schutt hier oben abzutransportieren und irgendetwas wegen dem Loch in der Decke zu unternehmen. Und wenn ich es nur so weit stabilisierte, dass man davon ausgehen konnte, ohne große Bedenken darunter hindurchlaufen zu können. Denn ohne unter dem Loch im Treppenhaus durchzulaufen, kam man nicht in die restliche Wohnung, geschweige denn zu dem Aufgang in die Dachkammer.

Wie sollte ich das nur schaffen? Ich wusste es nicht. Es würde ewig dauern, den ganzen Schutt aus dem Haus zu transportieren, selbst, wenn ich alles vorerst aus dem Fenster warf. Und auch wenn das erledigt war, so wäre immer noch dieses gefährliche Loch dort oben in der Decke, aus dem jederzeit wieder etwas herunterbrechen konnte.

Ich schloss die Augen und lehnte mich an einen der vordersten Pfeiler, die den Treppenaufgang säumten. Wahrscheinlich war dieser Pfeiler so ziemlich das Einzige, auf dessen Standfestigkeit man sich in diesem Haus noch verlassen konnte. Mein Lieblingspfeiler.

Mein Computer war es, der mich schließlich aus den Gedanken riss, indem er sich von unten zu Wort meldete, um eine neue Nachricht anzukündigen. Ich beschloss, die Vergangenheit für heute ruhen zu lassen und mich noch eine Weile den Seelennöten meiner Kummerkastenkinder zu widmen. Nur Anastasia musste ich heute noch einmal warten lassen. Das war einfach alles viel zu viel für einen einzigen Tag.

Kapitel 6
Gelb: Die Farbe der Lebensfreude

22.11.2021   **Anastasia**

Wütend band ich meine schimmelgrauen Haare im Nacken zusammen und zog meine Augen tiefschwarz mit Eyeliner nach. Das einzig Farbige an mir, waren die in grelles Pink getauchten Lippen und am liebsten hätte ich auch hier zu einem tristen Schwarz gegriffen.

Ich war so wütend und so enttäuscht und so… ach, ich war einfach unglaublich traurig und verwirrt. Gesa hatte immer noch nicht auf meine Nachrichten geantwortet. So lange hatte sie noch nie gebraucht. Ich hatte es zu weit getrieben. Hatte diese freundliche Person mit meinen Gedanken und Gefühlen verstört und vertrieben. Wäre das möglich, hätte ich mich damit schon selbst vertrieben. Aber leider ging das ja nicht. So eine Schande aber auch.

Gesa musste mich hassen. Da stahl so ein Mädchen, dem eh nicht mehr zu helfen war, so viel von ihrer wertvollen Zeit. Ich versetzte mir wimmernd eine Ohrfeige zur Strafe. Im nächsten Moment fragte ich mich, was ich da eigentlich gerade tat. Einer Frau hinterhertrauern, die ich nie wirklich gekannt hatte? Die auch aus jedem anderen erfindlichen

Grund mal einen Tag lang nicht geantwortet haben könnte? Wie dumm ich manchmal war. Aber vielleicht war ich es auch nicht und ich hatte ganz recht mit meinen Überlegungen. Ich hatte sie geängstigt und jetzt mied sie mich. Ich hatte schon viele Menschen geängstigt, die mich dann gemieden hatten. Gesa wäre nur eine von vielen.

Nachdenklich begutachtete ich im Spiegel die Fingerabdrücke auf meiner rechten Wange und spürte das Prickeln unter der gepeinigten Haut. In meinen Augen sah ich etwas aufblitzen, das nach Selbstzerstörung schrie. Ich sah den Teufel und die Sünde. Mephisto war wieder da. Nistete sich in meinem kranken Hirn ein. In meinem linken Ohr begann etwas zu fiepen, bevor seine Stimme zu mir hindurchdrang.

„Nun mach schon!", flüsterte die Stimme. *„Es verzehrt dich doch danach! Ich sehe es dir ins Gesicht geschrieben. Dieser sehnsuchtsvolle Blick in deinen Augen…"*

„Du siehst überhaupt nichts.", gab ich atemlos zurück. „Absolut gar nichts."

„Jetzt machst du mich aber traurig, meine liebe Ana. So lange kennen wir uns nun schon und dann sowas? Du weißt, dass ich dich besser kenne als jeder andere um dich herum. Du weißt, dass dem so ist."

Eine Träne rann mir über die Wange, als ich mit der linken Hand ausholte und mir eine zweite Ohrfeige verpasste. Der Gerechtigkeit halber. Rechts und Links waren Geschwister, die stets gleich behandelt werden mussten.

„Du bist so krank, dass es fast schon abartig ist." Die Stimme lachte mich aus und ich weinte. Der schwarze Eyeliner hinterließ verräterische Spuren auf meinem Gesicht.

„*Ich weiß.*", antwortete ich in Gedanken. Sie hatte ja Recht. Ich war krank.

Ich schloss die Augen, bis der erste Schmerz vergangen war, korrigierte dann notdürftig mein Makeup und rief Ben beim Verlassen des Badezimmers zu, dass er nun reinkönne.

Wir hatten uns mittlerweile ganz gut eingespielt, was das Prozedere am Morgen anging. Während er das Frühstück machte, konnte ich ins Bad. Sobald ich dann fertig war, machte er sich schnell zurecht und ich holte die Brötchen aus dem Ofen, damit wir gleich mit dem Essen beginnen konnten, sobald er aus dem Bad zurückkam. Danach nahm Ben mich im Auto mit zur Bushaltestelle und während er von dort aus zu seinem Büro an der Uni fuhr, stand mir die Busfahrt zur Schule bevor. Die Busfahrt in dem abartig vollgequetschten Bus, in dem ich jedes Mal das Bedürfnis verspürte, die Luft anzuhalten, bis wir bei der Schule angekommen waren.

Als wir an diesem Montag nach einer schier endlosen Fahrt das Schulgebäude erreichten, war ich die erste, die aus dem Bus stürzte und draußen keuchend nach frischer Luft rang, um meine Lungen von den Aerosolen meiner Mitschüler zu befreien.

In der ersten Stunde hatten wir Spanisch y no pensé que tuviéramos que escribir un examen. Gott sei Dank. Denn für einen Test war ich heute so gar nicht aufgelegt. Nicht, dass ich Angst davor hätte, eine schlechte Note zu schreiben, das war mir nahezu unmöglich. Aber ich hatte einfach keine Lust, mich in der ersten Stunde schon zu stressen. Meine Psyche mochte vielleicht ein einziges Wrack sein, meine

Leistungen in der Schule hingegen waren stets zuverlässig. Irgendwo hatte eben jeder so seine Macken.

Unsere Spanischlehrerin war schon im Raum, als ich dort ankam und irgendein anderer Schulbus musste ausnahmsweise schneller gewesen sein als unserer. In den hinteren Reihen hatten sich bereits einige Schüler zu einem kleinen Grüppchen zusammengerottet, um sich über das Wochenende auszutauschen. Ich grüßte Frau Michaelsen kurz, als ich an ihr vorbeiging und ließ mich auf meinem Platz in der zweiten Reihe nieder.

Am liebsten hätte ich noch einmal einen Blick in mein Telefon geworfen, in der Hoffnung, dort endlich eine Nachricht von Gesa vorzufinden, doch das wagte ich nicht. Im Schulhaus herrschte strengstes Handyverbot. Und schlussendlich wäre es wohl sowieso vergebens. Es würde keine Nachricht eingetroffen sein. Wer wusste, ob überhaupt je wieder eine Nachricht von ihr kam. Das Beste wäre es wohl, zur Wahrung meines letzten Stolzes, meinen Account bei *Gesa's Kummerkasten* einfach zu löschen. Dann könnte sie mir gar nicht mehr schreiben und ich bräuchte auch nicht mehr nachzusehen oder darüber nachzudenken, ob eine Nachricht von ihr eingetroffen sein könnte.

Ich packte meine Spanischsachen aus, während sich die Klasse nach und nach füllte und der Geräuschpegel linear zu steigen begann. Frau Michaelsen kramte in ihren Unterlagen und ermahnte das Grüppchen, das ganz hinten im Raum immer lauter die Ereignisse der letzten Tage zu diskutieren begonnen hatte. Selbst ich wusste nun, dass Marie-Luise keine Kondome bereit hatte, als es dringend von Nöten war und dass Theresa in der gleichen Nacht mit ihrem

126

Freund Schluss gemacht hatte, nachdem sie in seinem Telefon über ein Bild von ihm mit Anne aus der 11 a gestolpert war.

Ich verdrehte genervt die Augen, weil die Inhalte der Gespräche jeden Montag wieder die gleichen waren und kaum noch etwas wirklich Neues oder gar Interessantes daraus hervorging. Es war bestimmt schon das vierte oder fünfte Mal, dass Theresa sich von Patrick trennte, nur um kurz später wieder die Reunion zu feiern.

Das Klingeln zum Unterricht war für mich demnach eine einzige Erlösung und ich begann, mich in aller Ruhe weiter mit der Übersetzung des Textabschnittes aus *Don Quijote* auseinanderzusetzen. Meine Spanischlehrerin schien ein Fable für dieses Buch zu haben, denn genau wie die Jahrgänge zuvor, hatten wir nichts je intensiver besprochen und behandelt als diese doch recht bizarre Geschichte eines alten, verrückten Möchtegernritters.

Jeder Montag begann mit einer Doppelstunde, ebenso wie jeder Freitag in der siebten und achten Stunde damit endete. Ich sah also auch keinen Grund dazu, in der kleinen Pause zwischen den Spanischstunden meine Beschäftigung aufzugeben und arbeitete weiter an der Übersetzung. Frau Michaelsen wusste, dass ich mich davon nicht abhalten ließ, wies mich jedoch trotzdem noch einmal darauf hin, dass nun Pause war und ich danach mit meiner Arbeit fortfahren könne. Es war eine nette Geste, mich jeden Montag wieder daran zu erinnern, obwohl sich an meinem Verhalten nichts ändern würde. Sie vergaß mich nicht. Sie gab mich nicht auf, nur weil ich anders war.

Die zweite Spanischstunde verlief ähnlich wie die erste. Wir hatten noch einen Moment Zeit, um unsere Übersetzungen zu Ende zu bringen und zu überarbeiten, dann wurde verglichen. Das Vergleichen war immer ein wenig langweilig für mich, weil ich das meiste richtig hatte, während die anderen an allen Ecken und Enden etwas zu diskutieren fanden, das ihnen einfach nicht in den Kopf gehen wollte. Vor allem, wenn es um unregelmäßige Verben ging. Ich konnte das nicht nachvollziehen. In Mathe oder Physik, ja. Da musste auch ich immer lernen und stets bei der Sache bleiben, um nicht nachzulassen. Aber in Spanisch? Da fühlte man doch im Prinzip, was richtig war und was nicht. Aber so dachten diejenigen, die Mathe im Schlaf beherrschten, wohl auch von denen, die Probleme in den Naturwissenschaften hatten.

Wie ich befürchtet hatte, ließ mich die Langeweile beim Vergleichen mehr und mehr in Gedanken versinken und das dringende Verlangen kehrte zurück, einen Blick in *Gesa´s Kummerkasten* zu werfen. Ich würde es wohl nicht bis zum Schulschluss aufschieben können und mich schon in der Hofpause auf meine Lieblingstoilette verkriechen, um einen Blick in die Nachrichten zu werfen. Oder um meinen Account zu löschen, damit ich nicht mehr länger warten musste.

Stille. Die Tür zum Mädchenklo war hinter mir ins Schloss gefallen und das erste, was mir auffiel, war die Stille, die plötzlich um mich herum herrschte. Keine kreischenden Mädels mehr, keine johlenden Jungs. Einfach. Nur. Stille. Ich war allein. Allein mit der Stimme.

Mein Blick fiel auf die blasse Gestalt, die mich aus dem Spiegel anstarrte.

„Und? Zufrieden, Ana?", fragte die rechte Stimme provokant und die Lippen der Gestalt verzogen sich zu einem spöttischen Grinsen. *„Jetzt bist du hier, wo niemand ist, um dich zu überwachen. Kannst in aller Ruhe nachschauen, ob eine Nachricht eingetroffen ist und dich dann in Selbstmitleid wälzen, weil die gute Gesa nicht mehr reagiert."*

Ich schlug mit der Faust gegen den Rand des Waschbeckens und rieb mir dann den schmerzenden Knochen. Wie konnte ich auch so dumm sein, ihr von der Stimme zu erzählen? Wie konnte ich so unglaublich blöd sein? Das Gesicht im Spiegel verzog sich schmerzerfüllt, doch ich würde nicht weinen. Keine einzige Träne würde über meine Wangen rollen. Nicht, wegen einer vollkommen fremden Frau, die im Grunde genommen keine Ahnung von gar nichts hatte.

Hinter mir öffnete sich die Tür und eine Mitschülerin trat in den Raum. Schon wieder Michelle aus der Zehnten. Sie stockte kurz, als sie mich entdeckte, floh dann jedoch wie immer wortlos in ihre Kabine. Was auch immer sie dort jede Pause tat. Wahrscheinlich das Gleiche wie ich – abwarten und in trüben Gedanken versinken.

Ich verzog mich in meine eigene Kabine und zog mein Deutschbuch aus dem Rucksack. Dort standen viele Geschichten oder Auszüge aus irgendwelchen Büchern drin, über die ich manchmal stolperte, wenn wir im Unterricht eine bestimmte Seite öffnen sollten. Ich versuchte mir dann immer die Seite zu merken, um die Texte später zu lesen.

Meistens waren ausgerechnet die Texte, die wir nie behandelten, die Spannendsten.

In der letzten Deutschstunde zum Beispiel war da ein Auszug aus *Die Weber* von Gerhart Hauptmann gewesen. Wo auch immer. Meistens hatte ich die Seitenzahl vergessen, bis ich dazu kam, den Text zu lesen. Soweit ich mich erinnern konnte, handelte es sich dabei um ein Werk aus der Zeit des Naturalismus. In dem Auszug ging es, zumindest ganz am Anfang, darum, wie die bettelarmen Weber so viel Hunger hatten, dass sie ihren eigenen Hund essen mussten, um zu überleben. Aber weil sie so lange nichts zu essen hatten, haben sie kein Fleisch mehr vertragen, alles wieder herausgebracht und der Hund hatte ganz umsonst sterben müssen. Grausamer ging es wohl kaum. Der Hund tat mir unendlich leid.

Gerade als ich die richtige Seite gefunden hatte und beginnen wollte, den Auszug zu lesen, hörte ich seltsame Geräusche aus der Nachbarkabine. Ich lauschte aufmerksam und verdrehte die Augen, als mir klar wurde, dass Michelle zu weinen begonnen hatte. Na prima. Das konnte ich jetzt gebrauchen.

Ich versuchte, das Schnaufen und die anderen seltsamen Laute von Michelle auszublenden und mich auf meinen Text zu konzentrieren, doch so richtig funktionierte das nicht. Die Sache mit dem Hund hatte mich irgendwie in so eine seltsame Stimmung versetzt, weswegen ich Anflüge von Mitleid zu verspüren begann.

Sollte ich fragen, was los ist? Warum sie weint? Ich war mir nicht sicher. Was konnte ich schon tun, wenn sie es mir sagte? Darin, jemanden zu trösten, war ich sicher nicht sonderlich gut. Aber weiter hier herumsitzen und seelenruhig meinen Auszug lesen, das konnte ich noch weniger.

Ich atmete tief durch, klappte das Buch wieder zu, verstaute es im Rucksack und ging rüber zu der Kabine, in der Michelle verschwunden war. Sachte klopfte ich an die Tür. Keine Reaktion. Ich kniete mich hin, um unter der Tür durchzusehen, ob ihre Füße auf dem Boden standen. Michelle war offenbar klug genug, sie hochzuziehen, um sich unsichtbar zu machen.

„Hallo?" Stöhnend richtete ich mich wieder auf. „Machst du mir bitte auf? Ich weiß doch, dass du da drin bist." Es dauerte nicht lange, bis die Tür von innen geöffnet wurde. Michelle saß im Schneidersitz auf dem massiven Klodeckel und kämpfte mit den Tränen in ihren Augen.

„Warum weinst du?", fragte ich etwas unbeholfen. Michelle zuckte die Schultern. Eigentlich könnte ich jetzt wieder gehen. Aber schlussendlich wäre damit keinem von uns geholfen. Und vielleicht sollte ich es auch als Chance für mich selbst betrachten, diese Begegnung. Als Chance, jemanden kennenzulernen, mit dem ich so etwas wie eine Freundschaft schließen könnte. Gesa meinte ja, ich bräuchte sowas. Und es musste ja nicht für die Ewigkeit sein. Keine Freundschaft hielt ewig.

„Du weißt nicht, warum du weinst?", fragte ich nun schon etwas sanfter.

„Doch. Aber ich will nicht darüber reden."

Ich zögerte kurz, bevor ich zu ihr trat und vor ihr in die Hocke ging. „Hör mal, Michelle…"

Sie warf mir einen erstaunten Blick zu. „Du kennst meinen Namen?"

Nachdenklich runzelte ich die Stirn. Ich wusste ja selbst nicht, woher ich ihren Namen kannte. Manche Dinge blieben bei mir einfach hängen, ohne, dass ich es merkte. Da ich nicht wusste, was ich auf diese Frage also nun antworten sollte, überging ich sie einfach. War ja jetzt auch wirklich nicht wichtig. „Michelle, du sitzt jede Pause hier auf dem Klo und weinst vor dir her. Und ich bin nicht viel besser, nur weine ich nicht ständig, wenn ich mich hier verkrieche. Wir haben also beide ein paar Probleme, über die wir offenbar mit keinem anderen sprechen können." Ich wartete auf ein Nicken von ihrer Seite und auf ein Zeichen des Himmels, dass ich das Richtige tat. „Also wäre es nicht sinnvoll, wenn wir einfach mal versuchen würden, uns gegenseitig zu helfen? Ich helfe dir bei deinen Problemen und du mir bei meinen. Niemand lacht über das, was der andere sagt oder denkt und nimmt es immer ernst. Und wenn wir merken, dass wir uns nicht leiden können oder es einfach nichts bringt, miteinander zu reden, dann sitzen wir die Pause eben zukünftig wieder in getrennten Kabinen aus. Was meinst du dazu?"

Michelle schien ernsthaft über dieses Angebot nachzudenken. „Versuchen wir's.", flüsterte sie schließlich kaum hörbar.

Zufrieden streckte ich ihr die Hand entgegen und sie ergriff sie mutig. Ihre kleine Hand war so schmal, dass ich mich kaum traute, sie zu schütteln, aus Angst, sie würde dabei zerbrechen.

Die Pause würde nicht mehr allzu lange dauern, weshalb wir uns die restlichen Minuten zusammen auf dem Boden des Mädchenklos niederließen und über relativ belanglose

Dinge redeten. In welche Klassen wir gingen, wie die Mitschüler so waren und was für Unterrichtsstunden wir heute so hatten. Ich freute mich darüber, dass sie auch Spanisch mochte, weil es mittlerweile doch zu einem meiner Lieblingsfächer zählte.

Ich war so in diese neue Bekanntschaft und in das Gespräch vertieft, dass ich darüber vollkommen vergaß, einen Blick in *Gesa´s Kummerkasten* zu werfen oder meinen Account zu löschen. Selbst auf der Heimfahrt von der Schule war ich noch so aufgewühlt, dass ich keine Zeit hatte, um an Gesa zu denken.

„Irgendwie siehst du heute anders aus. So... fröhlich.", stellte mein Onkel fest, der heute zeitiger aus dem Büro zurückgekehrt war, als wir zu Hause beim Kaffeetrinken zusammensaßen.

„Hm. War ein schöner Tag in der Schule."

„Das sieht man dir an. Steht dir. Diese Fröhlichkeit."

Verlegen schmunzelte ich in mich hinein. Es tat gut, diese Anteilnahme meines Onkels an meinen Gefühlen zu spüren. Ich mochte ihn. Wirklich. Auch, wenn es mir scherfiel, das zu zeigen.

Trotzdem wurde ich langsam wieder nervös und wollte nun doch endlich sehen, ob eine Nachricht eingetroffen war. Ich verschwendete keine Zeit, nach oben in mein Zimmer zu kommen, um meine Ruhe zu haben, während ich diesen Staatsakt vollführte.

Seit ich heute Morgen die Augen aufgeschlagen hatte, hatte ich eine unglaublich große Lust verspürt, irgendetwas Neues zu schaffen. Während ich dabei im ersten Moment an den Bilderrahmen dachte, der noch immer halb fertig auf den ausgebreiteten Zeitungen stand, fiel mein Blick beim Verlassen des Hauses auf das wackelige Treppengeländer, das nach oben ins zweite Stockwerk führte. Wenn ich demnächst beginnen wollte, den Schutthaufen da oben abzutragen, wäre es gut, mich auf die Stabilität des Geländers verlassen zu können.

Ich hatte mir die Konstruktion also genauer angeschaut und festgestellt, dass es Gott sei Dank nicht am Holz lag, das mittlerweile gut und gerne hätte morsch sein können. Wie ich dann mitbekommen hatte, lag die Ursache der Lockerung viel eher an der mangelhaften Verklebung der Sprossen im Handlauf und deren Verankerung in den Stufen. Ein Problem, das ziemlich einfach behoben werden konnte und mir dann vielleicht sogar noch Zeit ließ, das Geländer neu anzustreichen. In einem schönen cremeweiß, passend zu den Bilderrahmen, die ich an die Wand dahinter hängen könnte. Nicht, dass ich irgendwelche Bilder hätte, die ich dort anbringen könnte, aber dem ließ sich schnell Abhilfe schaffen. In dem kleinen Wäldchen hinter der Stadt ließen sich sicher ein paar schöne Naturaufnahmen machen. Und natürlich müsste ich vorher auch noch irgendetwas mit der Wand anfangen. Die alte, verblichene Tapete musste ab und etwas Neues her.

In dem kleinen Vorratskeller, in den man durch eine Luke im Küchenschrank gelangte, müsste noch eine Dose mit olivgrüner Farbe stehen. Vor einem halben Jahr hatte mich ein älterer Herr hier um die Ecke darum gebeten, ihm für einen kleinen Obolus seinen Wohnungsflur in dieser Farbe zu streichen. Er selbst war einfach zu schwach und zu ungelenk dazu und ich konnte das Geld gebrauchen, genauso wie die Restbestände der Farbe, die er schon selbst herangeschafft hatte.

Ich machte mich auf den Weg in die Küche und duckte mich, um durch den schmalen Schrank in das Kellerloch hinabzukriechen. Es kam mir jedes Mal wie der Abstieg in einen Schacht aus dem Bergbau vor, denn hier unten gab es weder nennenswerte Wände, noch einen ordentlichen, befestigten Boden. Es wirkte tatsächlich so, als hätte man vor dem Bau dieses Hauses einfach ein Loch ins Erdreich gegraben, dieses mit ein paar Steinen und Mörtel kreativ befestigt und dann die Küche darüber gebaut. Aber es tat seit Jahren seinen Dienst und das war es, was zählte.

Außerdem war ich froh darüber, hier einen kleinen Ersatzkeller zu haben, denn der große Gewölbekeller, zu dem unter anderem die versteckte Tür in der Besenkammer hinabführte, war auch einer der Bereiche dieses Hauses, die ich in den vergangenen Jahren stets gemieden hatte.

Es dauerte nicht lange, bis ich in dem Kellerloch die Farbe gefunden hatte. Hier unten mochte zwar das pure Chaos herrschen, doch von den meisten Dingen wusste ich noch ziemlich genau, wann ich sie wo abgestellt hatte.

Ein großer Eimer olivgrüner Farbe. Es war sogar noch viel mehr, als ich in Erinnerung hatte. Absolut perfekt für den

Eingangsbereich des Hauses. Fehlte nur noch ein schöner Lampenschirm, der die momentan noch lose von der Decke hängende Glühbirne umschmeicheln und einem das Gefühl von Wohnlichkeit und Wärme geben könnte. Die Decke war hier zu meinem großen Glück noch gut erhalten und hatte keinerlei Ausbesserungen nötig. Noch nicht. Vielleicht brach sie mir auch morgen schon über dem Kopf zusammen.

Während ich meine handwerklichen Vorhaben der nächsten Tage zu organisieren versuchte, war ich mir durchaus der Tatsache bewusst, dass ich mich damit ein Stück weit vor der weiteren Erkundung des oberen Stockwerkes zu drücken versuchte. Aber das würde noch früh genug notwendig werden und ich war bereits äußerst stolz darauf, mich überhaupt endlich dazu durchgerungen zu haben, Hand an das Haus zu legen und ihm neues Leben einzuhauchen.

Vielleicht war das die beste Strategie. Die Eroberung des oberen Stockwerkes durch handwerkliche Maßnahmen, die keinen Aufschub duldeten. Stück für Stück und alles zu seiner Zeit würde die Vergangenheit ans Licht gebracht und mit der Gegenwart vereinbart werden.

Bevor ich damit beginnen konnte, das Geländer neu zu verkleben und am besten auch mit später unsichtbaren Schrumpfkopfnägeln zusätzlich zu sichern, war es jedoch an der Zeit, meiner lieben Ana eine Antwort auf ihre Nachricht zukommen zu lassen. Ich hatte erst daran gedacht, den Kontakt bis zum nächsten Gespräch ruhen zu lassen, um sie nicht bis dahin an der Nase herumführen zu müssen, doch ich kannte das Mädchen gut genug, um zu wissen, dass sie innerhalb kürzester Zeit beginnen würde, sich Sorgen zu machen, wenn keine Reaktion von mir kam. Dass sie dann beginnen würde, die Schuld bei sich zu suchen und nicht aufhören konnte, sich selbst deswegen zu verurteilen.

Ich setzte mich also erst einmal an den Computer, öffnete *Gesa´s Kummerkasten* und begann zu schreiben.

Liebe Ana,

bitte entschuldige, dass meine Antwort so lange auf sich hat warten lassen. Oder zumindest länger als gewöhnlich. Auch in meinem Leben ereignet sich gerade so einiges, das nicht nur erlebt und erledigt, sondern auch verdaut werden muss.

Ich denke, dass es nicht zuletzt unsere Gespräche waren, die mich in letzter Zeit ständig über meine Zeit im Kinderheim und die Jahre davor haben nachdenken lassen. Ich war ja nicht immer ein Heimkind. Als ich noch klein war, habe ich mit meiner Mutter in einem alten, romantischen Haus gelebt, das wir beide über alles zu lieben gelernt hatten. Was dann passiert ist, sodass wir beide getrennt worden sind, das weiß ich nicht. Genauso wenig, wie ich weiß, wo meine Mutter nun ist. Oder ob sie überhaupt noch lebt. Und es macht mich wahnsinnig, das nicht zu wissen. Ich hatte mein Leben lang viel zu viel Angst vor der Wahrheit, um der Sache wirklich auf den Grund zu gehen. Was, wenn meine Mutter mich nicht mehr wollte? Was, wenn sie krank war und längst begraben auf irgendeinem Friedhof liegt, zu dem ich nie gegangen bin, um ihr Blumen zu bringen?

In den letzten Tagen habe ich begonnen, der Tatsache ins Gesicht zu sehen, dass ich die Wahrheit ans Licht bringen muss, um die Sache endlich für mich abzuschließen.

So viel dazu, weshalb meine Antwort diesmal etwas länger gebraucht hat.

Als ich deine Nachricht gelesen habe, bin ich an einer Stelle hängen geblieben, an der du über die Stimmen in deinem Kopf gesprochen hast. Was meinst du damit?

Ach, und was deine neue Haarfarbe angeht, da gebe ich deinem Onkel ganz Recht. Tu einfach so, als sollte es genau so sein. Nicht nur vor allen anderen, sondern auch dir selbst gegenüber. Wieso sollten die anderen dir glauben, wenn du es selbst nicht tust?

Da draußen in der Welt sind mittlerweile die seltsamsten Haarfarben unterwegs. Wieso also nicht grau-grün? Ich wette, dass das richtig gut aussehen kann, wenn man etwas daraus macht. Betrachte es als Chance. Als etwas Neues, an dem du dich versuchen und aus dem du etwas ganz Fantastisches und Einzigartiges zaubern kannst.

Abgesehen davon halte ich dich für viel zu charakterstark, um dich von einer Haarfarbe regieren zu lassen. Nicht dein Körper ist es, der mit dir machen kann, was er will. Du bist es, die mit ihrem Körper verfahren kann, wie sie möchte. Und schlussendlich ist es auch nur eine Haarfarbe, die sich nach und nach wieder rauswaschen oder rauswachsen wird.

Ich wünsche dir eine schöne Restwoche! Und denk daran: Am Ende wird alles gut. Und solange nicht alles gut ist, ist es auch noch nicht das Ende. Das hat meine Mutter früher immer zu mir gesagt.

Liebe Grüße,
Gesa

Ich würde am Mittwoch gleich mit Ana über alles sprechen. Gleich nach der Aufnahme. Oder vorher schon? Ich wusste es nicht. Fakt war, dass wir miteinander reden mussten, was auch immer das für unser Projekt bedeuten würde. Unser Projekt. Wir hatten erst eine Sitzung hinter uns und schon fing ich an, mich als festen Bestandteil dieses Experiments zu betrachten. Aber vielleicht war das auch Sinn und Zweck der Sache. Das wir uns mehr und mehr miteinander einlebten. Obwohl ich mich ernsthaft fragte, was wir morgen noch miteinander besprechen könnten. Die Fragen zu meiner Arbeit als Künstlerin und meinem Werdegang dürften Ana weitestgehend ausgegangen sein und dass sie beginnen würde, mich noch intensiver zu meiner Person auszufragen, das bezweifelte ich doch stark.

Vielleicht könnte ich ihr zeigen, wie das alles in der Praxis funktionierte, was ich ihr beim letzten Mal nur rein theoretisch hatte erklären können. Ben müsste dann nur sehen, wo er die Kameras aufstellte, damit wir beide trotzdem gut sichtbar waren.

Glücklich über diesen Einfall, griff ich zum Telefon und begann nervös im Zimmer umherzulaufen, während das Tuten des Hörers dessen Bemühung darum signalisierte, eine Verbindung zum Haushalt Seefeld aufzubauen.

„Seefeld?", meldete sich schließlich eine raue Stimme zu Wort.

„Hallo, hier ist Gesa Ostrowski."

„Hallo, Gesa. Wie kann ich Ihnen helfen?"

Mir fiel auf, dass Ben wieder zum Sie übergegangen war, sagte jedoch nichts dazu. Ich erklärte mein Vorhaben und fügte in diesem Zuge gleich noch hinzu, dass ich diesmal mit Anastasia allein sein wollte, wenn das möglich war, in der Hoffnung, dass das Mädchen dann etwas entspannter an die Sache herangehen konnte.

„Sie sind meine Retterin, Gesa.", sprudelte es aus Ben heraus, sobald ich mit meinen Erläuterungen zum Ende gekommen war. „Ich muss nämlich ehrlich gestehen, dass ich nun schon seit Tagen darüber brüte, wie man dieses Gespräch sinnvoll fortsetzen könnte, damit es in die Studie passt. Und das mit den Kameras sollte kein Problem sein. Obwohl es gut wäre, wenn ich dann vorher schon einmal vorbeikommen könnte, um alles zu organisieren und zu planen. Denken Sie, das ließe sich einrichten?"

„Natürlich. Wann würden Sie denn gerne vorbeikommen?"

„Was halten Sie von jetzt gleich?"

„Passt perfekt."

„Gut. Dann sehen wir uns gleich!", verkündete er mit einem übermütigen Stolpern in der Stimme.

„Jawohl, bis gleich!" Ich legte den Hörer auf und verstand nicht ganz, weshalb ich plötzlich über das ganze Gesicht zu strahlen begonnen hatte. Schließlich bedeutete dieser spontane Besuch, dass ich meine Renovierungsarbeiten wieder hinauszögern und alles umorganisieren musste.

Trotzdem griff ich nun hochmotiviert zum Besen und begann meine Wohnstube und Werkstatt auszufegen. Mir war gar nicht klar gewesen, wie dreckig es hier mittlerweile aussah. Überall lagen Holzspäne und andere Rückstände handwerklicher Arbeiten verteilt und ließen den Boden viel grauer und trister erscheinen, als er eigentlich war. Die ursprünglich weißen Gardinen müssten auch dringend mal wieder gewaschen werden, doch das dauerte jetzt zu lange.

Gerade als ich damit fertig war, die Werkstatt in einen halbwegs vorzeigbaren Zustand zu bringen, sah ich Bens Wagen am Haus vorbeifahren. Ich setzte noch schnell den Kaffee auf und ging in den Hof, um seine Ankunft abzupassen. Meine Klingel funktionierte schon wieder nicht. Falls sie überhaupt je wirklich funktioniert hatte. Ich konnte mich beim besten Willen nicht daran erinnern, wie sie klang.

Derselbe Tag   Anastasia

Meine Finger krallten sich in den langen Fasern des lindgrünen Teppichs fest, der in der Mitte des kleinen, gemütlichen Zimmers lag, das Ben für mich freigeräumt hatte, als ich zu ihm gezogen war. Er hatte sich die größte Mühe gegeben, damit ich es hier so schön hatte, wie nur irgend möglich. Als wir damals unterwegs waren, um die Einrichtung zu besorgen, war er so enthusiastisch gewesen, dass ich mich davon glatt hatte anstecken lassen. Und so kam es, dass nun so gut wie jedes Möbelstück, jede Gardine und jeder Gegenstand in diesem Raum in einer anderen Farbe erstrahlte. Es war eine aufgesetzte Fröhlichkeit, die diesen Raum beherrschte. Aufgesetzt und fremd. Aber der Wille zählte.

Mein Blick blieb an den schwarzen Nägeln meiner linken Hand hängen, deren Farbe schon zu einem Großteil abgebröckelt und nur noch ein Schatten ihrer selbst war. Etwas

Gelbes, weiter hinten im Zimmer, zog dabei meine Aufmerksamkeit auf sich. Es war die Kiste mit den Sachen von Freya, die Ben mir nach ihrem Tod überlassen hatte. Der altmodische Riegel hielt den Deckel noch immer fest verschlossen. Ich hatte nie einen Blick hineingeworfen.

Während ich, noch immer auf dem Boden liegend, eine Hand ausstreckte, ohne die Kiste jedoch zu berühren, kamen mir Gesas Worte aus ihrer letzten Mail wieder in den Sinn. Wie sie von ihrer Mutter und der Suche nach ihr berichtet hatte. Sie hätte die Kiste längst geöffnet. Sie hätte wissen wollen, wer ihre Mutter war. Aber Gesa hätte dann auch gewusst, woher sie kam und wessen Wesen sie in sich trug. Ich hingegen würde nur erfahren, was für ein Mensch die Frau war, der ich mich hätte anvertrauen können.

Zögernd richtete ich mich auf und lehnte mich ein Stück zur Seite, um die Kiste unter dem Bett hervorzuziehen. Meine Freya-Kiste. Mit dem Zeigefinger fuhr ich bedächtig den fein gearbeiteten Metallriegel nach, doch mein eigenes, ruckartiges Kopfschütteln hielt mich davon ab, ihn aufzuschieben. Ich stieß die Kiste fort, als hätte ich mich an dem von der Lackierung glänzenden Holz verbrannt, schnappte mir meinen Laptop vom Schreibtisch und ließ mich damit im Schneidersitz auf dem Bett nieder. Ich überflog noch einmal Gesas heutige Nachricht, bevor ich eine Antwort tippte. Nach all den Nachrichten, die wir ausgetauscht hatten und in denen es eigentlich immer nur um mich ging, war es schön, etwas über das Leben der Kummerkastentante erfahren zu haben. Es machte sie lebendiger und zeigte mir, was ich so oft vergaß: Auch sie war ein echter Mensch mit einem eigenen Leben. Mit Freunden, Familie und schönen wie auch traurigen Momenten.

Liebe Gesa,

ich verstehe, was du meinst, wenn du von deiner Mutter sprichst. Von der Angst vor der Wahrheit, ohne die du aber doch nie Ruhe finden können wirst.

Auch ich habe mich eine Zeit lang oft gefragt, wer meine Eltern sind und warum ich nicht bei ihnen aufwachsen kann. Ob sie mich nicht haben wollten oder mich einfach nicht behalten konnten oder ob ich ihnen sogar weggenommen worden bin. Ich weiß es nicht und werde es wohl auch nie erfahren. An wen auch immer ich mich in der Vergangenheit mit diesen Fragen gewandt habe – niemand konnte mir eine Antwort geben. Ich scheine geradewegs vom Himmel gefallen zu sein. Es gibt weder Papiere, noch Bilder oder irgendwelche Erinnerungen an zwei Menschen, die in dem Heim, in dem ich aufgewachsen bin, ein Kind zurückgelassen haben.

Ich kenne ja nicht einmal meinen wahren Namen. Man gab mir damals im Heim den Namen Anastasia. Der Name entstammt dem gleichnamigen Film. Vielleicht kennst du ihn ja. Es geht darin um eine russische Zarenfamilie, über die ein Fluch gelegt wird. Nur die kleine Anastasia und ihre Großmutter können dem Fluch entgehen und so wächst Anastasia als Waisenkind im Unwissen über ihre Herkunft auf. Erst, als sie achtzehn wird, erkennt jemand ihre Ähnlichkeit zu der verschwundenen Prinzessin. So nimmt die Geschichte ihren Lauf und Anastasia erfährt nach und nach, wer sie eigentlich ist.

Dieses Glück wird mich wohl nicht ereilen. Aber doch mag ich es, an diese Geschichte zu denken, wenn ich mal wieder nicht weiß, wohin mit mir. Vielleicht lag über meiner Familie ja auch ein Fluch und ich wurde als Baby entführt. Und irgendwann werde ich meinen Eltern plötzlich wieder gegenüberstehen und wir wissen genau, dass wir zusammengehören. Ein schöner Traum. Nur leider erfüllen sich in meiner Welt keine Träume. Das ist einfach so.

Aber ich habe ja meinen Onkel. Und fast hätte ich auch Eltern gehabt. Die Schwester meines Onkels und ihr Mann wollten mich vor etwa einem Jahr adoptieren. Es war nicht ganz einfach gewesen, das durchzusetzen, weil es doch etwas ungewöhnlich ist, ein fast volljähriges Mädchen zu sich nehmen zu wollen. Vor allem, wenn man noch so jung ist, wie Freya es war. Und mir war es schlussendlich egal gewesen, was mit mir passierte, weswegen ich mich auch nicht allzu sehr um ein gutes Auskommen bemüht hatte. Einerseits konnte es ja nur besser werden als im Heim, aber andererseits hatte ich mich auch schon daran gewöhnt, wie es im Heim lief und mich in das Leben dort gefügt.

Nicht lange, nachdem die Adoption durch war, starb Freya an einem Hirntumor. So plötzlich, wie er gekommen war, oder besser gesagt, wie er entdeckt worden war, nahm er sie auch mit sich. Und Tom, mein Adoptivvater, ist mit ihr gestorben. Nicht wirklich und nicht körperlich, aber geistig war er nicht mehr Teil dieser Welt. Er ist nun irgendwo unterwegs. Irgendwo ganz weit weg von allem, was ihn an Freya erinnern könnte. Ben hat mal etwas vom Jakobsweg gesagt.

Ich musste mich dann entscheiden, ob ich zurück ins Heim oder zu Onkel Ben wollte. Und da er schon während der Probezeit so *oft bei uns war, habe ich mich für Ben entschieden. Wie auch immer mein Leben dann aussehen würde.*

Weißt du, Gesa, während ich all das hier zu Papier, oder besser gesagt, zur Tastatur gebracht habe, ist mir bewusst geworden, wie sehr wir beide noch immer in der Vergangenheit leben. Ich weiß nicht, ob das so gut ist. Wir haben doch beide noch so viel vor uns. Wir sollten nach vorne schauen und nicht zurück. Wir sollten das Alte endlich hinter uns lassen können und zusehen, dass das Neue zu etwas ganz Besonderem wird.

Liebe Grüße,
Ana

Kapitel 7
Weiß: Die Farbe der Unschuld

Derselbe Tag **Ben**

„Ich könnte Ihnen dabei helfen, die heruntergebrochenen Deckenteile aus dem Haus zu schaffen, wenn Sie möchten.", erwiderte ich schließlich, um das konzentrierte Schweigen zu unterbrechen, das Besitz über die Werkstatt von Gesa ergriffen hatte. Bei meiner Ankunft war mir aufgefallen, dass die Tür zum Obergeschoss einen Spalt breit offenstand und sich im Treppenaufgang ein Haufen Werkzeug und Material angesammelt hatten, die bei unserem letzten Besuch noch nicht da gewesen waren. Ich konnte nicht anders, als meiner Neugier nachzugeben und Gesa zu fragen, was es damit auf sich hatte. Sie hatte mich dann in ihre Renovierungspläne eingeweiht und mir von dem Loch in der Decke zum dritten Stock erzählt.

Bei der Vorstellung, dass sie das alles allein renovieren und reparieren wollte, war mir schwindelig geworden. War das überhaupt möglich? Ich bezweifelte es.

„Ach, das ist nicht nötig", erwiderte sie geistesabwesend, während sie misstrauisch das dürre und gebrechlich wirkende Stativ unter der Kamera beäugte, dessen Position ich gerade zu optimieren versuchte. „Die Bruchstücke sind halbwegs handlich, sodass ich sie ohne weitere Probleme aus dem Fenster werfen oder über die Treppe nach unten befördern kann."

„Das sieht wackeliger aus, als es ist.", versuchte ich Gesas Bedenken bezüglich des Stativs zu zerstreuen. „Wenn ich Ihnen bei den Deckenteilen helfe, geht es schneller. Betrachten Sie es einfach als Dankeschön für Ihr Engagement. Ohne Ihren Anruf hätte ich nicht gewusst, wie es nun sinnvoll weitergehen soll."

Gesa warf mir einen nachdenklichen Blick zu und nickte schließlich. „Also gut. Dann helfen Sie mir eben. Je schneller das erledigt ist, desto schneller kann ich mit dem nächsten Punkt auf meiner Liste weitermachen. Da haben Sie schon recht."

Wir lächelten einander an, bis Gesa sich die Hände rieb und mit einem Nicken zur Tür deutete. „Der Kaffee ist durchgelaufen. Ich hätte ja gesagt, wir setzen uns noch eine Weile hin und trinken in Ruhe, aber da sich die Arbeit bei mir gerade etwas stapelt… Vielleicht können wir uns ja eine Tasse mit hochnehmen."

„In Ordnung. Ich bin hier auch gleich fertig."

„Super."

Ich sah Gesa nach, während sie den Raum verließ und konnte mir ein Grinsen nicht ganz verkneifen, als ich den weißen Staub an ihrem Hintern kleben sah, der wohl auf der Fensterbank gelegen hatte, auf der sie eben noch saß. Trotzdem sah sie ganz bezaubernd aus in ihrer abgewetzten Jogginghose und dem weißen T-Shirt, das selbst mir einige Nummern zu groß gewesen wäre.

Geduldig korrigierte ich noch die Position der zweiten Kamera, nachdem ich eine endgültige Stellung für die Erste auserkoren hatte und überprüfte gefühlt zum hundertsten Male die Standsicherheit des Tonaufnahmegeräts. Gesa kam mir schon mit zwei Tassen Kaffee in der Hand entgegen, als ich schließlich die Werkstatt verließ und ihr in die Küche folgen wollte.

„Fertig?", fragte sie mich heiter.

„Fertig."

„Dann können wir ja mit der Arbeit beginnen."

Ich zwängte mich hinter Gesa durch den Türspalt, der den einzigen Zugang vom Erdgeschoss in den ersten Stock darstellte und verharrte schockiert in der Bewegung, als ich den Schutt sah, der sich sogar schon auf der Treppe zu häufen begann, sodass man nicht nur die Tür nicht aufgeschoben bekam, sondern auch die Treppenstufen nur noch erahnen konnte.

„Das sieht schlimmer aus, als es ist.", bemerkte Gesa beschwichtigend, da mir das Entsetzen scheinbar ins Gesicht geschrieben stand. „Der ganze Staub und das kleinere Geröll, was nach dem Einsturz noch hinterhergekommen ist, ist nur von dem eigentlichen Berg oben hier hinuntergerollt. Wenn man die größten Stücke herausgesammelt hat, kann man sicher alles einfach runterkehren."

Ich nickte schweigend und hoffte für Gesa, dass das tatsächlich alles so einfach funktionierte, wie sie sich das vorstellte. Und dass die Treppe unter dem Geröll keinen allzu großen Schaden genommen hatte.

„Ich würde sagen, damit fangen wir jetzt einfach mal an. Dann können wir hier besser hoch und runter laufen, um den Berg von da oben abzutragen."

„Dann machen wir das so." Es kam mir fast so vor, als würde Gesa sich auf die bevorstehende Arbeit freuen, als sie federnden Schrittes noch ein paar Stufen nach oben ging, bevor sie mir Handschuhe reichte und einen Eimer in unserer Mitte deponierte, damit wir die ersten Gesteinsbrocken darin sammeln konnten. Diese Frau wurde mir mit jeder Begegnung ein noch größeres Rätsel. Aber vor allem wuchs mit der Beschäftigung hier auf der Treppe meine Sorge, wie es wohl oben im ersten Stock aussah und wie groß das Loch in der Decke sein würde, von dem sie meinte, es allein und auf eigene Faust reparieren zu können.

Derselbe Tag **Gesa**

Schweigend arbeiteten wir nebeneinanderher und ich genoss die stille Harmonie zwischen uns. Die Gesteinsbrocken fielen im Eimer zu einem in sich kohärenten Muster zusammen, so, wie unsere Blicke es taten, wenn Ben und ich uns zur gleichen Zeit dem Eimer zuwandten.

Ich hätte noch ewig so weitermachen können, doch irgendwann war der Eimer voll. Oder zumindest so voll, dass es Zeit wurde, die erste Ladung nach unten auf den Hof zu schaffen.

Ich erklärte Ben, wo er den Schutt abladen sollte und hoffte darauf, dass er die Stelle bei dem alten Schuppen gegenüber dem Haus finden würde. Aber wenn er auch nicht den Schuppen als solchen erkennen konnte, so sollte zumindest der daneben befindliche Kompost Aufschluss darüber geben, wo ich den Schutt sammeln wollte. Es war die Stelle mit dem kürzesten Weg zum Haus, aber eben doch nicht mitten auf dem Hof, wo man ständig drum herumlaufen müsste.

Während Ben also dabei war, den Eimer zu leeren, holte ich von unten einen Besen und eine Kehrschaufel und begann damit, den restlichen Staub und das kleinere Deckenmaterial von den geräumten Stufen zu kehren. Ich befüllte einen weiteren Eimer damit und brachte ihn ebenfalls zu der freien Stelle am Kompost. Wenn wir noch etwa fünf oder sechs dieser Eimer zum Kompost trugen, wäre die Treppe zumindest wieder normal begehbar und auch die Tür ließe sich dann hoffentlich wieder etwas einfacher öffnen.

„Also, die Treppe wäre dann schonmal sauber.", zwitscherte ich fröhlich, als wir zwei Stunden später unseren letzten Eimer mit Schutt weggebracht hatten und uns im Hauseingang zur Betrachtung des vollbrachten Werkes trafen. Erinnerungen stiegen plötzlich wieder in mir auf, wie ich hier die Treppe hochgerannt war, meine Mutter hinter mir her. Ich hatte so gerne Fangen mit ihr gespielt. Obwohl sie damals eigentlich viel schneller gewesen war als ich, hatte sie immer so getan, als würde sie mich einfach nicht einholen können.

„Ich würde sagen, ...", begann ich schließlich etwas lahm und warf einen nachdenklichen Blick in Richtung der Decke zum ersten Stock. „...wir machen gleich mit den

Schutthaufen dort oben weiter, indem wir erst einmal die großen Brocken nach unten schaffen und den Rest dann genau wie eben in Eimern zum Kompost befördern. Vielleicht bleibt uns so die Sauerei erspart, die auf dem Hof entstehen würde, wenn wir die Deckenteile aus dem Fenster schmeißen würden."

„Wenn du einen halbwegs stabilen Eimer hast, dann kann ich sicher auch gleich mehrere der großen Teile mit einem Male nach unten bringen.", gab Ben zu bedenken.

„Den hätte ich tatsächlich.", erwiderte ich flott und streckte ihm meinen entleerten Eimer entgegen. „Der ist was für ganz eifrige Arbeiter."

„Dann werde ich mir die größte Mühe geben, ihm gerecht zu werden.", verkündete Ben feierlich und legte sich bedeutungsvoll eine Hand aufs Herz. Ich lachte kopfschüttelnd über diese theatralische Einlage, bevor ich ihm voraus nach oben ging, wo die eigentliche Arbeit auf uns wartete.

Derselbe Tag   **Ben**

Während ich erstaunlich schnell den Schock über das Ausmaß des Schadens der heruntergebrochenen Decke überwunden hatte, ließ mich der Rest des sich hier vor mir erstreckenden ersten Stocks für einen Moment innehalten. Ich merkte erst, dass ich die Luft angehalten hatte, als ich aus lebenserhaltenden Gründen dazu gezwungen war, sie wieder auszustoßen.

Von dem geräumigen Podest, auf dem wir nun standen, gingen um das Treppenloch herum drei mehr oder weniger große Räume aus, deren Türen teilweise einen Spalt breit geöffnet waren und in mir eine Ahnung davon aufsteigen ließen, dass hier noch mächtig Arbeit auf Gesa wartete. Außerdem befand sich in unserem Rücken noch der Treppenaufgang zum Dachgeschoss und darunter hatte man einen kleinen Besenschrank oder eine Vorratskammer eingebaut, deren halb durchsichtiger Vorhang den Blick auf eine beachtliche Menge an Einkochgläsern, gefüllt mit verschiedensten Sorten von Obst und Marmelade freigab. Wahrscheinlich noch immer essbar. Daneben führte ein Gang vermutlich zu weiteren, von hier aus uneinsehbaren Räumlichkeiten.

Es war ein gigantisches Haus. Wenn Gesa das wirklich alles wieder in Stand setzen wollte, dann brauchte sie unbedingt Unterstützung. Sie brauchte Geld und ein paar Leute, die ordentlich mit anpacken konnten.

Ich hütete mich jedoch, ihr meine Gedanken dazu kundzutun. Sie würde mir ja doch nur widersprechen und darauf beharren, dass sie das schon irgendwie schaffen würde. Und genauso verhielt es sich auch mit den tausenden von Fragen, die sich mir aufdrängten und die nach Aufklärung darüber verlangten, wie es zu diesem Verfall hatte kommen können. Wie es dazu hatte kommen können, dass Gesa so einen Ort als ihr Zuhause bezeichnete und wie es dazu kommen konnte, dass man das Gefühl hatte, vor eine Wand zu laufen, wenn man sie danach fragte. Auch das behielt ich vorerst alles für mich, leerte meine Kaffeetasse fast in einem Zug und begann brav, meinen Eimer mit den Trümmern vollzufüllen, von denen ich nicht wollte, dass Gesa sie Kraft ihrer Wassersuppe nach unten transportierte.

Wie schon beim letzten Mal auf der Treppe redeten wir nicht viel und ich nutzte die Zeit, um Gesa unauffällig zu beobachten. Sie war beim Arbeiten nicht kleinlich und scheute sich nicht davor, sich dreckig zu machen. Die Haare hatte sie wieder zu einer wirren Hochsteckfrisur zusammengefasst, die mittlerweile noch mehr durcheinandergeraten war, da sie sich immer wieder mit der Hand hindurchfuhr, um das lange Pony beiseitezuschieben, das ihr in verschwitzten Strähnen auf der Stirn klebte.

„Ich müsste noch etwas mit dir besprechen.", meinte Gesa irgendwann, als sie gerade wieder von unserer Schuttdeponie beim Kompost zurückgekehrt war. „Wegen deiner Nichte."

„Okay. Um was geht´s?"

„Ich habe vor ein paar Tagen, also ziemlich kurz nach der ersten Aufnahme, festgestellt, dass ich Anastasia bereits kenne. Und dass sie mich kennt. Mehr oder weniger."

Ich hielt mit der Arbeit inne und versuchte mir einen Reim darauf zu machen, was Gesa mir mitteilen wollte. „Was meinst du damit? Woher kennt ihr euch denn?"

„Ich betreibe im Internet seit ein paar Jahren einen Kummerkasten, bei dem man sich anmelden kann, wenn man irgendwelche Sorgen oder Probleme hat und rede dann dort mit den Menschen darüber, um ihnen dabei behilflich zu sein, eine Lösung zu finden. So ganz im Sinne der Hilfe zur Selbsthilfe. Und aufgrund des Inhalts einer ihrer Nachrichten habe ich festgestellt, dass es sich bei einer der

Personen, mit denen ich dort in sehr intensivem Kontakt stehe, um Anastasia handelt."

Meine Nichte hatte sich an einen Kummerkasten gewandt? „Was hat sie denn für Probleme, mit denen sie sich an so eine Stelle wenden muss?", rutschte es mir heraus. Ich hätte mich dafür ohrfeigen können, dass meine Worte so abschätzend klangen. Ganz abgesehen davon, dass Anastasia schon mit mir darüber geredet hätte, wenn sie wollen würde, dass ich wusste, was sie bedrückt.

„Dazu kann ich dir nichts sagen, Ben. Das Ganze ist nicht grundlos anonym. Aber manchmal tut es einfach gut, mit jemandem vollkommen unbehelligt über alles reden zu können, was einem so in den Kopf kommt. Man kennt die Person am anderen Ende der Nachrichtenschleife nicht und hat deshalb das Gefühl, für nichts verurteilt werden zu können."

„Naja, so unbehelligt geht das offenbar auch wieder nicht.", gab ich in Anbetracht dieser neuesten Entwicklungen zu bedenken.

„Stimmt. So etwas ist mir auch noch nie passiert. Das ich zufällig einen meiner Kummerkasten-Kontakte treffe." Gesa griff nach ihrer Kaffeetasse, die sie auf einem der bröckelnden Fensterbretter abgestellt hatte, trank jedoch nicht daraus, sondern zuckte nur ratlos die Schultern. „Ich muss so schnell es geht mit Ana darüber sprechen, damit sie sich nicht an der Nase herumgeführt fühlt, wenn es früher oder später doch irgendwie ans Tageslicht kommt. Die Frage ist nur, ob ich es vor oder nach der nächsten Aufnahme tun soll. Das müsstest du mir sagen."

„Ich denke, danach wäre besser. Wir wissen ja nicht, wie sie reagiert." Ich hatte keine Ahnung, ob diese Entscheidung richtig war. Ich wusste nur, dass dieser Weg die Aufnahme am wenigsten gefährden würde und die paar Stunden taten dann auch nichts mehr zur Sache. „Es könnte natürlich sein, dass wir das Experiment dann sowieso an dieser Stelle abbrechen müssen, da es ja Sinn und Zweck der Sache war, dass sich die Gesprächsteilnehmer zu Beginn noch *nicht* kennen und sich erst einmal einander annähern müssen. Das ist bei euch zwar dann im Grunde genommen auch noch der Fall, aber es würde die Sache wahrscheinlich zu kompliziert machen und vom eigentlichen Thema ablenken."

„Das tut mir leid."

„Da kannst du ja nichts dafür. Und wir haben ja auch noch ein paar weitere Versuchskaninchen auf Lager. Es ist noch nichts verloren."

Gesa legte mir kurz eine Hand auf den Rücken, bevor sie ihre Tasse wieder abstellte, nach ihrem Eimer griff und sich auf den Weg machte, den Inhalt nach unten zum Kompost zu bringen. Als sie wieder zurückgekehrt war, stellten wir beglückt fest, dass bereits ein Großteil des Schutthaufens abgetragen war.

„Darf ich dich etwas fragen?", wandte ich mich schließlich noch einmal an Gesa.

„Schieß los."

„Warum machst du das? Also die Sache mit dem Kummerkasten? Ist das so eine Art Helfer-Syndrom?"

Ihr darauffolgendes Lachen hatte einen ironischen Unterton. „Nur weil man anderen Menschen gerne hilft und ihnen zur Seite steht, ohne Geld dafür zu verlangen, hat man nicht automatisch ein Helfer-Syndrom."

„Natürlich nicht. Ich dachte nur…"

„Es macht mir einfach Spaß. Und außerdem macht man sich das Leben deutlich einfacher, wenn man versucht, ein Verständnis für die Irrwege der menschlichen Psyche zu entwickeln. Wenn man sich in Geduld übt, was den Umgang mit sich selbst und den Menschen um einen herum angeht. Außerdem helfen mir die Gespräche und die vielfältigen Einblicke in die Gedanken anderer Menschen, die ich in meinem Kummerkasten erhalte, um neue Ideen für meine Bilder und Figuren zu sammeln. Nur wenn die Figuren in den Bildern eine Geschichte erzählen, nur wenn sie eine Seele haben, sind sie wirklich gelungen." Gesa musterte nachdenklich den Gesteinsbrocken in ihrer Hand, bevor sie mich ansah. „Klingt das verrückt? Ich schätze, da kommt die exzentrische Künstlerin in mir zum Vorschein."

„Ich denke, ich weiß, was du meinst. Sich mit der Psychologie auseinanderzusetzen hilft auch oft, wenn man in der Konversationsanalyse mal nicht mehr weiterkommt, weil manche Aussagen und Verhaltensweisen einfach nicht zusammenzupassen scheinen."

„Genauso ist es."

Ich fand es schön, dass Gesa und ich in unserem Interesse für die Psychologie eine Gemeinsamkeit gefunden hatten. Beschwingt holte ich von unten den Besen und das Kehrblech, um das, was noch von dem ursprünglichen Haufen übriggeblieben war, zusammenzuschieben.

„Noch drei Eimer, dann haben wir es vielleicht geschafft.",
mutmaßte Gesa und trat ein Stück zurück, um mir nicht
beim Kehren im Weg zu stehen.

„Ich würde sagen, wir haben gute Arbeit geleistet."

„Absolut." Ihre Augen funkelten fröhlich. Und ich war
froh, ihr meine Hilfe aufgedrängt zu haben.

Derselbe Tag   Anastasia

Ein Blick auf die Uhr sagte mir, dass es Zeit wurde, mich
fürs Tanztraining fertigzumachen. Ich wunderte mich darüber, dass mein Onkel noch immer nicht zurück war. Er
wollte doch nur schon einmal die Kameras bei Gesa positi-
onieren, damit wir damit am Mittwoch nicht unnötig Zeit
verschwendeten. Aber es würde schon alles seine Richtig-
keit haben. Vielleicht waren sie einfach miteinander ins Gespräch gekommen. Das würde mich eigentlich sogar
freuen. Ben brauchte jemanden an seiner Seite. Jemanden,
der bei ihm blieb, wenn ich vielleicht einmal wo anders
lebte und nur noch zu Besuch hier aufkreuzte. Man wusste
ja nicht, wo mich das Leben einmal hin verschlug.

„Was, wenn ihm etwas passiert ist?", meldete sich die Stimme
in meinem Kopf zu Wort.

„Sei still!", fuhr ich sie an und sammelte meine Sachen zusammen. Zeitdruck war das beste und wahrscheinlich auch
einzige Mittel, um sie für einen Moment zum Schweigen zu
bringen. Diese dumme Stimme da oben in meiner Birne.

Ich flocht meine Haare zu zwei langen Zöpfen und wickelte sie mir wie einen Haarreif um die Stirn. Bevor ich ging, schrieb ich meinem Onkel noch einen Zettel, um ihn daran zu erinnern, dass das Tanztraining seit Neuestem auf den Montagabend fiel. Fasching und ich schienen einander so fremd zu sein, dass er selbst immer wieder vergaß, mich dazu überredet zu haben, dem Verein beizutreten.

„Dort sind viele Menschen aus der nächsten Umgebung.", hatte er damals gesagt. „Vielleicht findest du dort ja ein paar Freunde." Das ich nicht lache. Aber ich hatte trotzdem zugestimmt, damit er glücklich war. Und das Tanzen an sich – das konnte ich nicht abstreiten – machte mir auch tatsächlich sehr viel Spaß. Ich konnte dann die Schule einfach mal die Schule und meinen seltsamen Alltag einfach mal Alltag sein lassen.

Im Vorbeigehen schnappte ich mir meine Turnschuhe und ließ sie an den Schnürsenkeln über meine linke Schulter baumeln, sodass mir die Schuhspitzen bei jedem Schritt gegen den Rücken stießen. Nach dem Verlassen der Wohnung hätte ich fast vergessen, die Tür zuzuschließen, sodass ich auf halbem Wege nach unten noch einmal umkehrte, um das noch zu erledigen. Wenn mein Onkel nach Hause kam, sollte schließlich alles so sein, wie es zu sein hatte.

Ich lauschte gerne dem dumpfen Klang meiner Schritte, wie er das Treppenhaus erfüllte und jeden Bewohner darauf aufmerksam machte, dass hier gerade jemand zugange war. Die ältere Dame, ganz unten im rechten Eingang, nutzte dieses Signal ganz gerne, um einen Blick nach draußen zu werfen und die jeweilige Person in einen kurzen Plausch zu verwickeln. Sie hatte offenbar sonst nicht viel zu tun. Ihr Kinder und Enkelkinder besuchten sie ja immer seltener, seit sie in eine andere Stadt gezogen waren.

Heute war sie offenbar trotzdem zu beschäftigt, um mich unten abzufangen. Aber das war mir gerade recht, da ich mich nun doch etwas sputen musste, um noch rechtzeitig zum Training zu kommen. Montags war immer der Showtanz dran. Das Training für die Prinzengarde war wann anders. Das variierte immer, je nach dem Schichtdienst meiner Trainerin. Was sie beruflich machte, das wusste ich allerdings nicht. Vielleicht hatte sie das mit dem Schichtdienst auch nur erfunden, um das Training zeitlich immer so hinschieben zu können, wie es ihr gerade passte.

Schon bevor ich den Saal betreten hatte, konnte ich von draußen den Bass der Musik vernehmen, die bereits zur Untermalung der obligatorischen Aufwärmung den Raum erfüllte. Bei genauerem Hinhören erhaschte ich auch den Hauch einer Melodie, unterbrochen vom Gelächter der Gruppe und den Rufen Karinas, meiner Trainerin, die die Anweisungen für die Übungen zur Aufwärmung gab.

I've hit about a million walls. Welcome to my truth, I still love. Ich kannte den Text des Liedes mittlerweile auswendig. Im Heim hatte ich die Musik von Anastacia rauf und runter gehört. Einfach, weil sie den gleichen Namen trug wie ich. Bloß zierte ihren Namen ganz hinten, wo bei mir ein „s" zu finden war, ein „c", welches automatisch dazu verleitete, ihren Namen englisch auszusprechen. Der Inhalt des Liedes passte zu dem, was ich in meiner letzten Mail an Gesa geschrieben hatte. Uns beiden hatte schon so manche Hürde im Weg gestanden und wir hatten so manches Hindernis überwinden müssen. Aber das war unsere Wirklichkeit und zumindest Gesa liebte sie trotzdem über alles. Bei mir war ich mir da noch nicht so sicher.

Ich trat an eines der großen Fenster des Saals heran und beobachtete die Gruppe durch einen der hellblauen Vorhänge hindurch bei der Aufwärmung.

Was für Mühe sich manche doch gaben, ihren Körper in die unmenschlichsten Formen und Figuren zu verbiegen und dabei möglichst elegant auszusehen. Als ob das irgendjemanden interessierte, wer bei der Aufwärmung eine gute Figur machte und wer nicht.

Mein Blick fiel auf das eingefallene Gesicht, das mich in Form meines eigenen Spiegelbildes vorwurfsvoll musterte. Von einer guten Figur konnte auch ich nur träumen. Ich war so dürr, dass man das Gefühl bekam, jeden einzelnen Knochen unter meiner Haut zählen zu können, wenn man nur genauer hinsah. Obwohl ich Ben zuliebe in den vergangenen Monaten schon etwas zugelegt hatte. Mein Onkel hatte immer befürchtet, dass ich irgendwann in der Mitte durchbrechen würde, wenn ich nichts aß. Trotzdem gab ich noch immer eine grausige Erscheinung ab.

„Du kannst zunehmen, wie du willst, meine liebe Anastasia. Eine grausige Erscheinung wirst du immer abgeben.", flüsterte der Feind in mir.

„Wieso sagst du das?", hauchte ich traurig gegen die kalte Fensterscheibe und wischte mit der Hand den weißen Beschlag weg, den mein Atem dort hinterließ.

„Es stimmt doch. Und das weißt du auch."

„Aus mir wird niemals ein normaler Mensch werden, nicht wahr? Ein Mensch wie die da drinnen, die einfach miteinander lachen und reden und sich dabei vollkommen ungeniert wie die Brezeln verbiegen können."

„Das hast du aber schnell begriffen.", höhnte die Stimme. *„Ich dachte, über dieses Stadium der Selbsterkenntnis wären wir schon hinaus."*

„Ich werde immer ein Sonderling bleiben. Unverstanden und einfach seltsam."

„Die Frage ist, ob du das willst. Wie lange du das durchhältst. Du solltest der Sache ein Ende setzen, bevor es unerträglich wird."

Sobald die Aufwärmung vorbei war, bewegte ich mich wie in Trance auf den Eingang des Saals zu und schob mich durch die schwere Tür in den großen Raum. Ich ignorierte die Bemerkung Karinas, dass ich mal wieder die Aufwärmung verpasst hätte, die doch als Vorbereitung auf das bevorstehende Training so wichtig wäre. Die anderen aus der Gruppe interessierten sich nicht für mich und genauso hatte ich es am liebsten.

Es dauerte Gott sei Dank nicht mehr lange, bis wir mit dem eigentlichen Training beginnen konnten. Erleichtert nahm ich meine Startposition ein und wurde für kurze Zeit zum Bestandteil einer starken und in sich geschlossenen Einheit, die im Takt der Musik gegen die bösen Geister in meinem Kopf anging. Wieder Anastacia. Der heftige Bass und die eindringliche Reibeisenstimme der Sängerin erfüllten den Raum bis in den letzten Winkel und durchströmten meinen Körper. Hätte mir in diesem Moment jemand gesagt, ich könne fliegen, so hätte ich es ihm geglaubt.

Ich fand mich mit einer Tanzpartnerin zusammen und für einen Moment glaubte ich, in dem brünetten Mädchen

Michelle aus der Zehnten erkennen zu können. Doch ich hatte mich getäuscht. Es war die Neue, die vor kurzem erst hierhergezogen war.

My life turned around, but I'm still living my dreams., vernahm ich einige Worte der Musik, die unsere Körper taktvoll umschmeichelte. *Welcome to my truth,* lautete der Titel des Liedes, wenn ich mich nicht täuschte. Leider konnte ich mich mit dieser Zeile schon weniger identifizieren. Weil ich gelernt hatte, dass für Träume in meinem Leben kein Platz war. *The pages I've turned are the lessons I learned.* Die Seiten, die ich in der Geschichte meines Lebens umgeblättert hatte, waren die Lektionen, die ich gelernt hatte.

Die letzte Viertelminute des Tanzes war angebrochen und unsere Bewegungen strebten dem großen Finale entgegen. Karina signalisierte mir etwa zum fünften Male, dass ich doch bitte lächeln solle und für einen kurzen Moment kam ich der Bitte nach, bevor es sich wieder verlor und ich wieder in Gedanken versunken war. Manche Menschen konnten auf Knopfdruck lächeln oder lachen. Ich gehörte nicht dazu. Was nicht bedeutete, dass mir das Tanzen weniger Spaß machte als den anderen. Aber ich behielt diesen Spaß eben ganz gerne für mich. Auch, wenn das nicht Sinn und Zweck einer Faschingsveranstaltung war.

Wir gingen den Tanz noch ein paar weitere Male durch, nachdem der erste Durchlauf geschafft war und Karina fiel immer wieder etwas auf, das noch verändert oder optimiert werden musste. Aber es waren nur Kleinigkeiten, denn eigentlich hatten wir die Choreographie schon drin. Dieses Jahr hatten wir so zeitig mit dem Training begonnen, dass wir dementsprechend früh bereit für die neue Saison waren, die im Januar anfangen würde. Bei der letzten Veranstaltung vor einer Woche hatte es sich zwar schon um den Startschuss der neuen Karnevalssaison gehandelt, aber dieser wurde meist noch einmal mit den Tänzen aus dem Vorjahr vollführt.

„Was hast du denn mit deinen Haaren gemacht?", fragte mich eines der anderen Mädchen aus der Gruppe, als das Training durch war und wollte mit den Händen nach meinen hochgesteckten Zöpfen greifen.

Ruckartig wich ich vor ihr zurück. „Das geht dich gar nichts an."

„Ist ja gut.", erwiderte Lara beschwichtigend. „Ich wollte nur Konversation betreiben. Ich finde die Farbe cool."

„Tja, dann lass es vielleicht lieber. Das mit dem Konversation betreiben." Missmutig sammelte ich meine Sachen wieder zusammen und machte mich auf den Weg zurück nach Hause. Obwohl ich schon sehr gut vorangekommen war, wartete noch eine ganze Menge Lernstoff in Geschichte auf mich, der übermorgen bei der Klassenarbeit unbedingt sitzen musste. Ich war mittlerweile bei Adam Smiths *Wohlstand der Nationen* und der *Unsichtbaren Hand* angelangt. Worum genau es da ging, das wusste ich allerdings nicht mehr. Es hatte irgendetwas damit zu tun, dass die Marktteilnehmer während der Industrialisierung eigentlich nur in eigenem Interesse handelten, dabei aber automatisch und aus Versehen auch dem Gemeinwohl auf die Sprünge halfen. Falls ich jetzt nichts durcheinanderbrachte.

Vielleicht würde ich meinen Onkel tatsächlich darum bitten, mich morgen Nachmittag noch einmal quer Beet zu allem abzufragen, was irgendwie mit der Industrialisierung zu tun hatte. Konnte ja nicht schaden.

Derselbe Tag   Christine

Nachdem ich heute den Laden abgeschlossen hatte, entschied ich mich ganz spontan dazu, meine Mutter noch eine Weile schmoren zu lassen und unternahm einen Umweg über das Tierheim, um von dort einen Hund zu holen, mit dem ich Spazierengehen konnte. Früher hatte ich das öfters getan, doch im Laufe der Jahre war diese Routine mehr und mehr in Vergessenheit geraten.

Im Tierheim kannte man mich noch und ich entschied mich recht schnell für einen kniehohen Mischlingsrüden mit zotteligem, dunkelgrauem Fell. Er war schon ziemlich alt und hörte etwas schlecht, aber seine ruhige, ausgeglichene Art sprach mich sofort an.

„Wie ist sein Name?", fragte ich die junge Frau, die mich durch die Zwinger geführt hatte. Auf ihrem Namensschild stand in Großbuchstaben, wie von einer unsicheren Kinderhand, der Name Vanessa geschrieben.

„Nico ist sein Name. Das Herrchen ist vor ein paar Wochen verstorben und es gab niemanden, der ihn dann zu sich nehmen konnte."

Ich griff nach der Leine, die sie mir entgegenstreckte und ließ Nico an meiner Hand schnüffeln, bevor ich sie am Halsband befestigte. Ich vereinbarte mit Vanessa eine Zeit, wann ich ungefähr wieder zurück sein würde.

„Viel Spaß mit dem alten Knaben!", rief sie mir noch hinterher. „Passen Sie auf, dass er nicht unter ein Auto gerät! Er hört das nicht, wenn sich von hinten etwas nähert."

„Das mache ich! Bis später!"

Ich begann dem Hund von meinem anstrengenden Arbeitstag im Laden zu erzählen, ganz ungeachtet dessen, dass er mich nicht hören konnte und, wenn überhaupt, die Bewegung meiner Lippen registrierte. Ich fragte mich, ob man ihm auf andere Art und Weise versucht hatte, irgendwelche Kommandos beizubringen. Aber vermutlich nicht. Dazu war er schon zu alt.

Wir gingen am Laden vorbei und an der Bushaltestelle, gleich um die Ecke, an der jeden Morgen die Kinder auf den Schulbus warteten und wo sie am Nachmittag wieder abgesetzt wurden. Die Haltestelle war alt und hatte dringend eine Renovierung nötig. Das hatte sie schon damals, als ich noch unter den Kindern und Jugendlichen war, für die der Schultag dort begonnen und geendet hatte.

Wie konnte man die Schule mögen, wenn sie jeden Tag mit so einem hässlichen Klotz begann und einen am Nachmittag wieder genau dorthin zurückbrachte? Das war mir damals schon ein Rätsel gewesen. Doch ich hatte aufgehört, darüber nachzudenken, als eines Tages ein Mädchen dort in der Ecke saß und auf mich gewartet zu haben schien.

„Suzanna!", rief ich damals überrascht. Ich ignorierte die neugierigen Blicke der anderen Jugendlichen, die mit mir aus der Stadtlinie gestiegen waren. Das Mädchen erhob sich von seinem Platz und kam auf mich zu. Sie sagte nichts. Sie stand nur da und sah mich an. Mit einem Winken signalisierte ich ihr, dass sie mir folgen solle.

Ich nahm sie mit zu der alten Bank in einer ziemlich versteckten Ecke der Stadt, auf der wir uns dann niederließen. Suzanna sah schlecht aus. Noch schlechter als bei unserer letzten Begegnung. Ihre Wangen waren eingefallen und die Haare an den Enden verfilzt und dreckig. Ich holte den Rest meines Pausenbrotes aus der Tasche und reichte es ihr. Zu meiner Überraschung steckte Suzanna es in ihre verschlissene Hosentasche, statt gleich alles zu essen.

„Warum isst du nicht?", versuchte ich sie mit Gestik und Mimik zu fragen. Suzanna zuckte nur die Schultern, verschränkte die Arme vor der Brust und wiegte sie in der Luft.

„Ein Kind?", flüsterte ich unsicher, ob ich die Geste richtig verstanden hatte. Suzanna nickte. Auch, wenn sie wohl kein Wort verstanden hatte.

„Kind."

Ich schlug die Hände vors Gesicht und wedelte mit den Armen in der Luft. „Wo?"

Suzanna erhob sich wackelig von ihrem Platz und ich folgte ihr zu dem großen, alten Haus ganz in der Nähe des Ladens.

„To jest mój dom.", sagte sie mit einem gewissen Stolz in der Stimme, als wir durch die knarzende Tür in den baufälligen Eingangsbereich eintraten. Mir kam nicht einmal der Gedanke daran, dass wir etwas Unerlaubtes tun könnten. Die Selbstsicherheit, mit der Suzanna mich durch das Haus führte, hielt mich davon ab.

Während wir dem Erdgeschoss keine weitere Aufmerksamkeit schenkten, ließ der erste Stock keinen Zweifel mehr daran, dass sich hier jemand wohnlich niederzulassen versucht hatte. Vom Podest gab eine vom Wind aufgestoßene Tür den Blick auf eine geräumige, aber doch uralte und abgenutzte Küche frei, in deren Mitte ein Beistelltisch und der wackelige Gartenstuhl standen, den ich letztens noch beim Sperrmüll hatte stehen sehen. So provisorisch wie die Einrichtung war, so ulkig wirkte der kleine Strauß Gänseblümchen, der in der Mitte des Tischchens auf ein altes Stofftaschentuch gestellt worden war.

Wir gingen an einer kleinen Speisekammer vorbei, deren Tür durch einen gelben Vorhang ersetzt worden war, der sich im Takt der Windböen bewegte, die durch die Räumlichkeiten fegten. In den dahinter befindlichen Regalen waren ein paar wenige Gläser mit eingekochtem Obst und anderen undefinierbaren Inhalten verstaut. Die Spinnennetze, die jeden noch so kleinen Freiraum zwischen den Gläsern vereinnahmt hatten, ließen darauf schließen, dass es nicht Suzanna gewesen war, die das alles hier gelagert hatte, sondern ein früherer Hausbesitzer. Wer auch immer das gewesen sein mochte.

Ich dachte darüber nach, Suzanna darauf anzusprechen, wer hier früher gewohnt hatte und sie zu fragen, wie sie zu diesem Haus gekommen war, doch ich wusste beim besten Willen nicht, wie ich ihr das alles verständlich machen sollte. Und selbst wenn ich einen Weg fand, ihr meine Gedanken zu übermitteln, so müsste sie erst einen finden, mir ihre Antwort in Gestik und Mimik zu übersetzen. Ich sollte erst einmal meine Mutter auf das Haus ansprechen. Irgendetwas wusste sie davon sicher zu berichten.

Ein dumpfes Pochen aus einem der angrenzenden Räume ließ mich plötzlich aufhorchen. Ich warf Suzanna einen fragenden Blick zu, doch sie lächelte nur und bedeutete mir mit einer flüchtigen Handbewegung, ihr zu folgen.

Wir verließen das Treppenhaus und gingen einen schmalen Korridor entlang, an dessen Ende ein winziges Badezimmer zu sehen war. Die Tapete hatte sich hier teilweise von den Wänden abgepellt und Suzanna musste sich zum Öffnen mit ihrem ganzen Gewicht gegen eine der Türen stemmen, die nach rechts in einen weiteren, lichtdurchfluteten Raum führte.

Der Raum schien als Schlafzimmer genutzt zu werden. Ein Schlafzimmer im weitesten Sinne. Auf dem Fußboden waren einige, halb von Motten zerfressene Decken ausgebreitet worden, die offenbar als Nachtlager dienten. Mitten in dem chaotischen Deckennest saß ein kleines Kind, das mit einem hölzernen Kochlöffel in der Hand den Steinboden um sich herum abzuklopfen begonnen hatte.

Als Suzanna in den Raum trat, hob sich der Blick des Kindes und der Löffel fiel klappernd zu Boden. Wie versteinert beobachtete ich meine neue Freundin dabei, wie sie das Kind auf die Arme hob und ihm auf Polnisch etwas zu erzählen begann. Mir standen Tränen in den Augen, als ich dieses junge Mädchen, dreckig und stinkend und mit knurrendem Magen in diesem kalten, bettelarmen Raum stehen sah, ihr Kind auf dem Arm, von dem sie nicht wusste, wie sie es ernähren sollte. Und trotzdem wirkte sie in diesem Moment glücklicher, als ich es wohl je gewesen bin. Suzanna.

Sie war ein Mysterium für mich. Und wie es Mysterien so an sich hatten, nahm sie mich gefangen und begann meine Gedanken zu beherrschen.

Es war bereits später Nachmittag, als ich nach Hause zurückkehrte und meine Mutter fragte, was sie zu dem Haus wusste. Viel konnte sie mir leider nicht dazu sagen. Sie erzählte nur, dass dort ein alter Mann gelebt hatte, der vor einigen Monaten verstorben war. Aber sie kannte nicht einmal seinen Namen. Es war ein seltsamer alter Kauz gewesen, der mit niemandem etwas zu tun haben wollte.

„Wieso willst du das wissen?", fragte sie mich dann verwundert, doch ich zuckte nur die Schultern.

„Nur so. Ist mir letztens mal so durch den Kopf gegangen."

„Lass dir lieber deine Hausaufgaben durch den Kopf gehen, dann machst du was Gescheites."

Es verstrichen einige Tage, bis ich es erneut wagte, dieses Thema meinen Eltern gegenüber anzusprechen.

„Sagt mal, wenn ihr irgendwohin auswandern würdet, wo man eine ganz andere Sprache spricht als hier, was würdet ihr dann tun?", fragte ich vorsichtig, als wir eines Tages beim Abendbrot zusammensaßen. „Und ihr habt kein Geld.", fügte ich eingrenzend hinzu.

„Ach, Geld auch nicht.", wiederholte mein Vater nachdenklich. „Das macht die Sache schon schwerer."

„Man müsste sich eben eine Möglichkeit suchen, um Geld zu verdienen.", erwiderte meine Mutter strikt.

„Aber wie?", fragte ich angespannt, in der Hoffnung, eine Antwort zu erhalten, die Suzanna weiterhelfen könnte. Meine Eltern zuckten jedoch die Schultern.

„Rumfragen.", murmelte mein Vater schließlich kauend. „Diese Polin, die hier vor ein paar Jahren zugezogen ist, die ist auch von Haustür zu Haustür gegangen und hat nach Arbeit gefragt. Muss auch funktioniert haben. Sie ist ja immer noch hier. Kann mittlerweile sogar halbwegs gutes Deutsch sprechen."

„Ach so." Ich war froh, als es in diesem Moment an der Haustür klopfte und das Thema wieder einmal in Vergessenheit geraten konnte. Ich hatte bekommen, was ich mir erhofft hatte. Eine Antwort für Suzanna.

Ich spürte etwas Kaltes, Nasses an meinem Knöchel und schob die Erinnerungen an die Zeit mit Suzanna vorerst beiseite, um Nico, der ungeduldig damit begonnen hatte, mich zu beschnüffeln, beschwichtigend den Kopf zu kraulen. Hätte man mich gefragt, so hätte ich nicht sagen können, wie lange ich nun schon völlig in Gedanken versunken auf der Bank in der Bushaltestelle gesessen hatte. Aber zum Glück hatte mich niemand gesehen.

Seufzend machte ich mich mit Nico auf den Rückweg zum Tierheim. Es tat mir leid, ihn hinter mir winseln zu hören, als ich ging und er in seinen Zwinger zurückgeführt wurde. Am liebsten hätte ich ihn gleich adoptiert. Meine Mutter wäre aus allen Wolken gefallen.

Kapitel 8
Rot: Die Farbe der Sünden

23.11.2021   **Gesa**

Als ich am Dienstagmorgen die Augen aufschlug, fiel mein Blick durch die offene Tür meines improvisierten Schlafzimmers in die Werkstatt und ich brauchte einen Moment, um zu rekapitulieren, was die Kameras dort zu suchen hatten. War die zweite Aufnahme heute schon? Oder erst morgen? Ich wusste es nicht mehr. Ich wusste nur noch, dass Ben mich gestern mehrmals gefragt hatte, ob es mich auch wirklich nicht störte, wenn er seine Kameras bis dahin hier stehen ließ. Meines Erachtens wäre die entscheidende Frage eher gewesen, ob er es tatsächlich wagte, seine Babys so lange in meinem chaotischen Heim zurückzulassen. Aber gut.

Es hatte Spaß gemacht, mit Ben zusammenzuarbeiten und vielleicht war das der Anfang einer guten Freundschaft.

Beschwingt schob ich mich aus dem Bett und freute mich darüber, dass es gerade erst kurz nach acht war und ich noch den ganzen lieben langen Tag Zeit hatte, um alles zu machen, wonach mir der Sinn stand. Zumindest so halbwegs.

Am liebsten hätte ich heute schon mit der Renovierung des Eingangsbereiches begonnen, allerdings musste ich vorher noch ein paar meiner neuesten Bilder und Figuren verpacken und bereitstellen. Morgen früh musste ich sie dann bei dem Kunst- und Trödelhändler vorbeibringen, der sie für mich in sein Verkaufsprogramm mit aufgenommen hatte. Außerdem war die Waschmaschine meiner Nachbarin kaputt und ich hatte ihr versprochen, mal zu schauen, ob ich da noch etwas ausrichten konnte. Tja, und danach musste ich mich eigentlich noch mit den Stühlen befassen, auf denen ich meine Gäste beim letzten Mal hatte sitzen lassen, in der Hoffnung, dass sie unter deren Gewicht nicht zusammenbrechen würden. Ich wollte sie ein wenig befestigen und ihnen neue Sitzkissen mit ein paar weniger Löchern verpassen. Aber es war ja auch noch früh am Tag. Ich würde genug Zeit für alles und vielleicht noch viel mehr finden.

Ich ging in die Küche, entzündete ein kleines Feuer in der Feuerstelle und setzte einen Kessel mit Brennnesseltee auf. Es war nicht so, dass ich keinen normalen Herd oder Ofen hatte. Irgendetwas in der Art stand hier in der Küche auch noch herum und manchmal benutzte ich das sogar. Aber durch die Arbeit an meinen Zinnfiguren war ich es gewohnt, mit dem offenen Feuer umzugehen und hatte Gefallen daran gefunden.

Bei meinem letzten Einkauf hatte ich die Brötchen vergessen, sodass ich nun Schwarzbrot zu meinem selbstgemachten Pflaumenmus aß. Konnte man mal machen. Den Tee nahm ich dann, sobald der Kessel zu pfeifen begann, mit in die Werkstatt rüber und begann dort, die schönsten meiner neuen Bilder und Figuren zu verpacken. Theoretisch könnte ich sie auch gleich bei Prof. Waldendorfer vorbeibringen, bevor ich mir die Waschmaschine meiner Nachbarin ansah. Er musste sie ja nicht gleich ausräumen und in die Regale sortieren. Stichtag war erst der Mittwoch.

Sobald ich mit dem Frühstück fertig war, zog ich mir ein paar unempfindliche Sachen und eine Regenjacke über, da die Wolken heute doch recht dunkel und bedrohlich am Himmel standen. Ich schnappte mir die zwei prall gefüllten Kartons und meinen Werkzeugkoffer und machte mich mit einem Umweg über das Kunstgeschäft auf den Weg zu Margarethe.

Meine Nachbarin hatte sich bereits erwartungsvoll vor der Haustür positioniert, um nach mir Ausschau zu halten. Ich musste mir ein Grinsen verkneifen, da es von Weitem so wirkte, als würde sie sich mit der Vogelscheuche in ihrem Vorgarten unterhalten. Vielleicht war dem auch tatsächlich so. Ich glaubte, mich daran erinnern zu können, dass Stine mir einmal erzählt hatte, Margarethe im Laden dabei erwischt zu haben, wie sie Selbstgespräche führte. Aber schlussendlich – wer tat das nicht ab und zu? Ich unterhielt mich ständig mit mir selbst, wenn ich an neuen Entwürfen für meine Figuren arbeitete oder die Formen in die Blockschiefer gravierte.

„Guten Morgen, Gesa! Schön, dass du Zeit hast.", begrüßte Margarethe mich schließlich, als ich durch das niedrige Gartentor eintrat und auf sie zukam.

„Versprochen ist versprochen.", sagte ich nur und folgte der kleinen, zierlichen Frau, zu der Margarethe mit den Jahren geworden war, nach drinnen ins Haus. Sie war eines der wenigen Gesichter, an die ich mich von damals, als ich noch mit meiner Mutter hier gelebt hatte, erinnern konnte. Margarethe war auch damals schon alt gewesen, zumindest in den Augen eines Kindes. Aber ich hatte sie auch größer in Erinnerung gehabt. Einerseits lag das wohl daran, dass ich selbst in den vergangenen Jahren um einiges gewachsen war, aber ich würde wetten, dass auch bei ihr so langsam, aber sicher ein Schrumpfprozess eingetreten war.

„Wo hältst du denn das gute Stück versteckt?", fragte ich belustigt, nachdem wir gefühlt das ganze Haus durchquert hatten, ohne dass eine Waschmaschine in Sichtweite gelangte.

„Wir haben sie vor etwa einem Jahr nach hinten in den Abstellraum verfrachtet. Sie ist im Laufe der Zeit immer lauter geworden. Irgendwann war das nicht mehr auszuhalten."

Zumindest für Margarethe war es wohl nicht mehr auszuhalten gewesen. Ihr Mann hatte es vermutlich gar nicht mitbekommen, da er kaum noch etwas hörte und sich strikt dagegen weigerte, Hörgeräte zu benutzen.

„Hier ist das Problemkind.", verkündete Margarethe mit einem hoffnungslosen Seufzen, als wir einen kleinen, prall gefüllten Abstellraum betraten. „Ich hoffe, du kannst noch etwas ausrichten. Wenn nicht, dann muss es eben mal eine Neue werden."

„Ich werde mein Bestes geben. Du hattest gesagt, dass sie bei Benutzung anfängt seltsam zu riechen, nicht wahr?"

„Ja, genau."

„Ich nehme mal an, dass dann irgendwo ein Draht angeschmort sein wird."

Margarethe schlug sich eine Hand vor den Mund. „Das ist aber gefährlich!"

„Natürlich. So entstehen Brände." Ich zog einen Haargummi aus der Tasche meiner Regenjacke, entledigte mich des Ungetüms und band mir die Haare auf dem Kopf zusammen, während ich an die Maschine herantrat, um nach dem Stecker zu suchen. Entweder Margarethe oder ihr Mann waren schon so nett gewesen, die Maschine ein Stück nach vorne zu ziehen. Daher konnte ich mich, sobald ich sie vom Strom abgenippelt hatte, gleich dahinter niederlassen und mit meiner Arbeit beginnen.

Ich konnte noch nicht genau sagen, wo nun das Problem lag, also begann ich einfach erstmal damit, die Oberfläche und die Rückwand der Maschine abzubauen und den Riemen runterzuziehen. Unter der Waschtrommel, die ich nun von hinten betrachten konnte, befand sich der Motor, eingespannt in unzählige zierliche Drähte, die durch einen breiten Schalter daran befestigt waren. Ich ging mit dem Gesicht etwas näher an den Motor heran, konnte hier jedoch nichts riechen, was auf ein angeschmortes Kabel hingewiesen hätte, geschweige denn war eine schwarze Verfärbung zu erkennen. Das einzige Schwarze hier war der Staub von den Kohlebürsten, der sich überall in der Maschine abgesetzt hatte. Den würde ich zum Schluss gleich noch aussaugen, wenn die Maschine schon einmal offen war.

Margarethe hatte bis jetzt im Türrahmen der Kammer gestanden und gespannt auf ein erstes Urteil von meiner Seite gewartet. Zu ihrer Enttäuschung schüttelte ich den Kopf.

„Also, hier sehe ich kein Problem. Dann muss ich doch vorne ran."

„Mach, was du denkst, Gesa. Ich habe keine Ahnung von solchen Dingen. Ich würde mich erstmal ins Schlafzimmer zurückziehen, um die Betten neu zu beziehen. Wenn du etwas brauchst, dann ruf mich einfach."

„Mache ich." Ich schnüffelte noch einmal am Motor der Waschmaschine, bevor ich mich aus meinem Schneidersitz erhob und geduldig das Bullauge der Vorderseite öffnete, um das Heizelement des Geräts zu überprüfen. Meines Erachtens kamen nur noch die Platine hinter dem Schaltelement im oberen Bereich der Maschine und das Heizelement infrage, um etwas zu finden, das den von Margarethe beschriebenen Geruch zu verantworten haben könnte. Aber Waschmaschinen waren auch nicht gerade mein Steckenpferd, wenn es um die Reparatur von Haushaltsgeräten ging.

Nachdem ich das Bullauge so befestigt hatte, dass es mir nicht ständig gegen die Schulter knallte, zog ich den Ring mit der Feder aus der runden Öffnung der Waschtrommel, sodass sich der Gummi nach hinten klappen ließ. Wenn man nun die Vorderfront der Maschine abbaute, war das Heizelement nicht mehr zu übersehen. Das Heizelement, genauso wie die schadhafte Stelle, die den unangenehmen Geruch erzeugte.

Ich vollführte im Sitzen einen kleinen Freudentanz. Durch die Bewegung der Waschmaschine während des Waschvorgangs hatte sich einer der Stecker gelockert, weshalb der Strom nicht mehr richtig geleitet werden konnte. Der Steckkontakt hatte sich deshalb erwärmt und zu schmoren begonnen. Er war vollkommen schwarz und verklebt.

Mit einem gewissen Stolz, das Problem so schnell entdeckt zu haben, entfernte ich den schadhaften Stecker, setzte einen Neuen dafür ein und baute die Maschine wieder zusammen. Die Rückseite ließ ich noch offen, damit ich noch mit dem Staubsauger reingehen konnte.

„Margarethe?"

Meine Nachbarin erschien mit fragendem Blick im Türrahmen. „Wie kann ich dir helfen?"

„Ich bräuchte ein paar Teile dreckiger Wäsche, einen Lappen und einen Staubsauger."

„Dreckige Wäsche habe ich mehr als genug. Einen Lappen und einen Staubsauger findest du dort in dem Schränkchen unter dem Waschbecken."

„Super. Danke."

„Hast du was ausrichten können?"

„Das werden wir gleich sehen.", erwiderte ich schulterzuckend, während ich einen der bunt gepunkteten Lappen nass machte und die Vorderfront der Maschine damit abwischte. Margarethe begab sich wieder zurück ins angrenzende Schlafzimmer und kehrte gerade mit dem Arm voller Wäsche zurück, als ich mit dem Saugen fertig und dabei war, die Waschmaschine wieder an den Storm zu stecken.

„So, dann mal rein damit."

Margarethe schob ihre Sachen in die Maschine und startete den Waschvorgang. Soweit ich das nach diesem ersten Durchgang beurteilen konnte, lief alles gut. Der unangenehme Geruch war fort.

„Ach, Gesa. Das freut mich aber. Musstest du etwas ersetzen?"

„Nur einen angeschmorten Steckkontakt. Ich hatte Gott sei Dank noch einen neuen im Werkzeugkasten."

Margarethe drückte mir ein paar Scheine in die Hand, die nicht nur die Kosten des Steckkontakts deckten, sondern auch als großzügiges Dankeschön zu werten waren.

„Danke."

„Ich habe zu danken. Ohne dich könnte ich mir jetzt eine neue Waschmaschine zulegen. So ein altes Ding repariert doch keiner mehr."

Ich schraubte schnell noch die Rückseite an und schob das Gerät an seinen alten Platz. „Die meisten Dinge werden viel zu schnell entsorgt, wenn irgendetwas nicht mehr geht. Egal, wie alt etwas ist, man sollte immer erstmal schauen, ob sich nicht noch etwas reparieren lässt."

„Das stimmt wohl. Wir bräuchten eben alle eine Gesa in der Nachbarschaft, die sich um so etwas kümmert."

Ich musste über Margarethes Worte lachen, während ich ihr durch das Haus nach draußen folgte. „Besser nicht. Sonst würden die ganzen Firmen, die ihre Gerätschaften von vornherein so produzieren, dass sie nach drei Jahren auseinanderfallen, nach und nach Pleite gehen. Und wenn Firmen pleite gehen, dann gehen auch Arbeitsplätze verloren."

„Da hast du auch wieder recht."

„Darf ich dich noch etwas fragen?", wandte ich mich, einem plötzlichen Impuls folgend, noch einmal an Margarethe. Wir standen bereits auf der Treppe, die von der Haustür nach unten in den kleinen Vorgarten führte und mir kam es vor, als hätten meine Worte das Interesse der Vogelscheuche geweckt, die sich in diesem Moment in unsere Richtung drehte.

„Schieß los."

178

Ich hätte mir gewünscht, die Vogelscheuche würde ihren starren Blick wieder von mir nehmen, bevor ich zu reden begann. Diesen Gefallen tat sie mir jedoch nicht. „Erinnerst du dich noch an die Zeit, in der ich mit meiner Mutter hier gelebt habe?"

„Natürlich. Ich hatte dich ja manchmal zur Betreuung hier, wenn deine Mutter auf Arbeit gewesen ist."

„Sie ist zur Arbeit gegangen?" Das war mir neu. Ich hatte bisher angenommen, dass sie das einzige Geld, das wir hatten, mit ihrer Kunst verdient hatte.

„Naja, zumindest hat sie das gesagt. Vielleicht hat sie die Polin unter ihre Fittiche genommen, die hier schon ein paar Jahre vorher zugezogen war. Die hatte immer Arbeit für Leute, die kurzfristig was brauchten."

„Was war das für Arbeit?"

Margarethe zuckte die Schultern. „Darüber hat niemand gesprochen. Das war für uns eine andere Welt, mit der wir nicht in Berührung gekommen sind."

„Lebt sie noch hier? Hast du einen Namen?"

„Ewelina Wiśniewski, glaube ich. Bei dem Nachnamen bin ich mir nicht sicher. Ob sie noch hier lebt, kann ich dir auch nicht sagen. Ich kann mich nicht erinnern, ihr je begegnet zu sein. Vielleicht weiß Christine etwas mehr darüber. Ihr Laden ist doch eine Klatschzentrale."

„Okay, vielen Dank. Ich werde mal mit Christine sprechen."

In Margarethes Blick stand ein seltsamer Ausdruck, den ich nicht deuten konnte. Als wüsste sie viel mehr, als sie mir gegenüber gerade preisgegeben hatte. Aber wenn sie es nicht von sich aus erzählte, dann würde sie es auch nicht tun, wenn ich sie dazu drängte. Außerdem hatte ich mich daran gewöhnt, dass die Leute mich hier häufig so ansahen, als wüssten sie Dinge, die ich nie wissen sollte.

Ich verabschiedete mich von Margarethe, bevor ich der Vogelscheuche auf dem Weg zum Gartentor noch einen vernichtenden Blick zuwarf und schließlich aus ihrem Blickfeld verschwand, als ich mein Haus erreichte.

Gerade als ich vor dem großen Tor stand, durch das man auf meinen Hof gelangte, begann es zu regnen. Erst waren es nur ein paar wenige, kühle Tropfen, die mir auf den Kopf fielen und sacht mein Gesicht streiften. Ich sah nach oben in den Himmel, betrachtete die dunkelgraue Wolke, die dort bedrohlich über mir schwebte. Langsam streckte ich eine Hand aus, um die Tropfen aufzufangen, die sie auf die Erde hinunterfallen ließ, als würde sie sich von einer schweren Bürde erlösen, die sie dort oben zu tragen hatte. Der Regen wurde immer stärker und mit einem Male überfiel mich eine verzweifelte Wut, die mich der hölzernen Eingangstür einen heftigen Tritt verpassen ließ, den ich im nächsten Moment schon wieder bereute. Die Tränen, die ich so lange zurückgehalten hatte, brachen sich nun Bahn und ich stand einfach da im Regen und weinte alles laut heraus, was sich in der letzten Zeit in mir aufgestaut hatte. Alles, was mich immer wieder an dem Leben zweifeln ließ, das ich führte. Und alles, was mir immer wieder den Glauben daran nehmen wollte, dass meine Mutter einer der wunderbarsten Menschen dieser Welt war.

Meine Tränen vermischten sich mit dem Regen, der auf mein zum Himmel empor gehobenes Gesicht klatschte.

„Warum hast du mich allein gelassen?", schrie ich die Wolke an.

„Das hat sie nicht, Gesa. Das hätte sie nie.", erwiderte eine leise Stimme direkt hinter mir, bevor sich zwei Arme um mich legten und meinen zitternden Körper fest umschlossen. Ich lehnte mich nach hinten und genoss es, mich für einen Moment auf Stines Stärke verlassen zu können. Sie war immer für mich da. Mein Fels in der Brandung.

Derselbe Tag   **Christine**

Als ich Gesa mitten im strömenden Regen vor ihrem Eingang stehen und weinen gesehen hatte, hatte ich keine Sekunde gezögert, zu ihr hinauszugehen. Sie tat immer so stark und taff, als könnte sie allein gegen die ganze Welt ankommen, wenn es sein müsste. Aber in Wirklichkeit war sie eine einsame, zerbrechliche Seele, die sich einfach nur danach sehnte, ihre Wurzeln zu finden.

Ich nahm das Mädchen in den Arm und drückte es ganz fest an mich, als könnte ich ihr so etwas von dem Schmerz abnehmen, den sie empfand. Allmählich verebbte ihr Schluchzen und auch der Regen wurde wieder leiser, bis nur noch von ein paar verlegenen Tropfen die Rede sein konnte.

„Deine Mutter war eine wunderbare Frau. Eigensinnig und erfinderisch und einfach einer der wunderbarsten Menschen dieser Welt.", flüsterte ich ihr zu, bevor sie sich von mir löste.

„Warum will dann keiner über sie reden?", fragte Gesa verzweifelt.

„Weil niemand versteht, was damals mit ihr geschehen ist. Und ich denke, die meisten kannten sie auch gar nicht wirklich. Die Leute sind erst hellhörig geworden, als hier immer mehr seltsame Dinge zu geschehen begannen."

„Was ist mit dieser Ewelina Wiśniewski? Margarethe hat etwas von einer Polin erzählt, bei der meine Mutter Arbeit gefunden haben könnte."

„Wenn deine Mutter wirklich Kontakt mit ihr aufgenommen hat…"

„Was ist dann? Wer ist das denn?", fragte Gesa unerbittlich weiter, als ich verstummte.

„Das weiß ich nicht. Ich weiß nur, dass ich ein ganz ungutes Gefühl bei dem Gedanken habe."

„Wieso?"

Ich holte tief Luft und strich Gesa eine lose Haarsträhne hinters Ohr. „Hast du ein bisschen Zeit?"

Gesa überlegte kurz und nickte dann. „Habe ich."

„Dann würde ich dir gerne etwas zeigen. Ich gehe noch schnell den Laden abschließen, du ziehst dir in der Zeit etwas Trockenes an und wir treffen uns dann wieder hier."

„Okay. So machen wir es." Gesa wischte sich entschlossen die Tränen aus dem Gesicht und versuchte sich an einem zittrigen Lächeln, bevor sie durch das Tor auf den Hof verschwand.

Ich hatte den Laden bereits abgeschlossen, bevor ich zu Gesa gelaufen war und nutzte die Zeit jetzt, um mich zu sammeln und darüber nachzudenken, was ich ihr nun sagen würde. Ich wäre so gerne einmal mit ihr nach oben in den ersten Stock des Hauses gegangen, um zu sehen, wie es dort nun aussah und was von meiner lieben Suzanna noch übriggeblieben war. Vielleicht gestattete Gesa es mir, sie zu begleiten, wenn sie erfuhr, wie sehr auch mich all das betraf.

Nachdem ich Gesa wieder bei ihr zu Hause abgeholt hatte, führte ich sie zu der Bank, auf der ich früher immer mit ihrer Mutter gesessen und geredet hatte.

„Setz dich.", erwiderte ich und klopfte neben mich auf das von Regen noch feuchte Holz. Meine junge Freundin ließ sich zögernd nieder.

„Hier habe ich oft mit deiner Mutter gesessen und geredet. Sie hat mich immer bei der Bushaltestelle am Ortseingang abgeholt, wenn ich aus der Schule zurückgekommen bin. Zumindest an den Tagen, an denen ich meiner Mutter nicht im Laden helfen musste. Du warst auch schon hier. Sie konnte dich ja nicht allein im Haus lassen." Ein Lächeln erhellte meine Züge, als ich an diese Momente zurückdachte, in denen wir hier gesessen und geredet hatten. „Man konnte Suzanna ansehen, wie sehr sie es genoss, jemanden zu haben, der ihr zur Seite stand und immer für sie da war. Auch, wenn ich nicht viel für sie tun konnte. Ich war ja selbst noch jung und hatte neben meiner Aushilfe im Laden noch immer die Schule im Nacken. Suzanna hingegen war mit ihren vierundzwanzig Jahren eine erwachsene Frau, die mit beiden Beinen halbwegs fest im Leben stehen würde, wäre sie nicht, ohne ein einziges Wort Deutsch sprechen zu können, in dieses alte Haus gezogen." Einmal hatte ich sie danach gefragt, wie es überhaupt dazu gekommen war, dass sie von einem Tag auf den nächsten in diesem Haus lebte. Aber sie hatte wohl nicht verstanden, was ich von ihr wollte, denn sie hatte nur in Gesas Richtung genickt und ihrem Kind eine Kusshand zugeworfen. Vielleicht war ich es auch gewesen, die nicht verstanden hatte, was sie mir damit sagen wollte.

„Weißt du, Gesa, nachdem deine Mutter hierhergekommen war, haben wir uns ziemlich schnell angefreundet. Wir waren ein Herz und eine Seele und meistens konnten wir wortlos miteinander kommunizieren. Die unterschiedlichen Sprachen waren nur eine kleine Hürde, die nicht weiter ins Gewicht fiel. Meine Eltern mochten vielleicht nicht allzu begeistert von dieser Freundschaft gewesen sein, aber sie haben es geduldet. Da deine Mutter sich stets um dich kümmern musste, habe auch ich gelernt, Verantwortung für mich und für andere zu übernehmen. Wir waren wie eine kleine Familie. Wenn es zu kalt war, um sich hier auf der Bank zu treffen, dann sind wir zu euch nach Hause gegangen und deiner Mutter ist immer etwas eingefallen, was man aus den Essensresten, die ich aus dem Laden mitgebracht hatte, zaubern konnte. Sie war einfach wunderbar. Ich war damals noch jung und unerfahren und habe mir so gerne von ihr zeigen lassen, wie das Leben funktionierte. Und dass man manchmal aus ganz wenig ziemlich viel machen konnte." Ich griff nach Gesas Hand und drückte sie fest. Ihr Blick war starr auf mich gerichtet und sie sog aufmerksam jedes Wort von dem auf, was ich ihr erzählte.

„Und von deiner Mutter habe ich auch gelernt, dass man manchmal Dinge tun musste, die einem eigentlich zuwider waren, wenn man etwas erreichen und für die Menschen sorgen wollte, die einem am Herzen lagen. Es war meine Schuld, dass auch Suzanna das schließlich tun musste.

Denn hätte ich ihr nicht von Wiśniewski erzählt, die einige Jahre zuvor hier zugezogen war, wäre sie nie in ihre Fänge geraten. Ich hatte nie daran gedacht, dass Suzanna Kontakt mit ihr aufnehmen könnte. Ich wollte nur, dass deine Mutter wusste, dass sie nicht die Einzige hier war, der es so erging. Ich dachte, sie würde einfach, wie Wiśniewski vor ihr, bei den Menschen in der Stadt nach Arbeit fragen und eine Anstellung als Haushälterin oder ähnliches finden. Vielleicht hat sie das auch getan. Das weiß ich nicht. Aber ich weiß nun, dass sie irgendwann zu ihr gegangen sein und sie um Hilfe gebeten haben muss."

„Wieso denkst du das?", fragte Gesa leise. Ihre Augen waren glasig geworden und schienen mehr durch mich hindurchzuschauen, als dass sie mich wirklich ansah.

„Sie hat begonnen, Deutsch mit mir zu sprechen. Natürlich nicht allzu gut und es hat viel Zeit in Anspruch genommen, bis ein halbwegs flüssiges Gespräch zustande gekommen ist, aber von Woche zu Woche und von Monat zu Monat ist es immer besser geworden. Sie konnte viel von dem verstehen, was ich zu ihr sagte, wenn ich es nur langsam und deutlich genug tat und meistens auch eine Antwort darauf geben. Außerdem muss sie irgendwo ein wenig Geld verdient haben. Zumindest so viel, dass sie sich nicht mehr jeden Tag darum sorgen musste, ob sie etwas zu Essen für dich auftreiben konnte. Ich habe mich für sie gefreut und war unglaublich erleichtert, dass sie Fuß zu fassen schien, aber das alles hat mir auch Angst gemacht. Ich wusste nicht, woher sie das alles nahm. Und wenn ich sie danach gefragt habe, dann hat sie einfach ihre Hand auf meine gelegt und mir gesagt, dass alles gut sei." Ich lehnte mich zurück und sah die Bilder eines Nachmittages vor meinem geistigen Auge aufblitzen, als wir Gesa schon längst zu Bett gebracht hatten und uns dann in bescheidener Zweisamkeit vor dem offenen Feuer in der Küche im ersten Stock niedergelassen hatten. Ich hatte den Kopf an Suzannas Schulter gelegt und sie hatte mir mit der Hand ganz ruhig über meine Haare gestreichelt.

„Ich will dich nicht verlieren.", hatte sie gesagt. Ich liebte den polnischen Dialekt, der aus jedem ihrer Worte herauszuhören war.

„Das wirst du nicht.", war meine verwunderte Antwort gewesen. Ich wusste nicht, wie sie zu so einem Gedanken kam. Noch heute spürte ich, wie sie mir dann einen Kuss auf den Scheitel gedrückt und wie sich eine Träne aus ihrem Augenwinkel gelöst hatte, nur um kurz später über mein Gesicht zu Boden zu rollen. Sie hatte nichts mehr dazu gesagt und ich wollte durch meine Fragen nicht den Augenblick zerstören. Ihr schien es doch gutzugehen, mit dem, was sie da tat. Sie sah schon viel besser aus als damals, bei den Mülltonnen, wo wir uns zum ersten Mal begegnet waren. Suzanna hatte zugenommen und die Augenringe waren verschwunden. Die Farbe war in ihr Gesicht zurückgekehrt und ihre Haare waren nicht mehr so brüchig wie vor ein paar Monaten noch. Es war wieder ein Mensch aus ihr geworden.

„Ich hatte das Gefühl, mich einfach für sie freuen und ihr glauben zu müssen, dass wirklich alles gut war. Ich dachte, ich würde sie sonst verlieren, wenn ich ihr nicht vertraute. Und sie war doch alles, was ich wollte. Suzanna war mein Leben und meine große Liebe. Ohne sie... ohne sie wäre ich

186

verloren gewesen." Ich hielt dem starren Blick von Gesa stand. Sie war der erste Mensch, dem ich anvertraute, dass Suzanna und mich damals mehr als nur eine Freundschaft verbunden hatte. Vielleicht war es auch das erste Mal, das die Geschehnisse dieser Zeit überhaupt über meine Lippen kamen. Gesa wollte etwas sagen, doch über ihre Lippen drang nur ein erstickter Laut, den ich nicht zu deuten vermochte.

„Es wäre vielleicht tatsächlich alles gut gewesen, wenn die Dinge so geblieben wären, wie sie zu diesem Zeitpunkt noch waren. Es sind Jahre vergangen, in denen du immer älter und größer geworden bist und in denen wir immer mehr zusammengewachsen sind. Du wurdest zu einem kleinen Kind, das bald schon in den Kindergarten und kurz später in die Schule gegangen ist. Das war nicht immer einfach, aber irgendwie hat deine Mutter für jedes Problem eine Lösung gefunden. Wir hatten uns so eingespielt, dass ich lange gebraucht habe, bis mir aufgefallen ist, dass es Suzanna wieder schlechter ging. Dass sie sich manchmal tagelang in sich zurückgezogen und abweisend und kühl auf meine Annäherungsversuche reagiert hat. Sie wurde immer dünner und kränklicher und ihrem Blick wich die Lebensfreude, die man sonst stets darin hatte erkennen können. Sie versuchte es vor mir zu verbergen, aber irgendwann gelang es ihr nicht mehr. Dazu standen wir uns zu nah. Wenn ich sie fragte, was sie hatte, wich sie mir aus. Manchmal wurde sie auch wütend und ging regelrecht auf mich los. Es waren wie hysterische Anfälle, die sie regelmäßig überrollten und vollkommen außer Kontrolle geraten ließen. Sie war nicht mehr ansprechbar, hat um sich geschlagen und alles zerstört, was sie zu greifen bekam. Teilweise..." Ich schluckte hart und schüttelte angsterfüllt den Kopf. Das konnte ich Gesa nicht sagen. Wie ihre Mutter im Haus gestanden und ihren Kopf gegen die Wand geschlagen und immer wieder geschrien hatte: „Geht weg! Geht weg da drin!". Sie meinte nicht mich damit. Oder Gesa. Das wusste ich. Aber ich hatte mir auch nie erklären können, was es sonst zu bedeuten hatte.

„Und teilweise?", hakte Gesa nach, als ich keine Anstalten machte, den Satz zu Ende zu führen.

„Sie hat vollkommen neben sich gestanden. Es war beängstigend. Es war nicht dauerhaft. Es gab Tage, an denen alles wie immer war und sie sich auch nicht daran erinnern konnte, dass es je zu solchen Vorfällen gekommen ist. Aber das war nie von Dauer. Irgendwann fiel sie wieder in sich zusammen." Ich erinnerte mich daran, wie Gesa eines Tages bei meinen Eltern vor der Tür gestanden hatte. Sie hatte am ganzen Leib gezittert und kein Wort hervorgebracht. Sie musste damals sieben oder acht Jahre alt gewesen sein. Ich hatte sie bei meinen Eltern gelassen und war zum Haus gegangen. Suzanna lag oben im Dachgeschoss winselnd und zusammengekrümmt in einer Ecke. Ich wusste, dass ich vorsichtig sein musste, aber an diesem Tag ließ sie es über sich ergehen, dass ich sie in den Arm nahm und solange festhielt, bis sich die Krämpfe lösten, die ihren Körper erfasst hatten.

„Beschütze mein Kind, Stine. Ich kann es nicht mehr.", hatte sie zu mir gesagt.

„Ich glaube, Margarethe war es, die dann irgendwann das Jugendamt gerufen hat. Es war ja keinem hier entgangen, dass in diesem Haus seltsame Dinge geschahen. Das Jugendamt hat euch beide dann mitgenommen. Ich konnte nichts mehr tun. Ihr wart einfach weg."

„Und du denkst, die Wandlung meiner Mutter hat etwas mit dieser Ewelina Wiśniewski zu tun?"

„Ich kann es mir nicht anders erklären."

„Dann muss ich mit dieser Frau sprechen."

Ich schwieg dazu. Gesa hatte Recht. Wenn sie erfahren wollte, was damals geschehen war, dann musste sie mit dieser Frau reden. Eine andere Möglichkeit sah ich nicht. „Ich hoffe, du hast damit mehr Glück als ich. Nicht lange, nachdem ihr verschwunden wart, habe auch ich schon vor ihrer Tür gestanden, um mit ihr zu sprechen, aber sie hat alles abgeblockt. Vielleicht ist es etwas anderes, wenn die Tochter vor ihr steht."

„Ich hoffe es."

Ich beobachtete Gesa, die darüber nachzudenken schien, wie sie als nächstes vorgehen wollte. Einerseits war ich erleichtert, dass sie einfach weitermachen wollte. Andererseits machte ich mir auch Sorgen, weil es verständlich gewesen wäre, wenn sie nun erst einmal Zeit bräuchte, um das alles zu verdauen.

„Kannst du mir sagen, wo ich die Polin finde?"

Ich beschrieb Gesa den Weg zu Wiśniewskis kleinen, versteckten Haus am Rande der Stadt und drückte ihr noch einmal ermutigend die Hand. „Deine Mutter hat dich geliebt, Gesa. Sie wollte immer nur das Beste für dich. Vergiss das nie."

„Ich weiß. Das werde ich nicht vergessen." Gesa erhob sich von ihrem Platz und machte sich sogleich auf den Weg. Ich wünschte ihr alles Glück der Welt, dass sie etwas erfuhr, das uns weiterhalf.

Derselbe Tag   **Gesa**

Ich atmete tief ein und versuchte die Aufregung zu verdrängen, die sich in meiner Magengegend breit gemacht hatte, sobald Wiśniewskis Haus in Sichtweite gekommen war. Im Grunde genommen erinnerte es eher an einen alten Zirkuswagen als an ein Haus und beschwor eine Menge Fragen in mir herauf, was für Menschen dort wohl zu Hause waren.

Die Klingel befand sich direkt an der Haustür, sodass ich nur wenige Sekunden, nachdem ich geklingelt hatte, vor einer großen, muskulösen und recht spärlich bekleideten Frau stand, die mich mit brennenden Blicken vom Scheitel bis zu den Schuhsohlen musterte. Ihre schwarz gefärbten Haare waren zu einem wilden Turban aufgesteckt und die starke Schminke ließ keine genauen Schlüsse darüber zu, wie alt sie war. Neben ihrem rechten Bein schob sich ein grauer Kater aus dem Haus und verschwand irgendwo in der Böschung, die nur noch im entferntesten Sinne an einen Garten erinnerte.

„Hallo. Ich bin Gesa Ostrowski. Bitte entschuldigen Sie, wenn ich so mit der Tür ins Haus falle. Ich glaube, Sie kannten meine Mutter. Suzanna Ostrowski. Ich…" Ich stockte plötzlich, als Wiśniewski unerwartet die Hand hob und zwischen unsere Gesichter hielt. Ich konnte sie kaum noch

190

sehen und trat ein Stück zur Seite, um wieder Blickkontakt herzustellen.

„Ich spreche nicht mit Fremden über nicht anwesende Freunde.", erwiderte sie tonlos.

Freunde. Das Wort hallte in meinen Gedanken nach. Meine Mutter und diese Frau waren also befreundet gewesen? Das hatte bei Stine anders geklungen.

„Es geht um meine Mutter! Bitte, Frau…" Wieder hob Wiśniewski die Hand und brachte mich damit automatisch zum Schweigen. Ich ärgerte mich über mich selbst.

„Das spielt keine Rolle. So gut wie jede meiner Freundinnen hat Kinder. Und viele davon stehen eines Tages vor meiner Tür."

„Aber…"

„Nie.", schleuderte sie mir auf Polnisch entgegen. „Geh und sieh nach vorne, Mädchen. Lass die Vergangenheit ruhen." Wiśniewski trat zurück und der Kater konnte gerade noch zurück ins Haus huschen, bevor mir die Tür vor der Nase zufiel. Wütend schlug ich mit der Handfläche dagegen.

„Helfen Sie mir, verdammt! Sie haben meine Mutter gekannt! Sie haben sie in den psychischen Ruin getrieben! Sie sind schuld, dass man uns getrennt hat und ich allein aufwachsen musste. Ohne eine Ahnung zu haben, wo meine Mutter war und ob sie überhaupt noch lebte! Jetzt helfen Sie mir, verdammt nochmal! Was haben Sie zu verlieren?"

Ich wäre Ewelina Wiśniewski fast in die Arme gestolpert, als die Tür von drinnen wieder aufgezogen wurde.

„Wovon redest du? Deiner Mutter ging es bei mir gut. All meinen Freundinnen ging es hier gut. Sie haben Geld verdient, mit dem sie für ihre Familie sorgen konnten." Die Gleichgültigkeit war aus ihrem Blick gewichen und hatte einem lodernden Zorn Platz gemacht.

„Am Anfang mag es ihr hier gut ergangen sein. Vielleicht, weil sie einfach froh war, Arbeit gefunden zu haben. Aber irgendwann ist sie an dem zerbrochen, was sie hier erlebt haben muss. Es hat sie innerlich aufgefressen, bis man das Jugendamt gerufen hat. Dann wurden wir getrennt und ich habe sie nie wieder gesehen. Den Rest meiner Kindheit und Jugend habe ich in einem Heim verbracht, immer darauf wartend, wann sie mich endlich holen kommt."

„Wie war der Name?", fragte Wiśniewski noch einmal nach.

„Suzanna Ostrowski."

„Hmm… ich erinnere mich nicht. Ich kann mir keine Namen merken."

„Was für eine Arbeit haben Sie ihr gegeben?"

Die Polin hob die Brauen und sah mich nachdenklich an. „Nur wenige Tätigkeiten auf dieser Welt sind auch dann sicher, wenn alles andere zusammenbricht. Eine davon ist die Befriedigung der menschlichen Lust, wenn du verstehst…"

Ich wollte nicht verstehen. Meine Hand suchte vergebens nach einem Geländer und ich spürte, wie Wiśniewski mich packte und nach drinnen zog, als ich den Halt verlor. Ganz kurz wurde mir schwarz vor Augen, doch ich fing mich gerade noch rechtzeitig. „Meine Mutter…"

„Sie hat dich damit am Leben erhalten. Mit dem Geld, das sie bei mir verdient hat." Wiśniewski hatte sich mir gegenüber auf einem abgewetzten Sofa niedergelassen und zündete sich nun seelenruhig eine Zigarette an. Sie schien sich ihrer Sache sehr sicher zu sein. „Viele junge Frauen kommen zu mir, weil sie ein bisschen Geld brauchen. Als Sprungbrett. Und dann gehen sie wieder, wenn sie es haben. Was ist da schon dabei? Die meisten denken später nie wieder daran. Vielleicht tun sie es auch doch… was weiß denn ich."

„Meine Mutter ist daran zu Grunde gegangen."

„Wenn ich mich nur erinnern könnte…" Wiśniewski schüttelte den Kopf, bevor sie aufstand und in einem Schubfach zu kramen begann, das ohne zugehörigen Schrank offen auf dem Boden lag. Von meinem Platz in dem ledernen Ohrensessel aus, erkannte ich, dass es sich bei den Kärtchen darin um haufenweise beschriftete Bilder handelte. Einige davon fischte sie heraus und legte sie vor mir auf den mit Kratzern übersäten Glastisch. Ich begann gespannt, mir die Bilder und die Personen darauf genau anzusehen.

Es waren alles mehr oder weniger junge Frauen, in deren Gesichtern das Leben seine Spuren hinterlassen hatte. An den Rand standen Namen geschrieben, die erfunden klangen und ein paar Stichworte auf Polnisch, deren Bedeutung ich nicht kannte. Mein Herz begann mit jedem Bild ein paar Takte schneller zu schlagen. Denn ich wusste, dass ich mit jedem Bild, auf dem meine Mutter nicht zu sehen war, dem einen näherkam, auf dem ich sie erblicken würde.

Eines nach dem anderen legte ich die Bilder beiseite, bis ich das eine erblickte, nach dem ich die ganze Zeit gesucht hatte. Das eine, auf dem meine Mutter zu sehen war. Eine junge Frau Mitte zwanzig mit langem, braunem Haar und ungewöhnlich schiefstehenden Augen. Ihr Blick war verängstigt, aber kraftvoll. Hoffnung stand darin. Und Liebe. Vielleicht ihre Liebe zu Christine.

Tränen standen mir in den Augen, als ich sanft mit dem Finger die Konturen ihres Gesichtes nachzeichnete. „Das ist sie.", flüsterte ich kaum hörbar. „Das ist meine Mutter." Sie sah anders aus als in meinen Gedanken und doch hatte ich sie sofort wiedererkannt.

Wiśniewski riss mir unsanft das Bild aus der Hand und kurz kam es mir so vor, als hätte man uns ein zweites Mal voneinander getrennt. Sie sah sich die Frau auf dem Bild genau an, bis schließlich ein erkennendes Funkeln in ihren Augen aufblitzte.

„Wie war der Name gleich?", fragte sie noch einmal mit zerknirschtem Blick.

„Suzanna Ostrowski."

„Ah, ja. Ich weiß, ich weiß. Sie war noch neu hier. Konnte kein Wort Deutsch, als sie das erste Mal zu mir kam. Daran mussten wir etwas ändern. Sie hat auf die Hälfte ihrer Bezahlung verzichtet, damit ich ihr die hiesige Sprache beibrachte. Damals war ich selbst noch unsicher, was das betraf, aber ich habe trotzdem eingewilligt."

„Was wissen sie von ihr?"

„Sie hatte ein Kind. Das weiß ich. Und irgendwann kam sie nicht mehr, obwohl ich sie noch ab und zu in der Stadt gesehen habe. Aber sie kamen und gingen ja damals stets und ständig. Da war keine Zeit, um sich Gedanken darüber zu machen, was aus den Schäfchen geworden ist, die sich verabschiedet haben. Oder die sich eben auch nicht verabschiedet haben und einfach nicht mehr aufgetaucht sind."

„Aber Sie müssen doch irgendetwas über ihr Privatleben oder ihre Person erfahren haben, wenn Sie ihr sogar Deutsch beigebracht haben!"

Wiśniewski zuckte die Schultern. „Das war keine Selbsthilfegruppe, Schätzchen. Das war ein reines Geschäft. Ich weiß weder, woher sie kam, noch, wohin sie ging." Hustend warf sie das Bild zurück auf den Tisch und ich griff sofort danach.

„Darf ich es mitnehmen?", fragte ich vorsichtig.

„Nur zu."

Ich steckte das Bild in die Brusttasche meines Holzfällerhemdes, direkt über meinem Herzen. Etwas widerstrebend bedankte ich mich bei dieser seltsamen Frau für alles, was sie mir erzählt hatte und verließ das Haus. Draußen sog ich erleichtert die Frische des Nachmittags ein, die noch immer ein wenig nach Regen duftete. Ich würde gleich zu Stine gehen, um ihr zu erzählen, was ich erfahren hatte.

Kapitel 9
Ocker: Die Farbe der Sicherheit

24.11.2021 **Anastasia**

Es war das im strömenden Regen funkelnde Licht der Straßenlaterne, das schließlich meine Aufmerksamkeit auf sich zog, nachdem ich gefühlt stundenlang im Bett gelegen und mich von einer Seite zur anderen gewälzt hatte. Ein Blick auf den Wecker, der auf meinem Nachtschrank mit einem spottend fröhlichen Ticken die Zeit verstreichen ließ, sagte mir, dass es bereits Mittwochmorgen war. Kurz vor drei Uhr. Tag der Geschichtsklausur. In der vierten Stunde würde es soweit sein. Ben hatte mich gestern noch einmal gründlich zu allem abgefragt, obwohl wir uns das eigentlich auch hätten sparen können. Natürlich wusste ich, was dort im Hefter stand. Aber irgendwie hatte ich das Gefühl gehabt, dass er mich gerne abfragen wollte. Einfach, damit wir zusammen an etwas arbeiteten. So, wie er mich auch bei seinem Projekt in der Sprachwissenschaft dabeihaben wollte, um mich in sein Leben mit einzubeziehen. Und irgendwie gelang ihm das auch. Es war ein schönes Gefühl, wenn einen jemand irgendwo dabeihaben wollte. Dem konnte auch ich nicht widerstehen.

Ich schob mich träge unter der Bettdecke hervor, schaltete die Nachttischlampe ein und tappte nach drüben zum Schreibtisch, um meinen Laptop einzuschalten. Angesichts der Tatsache, dass ich nun wohl sowieso nicht mehr einschlafen würde, könnte ich auch schnell noch einen Blick in *Gesa's Kummerkasten* werfen, ob da eine Nachricht von ihr eingetrudelt war und vielleicht fand ich im Internet noch die ein oder andere Dokumentation zur Industrialisierung. Ein paar Zusatzinformationen konnten zur Vorbereitung auf die Arbeit sicher nicht schaden.

Von Gesa war noch keine Antwort eingetroffen, aber ich machte mir keine Gedanken deswegen. Nach ihrer letzten Nachricht hatte ich zu verstehen begonnen, dass auch sie ein Mensch mit einem Leben außerhalb des Kummerkastens war. Dass es auch in ihrem Leben Menschen gab, die ihren Alltag mitbestimmten und eine Lebensgeschichte, die ihr Handeln lenkte. Dass auch sie Dämonen hatte, mit denen es stets zu kämpfen galt.

Manchmal fragte ich mich, ob es jedem Menschen so erging. Ob jeder Mensch irgendwelche düsteren Gedanken oder nervige, geradezu angsteinflößende Stimmen in sich hören konnte. Man sah es den Leuten nicht an. Sah man es mir an? Ich wusste es nicht. Manchmal kam es mir so vor. Aber wenn dem so wäre, hätte man mich dann nicht schon längst wieder in einer Klinik weggesperrt?

Ich verdrängte diese trübsinnigen Gedanken und entdeckte nach kurzem Suchen eine Dokumentation zur Etablierung des Zollsystems zu Anfang des neunzehnten Jahrhunderts. Ich ließ mich von den angenehmen, sachlichen Stimmen der Forscher und Wissenschaftler umschmeicheln, die dort ihre Erkenntnisse preisgaben. Dokumentationen hatte ich schon immer gemocht. Sie waren nicht so übertrieben emotional und dramatisch wie irgendwelche Filme, die im Fernsehen hoch und runter liefen. Sie zeigten einfach und ganz sachlich, was irgendwann einmal gewesen ist.

Nach der dritten Dokumentation zum Thema klingelte mein Wecker und ich begab mich nach unten in die Küche. Ben und ich vollzogen nach einem kurzen Gruß unser allmorgendliches Ritual, bis wir schließlich gemeinsam am Frühstückstisch saßen und zu essen begannen. Die tiefen Ringe unter Bens Augen verrieten mir, dass auch er nicht allzu viel geschlafen hatte. Vermutlich hatte er noch bis spät in die Nacht an seinem Projekt gefeilt. Immerhin stand heute die zweite Aufnahme bevor, die ihm bestimmt die Nervosität in die Knochen trieb. Nicht zuletzt, weil er dann die Künstlerin wiedersehen würde.

„Woran hast du gestern noch gearbeitet?", fragte ich geradeheraus, um die Stille im Raum zu verdrängen.

„Ich habe damit begonnen, die Audioaufnahme von dem Gespräch mit Gesa Ostrowski zu transkribieren. Ich denke, das kann wirklich interessant werden, wenn es an die Analyse und die Auswertung der Daten geht."

„Hm. Was gibt es denn da zu analysieren?"

„Naja, zum Beispiel kann man den Sprecherwechsel analysieren und daraus schlussfolgern, inwieweit das Gespräch harmonisch verlaufen ist. Wenn ein Sprecher den anderen immer wieder unterbricht und nicht ausreden lässt, dann hat das oft negative Auswirkungen auf die Harmonie zwischen den Gesprächsteilnehmern. Und dann kann man untersuchen, wie der andere Sprecher auf diese Unterbrechungen reagiert. Ob er versucht, seinen Redebeitrag durchzusetzen oder ob er verstummt. Versucht er sich durchzusetzen, ist davon auszugehen, dass bei dem Gespräch zwei eher dominante Sprecher aufeinandergetroffen sind und vermutlich wird es dann auch in Zukunft zu Komplikationen bei der Interaktion kommen. Verstummt der Sprecher allerdings, lässt er dem anderen somit den Vortritt und nimmt die Unterbrechung hin. In dem Falle verläuft die Kommunikation deutlich harmonischer."

„Aber die Person, die da zurücksteckt, die nervt das doch auch irgendwann. Wenn sie das immer in sich reinfrisst, dass der andere so unsensibel mit ihr umgeht."

„Das stimmt natürlich. Das sind dann die Momente, in denen die Sprachwissenschaft mit der Psychologie zusammentrifft. Um in der Sprachwissenschaft zu verbleiben, muss man sich dann konsequent auf andere Aspekte des Gesprächs konzentrieren, die Aufschluss über die Handlungshintergründe des verstummenden Sprechers geben. Handelt es sich um einen Reporter, der sich bestimmte Informationen von seinem Gegenüber erwartet, ist es üblich, dass auf diese Weise kommuniziert wird und der verstummende Sprecher nimmt das wohl weniger übel. Bei einem Gespräch unter Freunden ist das schon wieder etwas anderes. Es spielen da wirklich unglaublich viele Faktoren mit rein, die die Analyse in irgendeiner Weise beeinflussen können."

„Klingt interessant." Die Worte wurden von einem leicht ironischen Unterton begleitet, als sie mir über die Lippen kamen, der aber gar nicht beabsichtigt gewesen war. Ben hatte tatsächlich mein Interesse an der Sprachwissenschaft geweckt. Oder zumindest an diesem Bereich der Sprachwissenschaft.

Derselbe Tag   Ben

Ich beobachtete meine Nichte, die selbst über den ironischen Unterton in ihren Worten erschrocken zu sein schien. Ich wusste, dass ihre Worte nicht so gemeint waren, wie man sie hätte verstehen können, wenn man es gewohnt war, andere Menschen grundlegend pessimistisch zu interpretieren. Ihre Gestik und Mimik zeigten, dass dies in dem Falle ein fataler Fehler gewesen wäre. Aufmunternd zwinkerte ich ihr zu und war froh, zu sehen, wie sie sich entspannte.

Als das Frühstück beendet war, machte ich den Abwasch, während Anastasia schon auf dem Weg zum Bus war. Ich musste heute erst später zur Universität fahren, um dort zwei Seminare zu halten. Bis dahin konnte ich mich in Ruhe noch einmal der Transkription der ersten Audioaufnahme widmen. Der Film kam dabei natürlich auch ins Spiel, da es sonst nahezu unmöglich war, gewisse Tonlagen, Geräusche oder Momente der Stille zu erklären, in denen unter anderem die Gestik und Mimik der Gesprächsteilnehmerinnen relevant wurden.

Mein Blick fiel auf das Bild meiner Schwester mit ihrem Mann, als ich mich am Schreibtisch niederließ. Es stammte aus ihren Flitterwochen, die sie in Schottland verbracht hatten. Kurz vor der Aufnahme musste es einen gewaltigen Regenschauer gegeben haben, denn meine Schwester trug den gelben Regenmantel, den sie sich für die Reise von mir geliehen hatte und die Haare klebten ihr nass im Gesicht. Trotzdem zeigte sich ein breites Grinsen darauf, während sie zu meinem Schwager aufschaute. Wie sehr hatte ich dieses Grinsen geliebt. Schon als wir Kinder waren, hatte sie mich damit für alles begeistern und zu jedem Unfug verführen können. Sie mit ihrer Fröhlichkeit, die durch nichts und niemanden kleinzukriegen war. Freya hätte besser mit Anastasia umgehen können als ich.

Seufzend schaltete ich den Computer ein und setzte meine Transkription des Gesprächs mit der geheimnisvollen Künstlerin fort. Es gab kaum einen besseren Weg, einen Menschen kennenzulernen, als über die Art, wie er mit seinem Gegenüber sprach.

Derselbe Tag   **Gesa**

Nachdem ich am gestrigen Nachmittag mit Wiśniewski gesprochen hatte, war ich sogleich zu Christine gegangen, um ihr alles zu berichten, was ich in Erfahrung hatte bringen können. Mir war erst jetzt so wirklich klargeworden, wie nah auch ihr das alles ging. Das meine Mutter eben nicht nur eine gute Bekannte für sie gewesen war. Und es tat mir in der Seele weh, ihr sagen zu müssen, dass die Frau, die sie so sehr geliebt hatte, tagtäglich die Nächte mit fremden

Männern verbracht und ihr nichts davon gesagt hatte. Auch, wenn dabei keine Gefühle im Spiel gewesen sein mochten.

„Sie wollte dich nur schützen. Dich nicht damit belasten.", hatte ich es Christine zu erklären versucht. Vielleicht auch mir selbst. Aber wir hatten uns schon viel zu viel selbst zu erklären versucht. Es hatte keinen Sinn mehr, damit noch weiterzumachen. Wir brauchten Antworten von außerhalb. Antworten von meiner Mutter. Und gerade in der Hinsicht hatte uns das Gespräch mit der Polin leider nicht weitergebracht.

Ich hatte mich beizeiten von Christine verabschiedet, um ihr Zeit zu geben, das alles zu verdauen. Außerdem musste ich mir überlegen, wie es nun weitergehen sollte. Zu Hause hatte ich mich erst einmal mit der Restauration der Stühle befasst, auf denen man sich nun bedenkenlos niederlassen konnte. Eigentlich hatte ich dann auch noch einen Kuchen backen wollen, mit dem ich heute meine Gäste begrüßen konnte, hatte dies jedoch zugunsten einer neuen Idee für meine Zinnfiguren erst einmal verschoben.

So kam es, dass ich nun an diesem Mittwochmorgen in aller Herrgottsfrühe in der Küche stand und mich an meinen ersten Buchteln versuchte. Ich hatte überall die Fenster geschlossen, da Zugluft bei der Zubereitung eines Hefeteigs ein KO-Kriterium war und die Milch stand schon leicht aufgewärmt bereit, um mit den restlichen Zutaten vermengt zu werden. Gerade, als ich die Hefe hinzugeben wollte, vernahm ich ein Klopfen am Küchenfenster. Wiśniewski stand dort und bedeutete mir, das Fenster zu öffnen. In Gedanken bei meinem Hefeteig, gestikulierte ich wild und versuchte ihr zu übermitteln, sie solle zum Eingang kommen, damit ich sie dort reinlassen konnte.

„Und ich dachte immer, ich würde in einer Bruchbude leben.", erwiderte Wiśniewski ungeniert, als ich sie durch den Hausflur in meine recht spartanische Küche im Erdgeschoss führte und wir uns dort niederließen. Der erste Härtetest für meine Stühle.

„Ich habe einige Jahre lang mit meiner Mutter hier gelebt. Und sobald ich dem Kinderheim entwachsen war, bin ich hierher zurückgekehrt. Das Haus ist alles, was ich noch von ihr habe."

„Solche Sentimentalitäten habe ich nie verstanden. Haus und Grundstück müssen verkauft werden und von dem Geld baust du dir ein neues Leben auf. Irgendwo, wo man wirklich leben kann. Nicht in so einem toten Nest hier. So kommt man zu was."

„Ich brauche zu nichts mehr zu kommen. Ich bin genau da, wo ich sein will. Vor ein paar Tagen habe ich mit den Renovierungsarbeiten begonnen."

„Naja, wie dem auch sei." Wiśniewski runzelte die Stirn und ich wusste, dass sie kein Wort von dem, was ich gesagt hatte, nachvollziehen konnte. Sie begann, in ihren Jackentaschen nach etwas zu suchen, das vermutlich den Grund für ihren Besuch darstellte. Ich wusste nicht, was sie in diesen Taschen alles aufbewahrte, aber es dauerte eine ganze Weile, bis sie gefunden hatte, wonach sie suchte.

„Hier. Die ist mir gestern Abend noch in die Hände gefallen. Sie lag zwischen den anderen Bildern im Schubfach."

Ich sah mir aufmerksam die verblichene Postkarte an, die sie mir über den Tisch zuschob. „Was ist das?"

„Die Karte hat deine Mutter mir vor ein paar Jahren geschickt. Daran erinnere ich mich sogar noch ein wenig, weil ich es noch nie erlebt habe, dass eines meiner Mädchen wieder Kontakt aufnimmt, nachdem es mich verlassen hat."

„Wann kam die Karte?"

„Das muss etwa ein Jahr, nachdem sie mich verlassen hat, gewesen sein."

Meine Hände zitterten, als ich nach der Karte griff und sie langsam umdrehte. Die Schrift kam mir vage vertraut vor.

Liebe Ewelina,

Kind da. Kopf ist durcheinander. Hier ist gut alles. Vielleicht bald Bäckerei, wenn besser wird noch mehr.

Liebe Grüße,
Suzanna

Das Schriftbild war durcheinander und es war viel durchgestrichen und verbessert worden. Ich musste die Karte zweimal lesen, um den Inhalt zu verstehen, aber auch dann wurde ich nicht wirklich schlau daraus.

„Von was für einem Kind spricht sie? Ich bin doch nie bei ihr gewesen, seit wir getrennt worden sind…"

„Ich hatte angenommen, dass sie ein Kind bekommen hat, als ich die Karte damals gelesen habe. Vor meiner Tür stehen immer mal wieder junge Frauen und Männer, die glauben, ich könnte ihnen sagen, wer ihre Väter sind. Viele meiner Mädchen sind irgendwann nachlässig geworden, was den Schutz angeht oder haben sich für mehr Geld davon überzeugen lassen, darauf zu verzichten. Manche haben vielleicht auch gehofft, sich mit einem Kind Unterhalt erschleichen zu können. Aber ich merke mir doch nicht, wer da wann mit wem ein Geschäft gemacht hat. Und schon gar nicht frage ich nach genaueren Bedingungen dieses Geschäfts. Da halte ich mich raus. Ich dachte am Anfang, dass auch du deswegen vor meiner Tür standest und habe dich einfach abwimmeln wollen. Aber offenbar gab es dich ja schon viel früher."

„Sie meinen, meine Mutter könnte schwanger gewesen sein?"

Wiśniewski zuckte die Schultern und grunzte seltsam. „Ich meine gar nichts. Aber wie würdest du das sonst erklären?"

Auf diese Frage wüsste ich auch gern eine Antwort. Aber ich hatte keine. Und auch Christine würde mir dazu wohl nichts sagen können. Sonst hätte sie das spätestens bei unserem letzten Gespräch getan.

„Zeitlich könnte es passen, wenn die Karte ein Jahr, nachdem sie von hier fort ist, bei Ihnen eingetroffen ist.", stellte ich mehr für mich selbst fest, als dass ich zu Wiśniewski sprach.

„Na, eben. Es war ein knappes Jahr."

Ich drehte die Karte um und betrachtete das Bild auf der Vorderseite. *Schmalkalden,* stand dort in großen Druckbuchstaben in der Mitte. „Ist das eine Stadt? Schmalkalden?"

„Sicher."

„Dann muss ich da hin."

Die Polin musterte mich ungläubig. „Meinst du das ernst?"

„Was bleibt mir anderes übrig? Es ist die einzige Spur, die ich von meiner Mutter habe. Darf ich die Karte behalten?"

„Natürlich. Ich habe sie bis jetzt auch nicht gebraucht."

„Danke."

Wiśniewski erhob sich von ihrem Platz und ich begleitete sie nach draußen. Wir lebten in vollkommen verschiedenen Welten. Ich konnte nicht wirklich verstehen, warum meine Mutter ihr diese Karte geschrieben hatte, aber ich war froh darüber. Es war ein Hinweis darauf, wo sie sein könnte oder zumindest einmal gewesen ist.

Nachdem Wiśniewski gegangen war, erwärmte ich die Milch noch einmal und machte den Hefeteig fertig, damit dieser bis zum Mittag ruhen und ich dann damit beginnen konnte, ihn zu Buchteln zu verarbeiten.

Ich hatte heute Morgen beim Aufstehen gesehen, dass wieder eine Nachricht im Kummerkasten eingetrudelt war, die ich vielleicht gelesen haben sollte, bevor Anastasia und ihr Onkel bei mir eintrafen. Falls sie denn von Ana war.

Tatsächlich war unter anderem eine Nachricht von Ana eingetroffen. Ich entschuldigte mich in Gedanken bei den anderen dafür, sie vorerst unbeachtet zu lassen und öffnete die Mitteilung.

Beim Lesen der Nachricht fiel mir auf, dass ich im Gespräch mit Ana unbewusst schon oft an diese Geschichte von der verlorenen Prinzessin gedacht hatte, von der Anastasia zur Erklärung ihres Namens berichtete. Außerdem merkte ich aber auch, dass sie nicht auf die Stimmen eingegangen war, von denen sie in ihrer letzten Nachricht gesprochen hatte und von denen ich gerne mehr in Erfahrung gebracht hätte.

Umso sicherer wusste ich aber nun, dass die Sache ernster war als zuerst angenommen. Und das es äußerst kompliziert werden könnte, wenn Anastasia erfuhr, dass ich diejenige war, der sie davon erzählt hatte.

Derselbe Tag   Anastasia

Der Schultag war in den ersten beiden Stunden ohne nennenswerte Ereignisse verlaufen. Ich hatte die eher langweiligen Augenblicke des Unterrichts dazu genutzt, um unauffällig einen Blick in meinen mittlerweile leicht zerfetzten Geschichtshefter zu werfen, der mit seinem seltsamen verwaschen-orangenen Farbton für mich die perfekte Verbildlichung des Geschichtsunterrichts zu sein schien. Ich hoffte, mir in dieser Last-Minute-Aktion noch einmal die wichtigsten Jahreszahlen mit ihren dazugehörigen Ereignissen in Erinnerung rufen zu können. Es dürfte bei der Arbeit keine Probleme geben.

Sobald es zur Pause klingelte, packte ich meine Schulsachen zusammen und begab mich zielstrebig zur Toilette. Ich hoffte, dass Michelle da sein oder bald dazustoßen würde. Bis es so weit war, verzog ich mich in die dritte Kabine und packte dort mein Frühstück aus. Unter einer kleinen Tüte Gummibärchen versteckte sich ein Zettel von Ben. *Viel Erfolg! Du packst das!*, stand darauf. Ich drückte den Zettel einen Moment lang lächelnd an mich, bevor ich ihn zu den anderen in meinen Rucksack schob. Mein Onkel glaubte an mich. Und wenn er das tat, dann sollte ich das auch tun, oder nicht?

Ein tinitusartiges Fiepen stach mir plötzlich wieder ins Ohr.

„Du wirst das schaffen, Anastasia. Du wirst die Klausur meistern.", flüsterte die Stimme. Es war die rechte Stimme. Da war ich mir ganz sicher.

„Wie kommst du darauf, so etwas zu behaupten?", durchdrang es mich plötzlich von der anderen Seite. Panisch schreckte ich von meinem Sitzplatz auf dem Toilettendeckel hoch und presste mich mit dem Rücken gegen die Tür der Kabine. Es war niemand hinter mir zu sehen. Ich streckte die Hand nach vorne und ließ sie durch die Luft gleiten. Außer mir war niemand da. Der Gedanke, dass Mephisto mich wieder zu überrollen drohte, jagte mir Angst ein. Und noch mehr jagte es mir Angst ein, dass beide Stimmen plötzlich zur gleichen Zeit da waren. Das machten sie sonst nie.

Ich hatte die Augen geschlossen und atmete nur noch ganz leise, um zu hören, wenn eine der Stimmen wieder zu sprechen begann. Doch es kam nichts mehr. Sie waren still und blieben still. Beide. Nur das Piepen war noch da. Es summte und dröhnte und schepperte in meinem Kopf, dass ich es kaum aushalten konnte. Ich hielt mir die Ohren zu und schlug mir die Hand vor den Kopf, doch es wollte einfach nicht verschwinden. Ich stieß einen ungeduldigen Schrei aus. Meine Hand tat weh. Ich musste irgendwo dagegen geschlagen haben. Oder es war Mephisto gewesen, der kurzzeitig die Kontrolle über mich gewonnen hatte. Tränen rannen über mein Gesicht. Ich spürte es nicht. Ich sah nur die feuchte Schminke, die an meinen Händen kleben blieb, als ich mir damit über das Gesicht wischte. Mein Blick fiel auf mein Handgelenk, an dem die blaue Pulsader verlockend deutlich hervorgetreten war. Ich strich mit einem Finger darüber und versuchte sie zu ertasten. *Nein, Anastasia. Nein, das machst du nicht!*

Bevor ich weiter darüber nachdenken konnte, lief ich in den Waschraum zurück, zog einige Papiertücher aus dem Automaten und feuchtete diese mit kaltem Wasser an, bevor ich mir damit über das Gesicht wischte. Das kühle Wasser vertrieb die dunkelsten Gedanken zumindest für den Augenblick. Ich brauchte Ablenkung.

Als ich zur Toilettenkabine zurückkehrte, um meine Sachen zu holen, sagte mir ein Blick aufs Telefon, dass es in fünf Minuten schon zum Pausenende klingeln würde. Michelle war nicht gekommen. Ich versuchte, die Enttäuschung zu verdrängen, die in mir aufzusteigen begann. Vielleicht hatte sie einfach keine Zeit gehabt. Oder sie war krank. Ich war ihr heute noch nicht über den Weg gelaufen.

Meine Befürchtungen, die Geschichtsarbeit wegen der Stimmen zu verhauen, erfüllten sich Gott sei Dank nicht, als es dann endlich ans Schreiben ging. Zumindest, soweit ich das beurteilen konnte, bevor ich die korrigierte Arbeit in den Händen hielt. Ich wusste nicht, wie ich das machte, aber Lernen half mir immer, wenn mein Kopf mal wieder etwas in Schieflage geraten war. Zumindest, insofern mich das Thema halbwegs interessierte.

In der nächsten Pause schrieb ich Ben eine kurze Nachricht, dass die Arbeit gut verlaufen war und freute mich darüber, dass er sie gleich las und einen „Daumen hoch" zurücksandte. Nicht mehr lange, dann würden wir uns bei Gesa treffen. Wir hatten abgemacht, dass es sinnvoller wäre, wenn ich gleich mit dem Bus zu ihr fahren und er auch gleich von der Arbeit dorthin kommen würde. Seine Kameras und das Tonaufnahmegerät hatte Ben ja schon bei ihr platziert.

Als ich im Bus auf meinem Stammplatz gegenüber der mittleren Flügeltür saß, rutschte ich mit dem Hintern so weit nach vorn, dass ich meine Knie gegen den Vordersitz stemmen und einen Skizzenblock auf meinen Oberschenkeln ablegen konnte. Normalerweise hätten wir in der letzten Stunde noch Kunst gehabt, doch da sich das Kind unserer Lehrerin ein Bein gebrochen hatte, war die Stunde ganz spontan ausgefallen.

Im Grunde genommen war ich ganz froh darüber, da ich noch immer keinen Schimmer hatte, wie dieses Bild aussehen sollte, das meine Persönlichkeit repräsentierte. Ich nutzte die Heimfahrt von der Schule in den letzten Tagen häufig dazu, um nach Ideen zu suchen, die meine Lehrerin vielleicht zufrieden stellen könnten. Bisher leider erfolglos.

Ich war immer der Ansicht gewesen, dass die Persönlichkeit eines Menschen auf eine gewisse Art und Weise diejenigen Menschen widerspiegelte, mit denen er aufgewachsen war. Es gab nicht ohne Grund diesen Spruch, der besagte, dass du so wirst, wie die Menschen, mit denen du dich umgibst.

Ich griff nach dem Kohlestift, den ich für meine Skizzen aus der Schule hatte mitgehen lassen und begann mit Schwung die Geister der Kinder zu Papier zu bringen, deren Gebrüll und deren Frohsinn, deren Wut und deren Freude im Heim erbarmungslos auf mich eingeschlagen hatten.

„Scheiße!" Ich riss das Papier aus dem Block, zerknüllte es in der Hand und schob es in die Rille zwischen den Sitzen. Es belief sich immer wieder auf dasselbe! Immer und immer wieder kam das gleiche Bild dabei heraus, wenn ich versuchte, etwas Neues zu erschaffen.

Vielleicht konnte Gesa Ostrowski mir ja helfen. Sie war doch Künstlerin. Irgendeine Idee, wie ich mich in einem Bild ausdrücken könnte, musste sie doch haben.

Gesa. Wie stellte ich mir Gesa eigentlich vor? Nicht die Künstlerin. Meine liebe Gesa aus dem Kummerkasten, meinte ich. Wie sah sie wohl aus? Wie alt war sie? Allzu alt konnte sie noch nicht sein. Das sagte mir mein Gefühl.

Einer spontanen Eingebung folgend griff ich wieder nach dem Kohlestift und zeichnete zwei warme, ernst dreinschauende Augen, deren Glanz eine unfassbare Tiefe erahnen ließ. Eine schmale, leicht nach unten gekrümmte Nase, die in einen eigentümlich geformten Mund überging, dessen Mundwinkel ein vorsichtiges Lächeln andeuteten. Die dunklen Haare fielen ihr glatt über die Schultern und verbargen die deutlich hervortretenden Knochen ihres Unterkiefers, die ihr eine gewisse Sturheit verleihen konnten, wenn sie das Kinn gen Himmel streckte.

Das Bild bedurfte noch einiger Verbesserungen und einem Feinschliff, was die Schattierung der Gesichtszüge anbelangte, als der Bus die Endstation erreichte. Ich warf noch einen letzten, halbwegs zufriedenen Blick darauf, bevor ich den Skizzenblock zuschlug und zurück in meine Tasche steckte. Es wurde Zeit, das Haus der Künstlerin zu suchen, damit die zweite Aufnahme beginnen konnte.

Als ich Gesas Haus erreichte, breitete sich in mir ein wohliges Prickeln aus und ich fühlte mich sofort, als wäre ich irgendwo angekommen, wo ich seit Ewigkeiten hinwollte. Trotzdem spürte ich auch eine leise Furcht in mir aufsteigen, wenn ich daran zurückdachte, wie das letzte Treffen verlaufen war. Was hatte Gesa wohl über mich gedacht? Fand sie mich seltsam? Würde ich merken, wenn sie mich seltsam fand? Eine Antwort auf diese Fragen würde ich wohl nur erhalten, wenn ich einfach mutig weitermachte. Ich schickte ein Stoßgebet zum Himmel, bevor ich den Klingelknopf drückte und sicherheitshalber noch an eines der Fenster von Gesas Werkstatt klopfte. Mein Onkel hatte mir gesagt, dass ihre Klingel manchmal nicht funktionierte.

Mit einem breiten Grinsen im Gesicht öffnete Gesa kurz später das Tor und in mir wuchs eine gewisse Hoffnung heran, dass sie mich nicht für verrückt hielt. Vielleicht würde das Gespräch diesmal auch besser laufen als beim letzten Mal. Ben hatte mir heute Morgen noch gesagt, dass er diesmal nicht direkt anwesend und ich mit Gesa ganz allein im Raum sein würde. Irgendwie erleichterte mich diese Aussicht enorm.

„Hallo, Anastasia!", begrüßte Gesa mich und suchte meinen Blick, bevor ich eintreten durfte.

„Hallo."

„Alles gut bei dir?"

Ich zuckte die Schultern und folgte Gesa über den Hof.
„Ja."

„Kommst du direkt aus der Schule?"

„Ja." Ich überlegte, ob es für Ben in Ordnung wäre, wenn wir jetzt schon miteinander sprachen. Müsste das nicht alles aufgezeichnet werden? Mein Blick glitt an Gesas Kleidung herunter und ich entdeckte ein schwarzes Kästchen in ihrer Jackentasche.

„Ich nehme übrigens schon auf.", erklärte sie plötzlich, als hätten mir meine Gedanken auf der Stirn geschrieben gestanden. „Wir müssen nur daran denken, dass wir drinnen gleich noch die Kameras einschalten."

„Okay." Ich folgte ihr ins Haus und wieder überkam mich beim Betreten dieses seltsame Gefühl, angekommen zu sein. Nicht einfach nur bei Gesa, sondern allgemein. Im Leben angekommen zu sein, oder wie auch immer man es beschreiben wollte.

Diesmal gingen wir vom Eingangsbereich aus jedoch nicht in die Küche, sondern in einen anderen, viel größeren Raum, der mich staunend in der Tür verharren ließ.

„Das ist mein Wohnzimmer und meine Werkstatt.", erklärte Gesa und schubste mich leicht von hinten, damit ich weiterlief.

Während ich direkt auf die vielen Skizzen zusteuerte, die an der Wand uns gegenüber hingen, schaltete Gesa die Kameras ein. Es war unglaublich, was ich hier zu sehen bekam. Ein Paradies für jeden, der sich für Geschichte interessierte. Auch, wenn ich nicht alles einem konkreten historischen Ereignis zuordnen konnte.

„Haben die Figuren einen speziellen Hintergrund?", fragte ich und vergaß dabei für einen kurzen Moment die Aufregung, die mich soeben noch im Griff hatte.

„Die meisten schon. Ich nehme gern irgendwelche historischen Ereignisse oder deutsche Sagen und Erzählungen als Vorbilder für die Figuren."

„Hat dieser Soldat auch eine Geschichte?", fragte ich, als mein Blick an der Skizze eines entschlossen dreinschauenden Soldaten hängenblieb, dessen Kleidung schon mächtig gelitten hatte und irgendwie unvollständig wirkte.

„Ja, die hat er tatsächlich. Ich arbeite gerade an einer Darstellung der Schlacht bei Hochkirch aus dem Jahr 1758. Natürlich brauche ich dafür aber noch viele weitere Soldaten und einige Requisiten, wie eine Kirche und die Zelte der Soldaten, zwischen denen der Kampf stattgefunden hat."

Die Schlacht bei Hochkirch. Irgendwie kam mir das bekannt vor. Aus dem Geschichtsunterricht? Oder eher aus Deutsch?

„Hatte Theodor Fontane sich nicht in einem seiner Werke mit der Schlacht bei Hochkirch beschäftigt?" Ich trat noch näher an das Bild heran und sah dem Soldaten direkt in die Augen. *Komm nur her und versuch, mir etwas anzutun!",* schien er zu sagen. Gesa zuckte die Schultern.

„Das weiß ich nicht. Mit Fontane hatte ich nie allzu viel am Hut."

„Ich glaube… Wie hieß es denn gleich?" Ungeduldig versetzte ich mir einen Schlag auf den Hinterkopf. „Poggenpuhl! *Die Poggenpuhls*, hieß das Werk. Ich bin im Internet mal über eine Interpretation dazu gestolpert, als ich mich auf eine Klausur vorbereitet habe."

214

„Ist ja interessant. Was hat Fontane denn über diese Schlacht geschrieben?"

„Naja, so direkt hat er gar nichts dazu geschrieben. Aber im Wohnzimmer der Familie Poggenpuhl hing ein Bild von einer Schlacht, in dessen Vordergrund einer der preußischen Soldaten stand, der wohl ein Vorfahre der Familie gewesen sein soll. Die ganze Familie hat diesen Mann total verehrt, obwohl die Schlacht für die Preußen so schlecht gelaufen ist. Vielleicht ist das Bild deshalb immer wieder heruntergefallen. Den preußischen Soldaten haben sie den Hochkircher genannt."

„Hm. Vielleicht hat Fontane in seiner Vorbereitung auf das Buch den gleichen Schlachtbericht gelesen wie ich. Vielleicht soll der Hochkircher dieser Soldat sein, der die ganze Schlacht dann später so aufgezeichnet hat."

„Kann sein. Wäre ja eigentlich echt cool."

„Du interessierst dich sehr für Geschichte, oder?"

Ich trat wieder ein Stück von der Hochkircher-Skizze zurück und spürte, wie Gesa mich von der Seite musterte. Meine Kehle wurde eng, als mir bewusst wurde, wie ich mich gerade hatte gehenlassen. Was war nur los mit mir? Es musste am Thema liegen. Geschichte war einfach voll mein Ding.

„Anastasia?"

„Was?" Erst jetzt wurde mir bewusst, dass ich nicht auf Gesas Frage geantwortet hatte. „Ja, schon. Ich schaue mir gern Dokumentationen an oder lese im Internet das ein oder andere." Wissen konnte einen nicht so enttäuschen, wie Menschen es vermochten. Auf Wissen konnte man sich verlassen und musste nicht stets und ständig nach einem Haken suchen.

„Okay. Ich habe mit Ben besprochen, dass wir uns heute ein wenig auf die Praxis stürzen. Ich würde vorschlagen, dass du dir einfach eine der Skizzen hier aussuchst und ich zeige dir dann, wie die Figur daraus entsteht. Wenn du das nächste Mal kommst, kannst du auch gerne eine eigene Skizze mitbringen."

„Ich hätte jetzt schon eine eigene Skizze.", erwiderte ich mutig und zog den Skizzenblock aus meinem Rucksack. Ich zögerte kurz, zog jedoch dann das Bild heraus, das ich im Bus von meiner Kummerkasten-Gesa zu zeichnen versucht hatte.

„Bist du das?", fragte Gesa, als sie die Zeichnung entgegennahm.

„Ich? Nein. Das ist eine Freundin von mir. Ich habe sie noch nie gesehen, aber so ungefähr stelle ich sie mir vor."

Gesa ließ sich davon nicht beirren und schien die junge Frau auf der Zeichnung mit mir zu vergleichen.

„Das bin ich nicht.", beharrte ich auf meiner Erklärung.

„Aber sie sieht dir ähnlich. Irgendwie."

Ich stellte mich neben Gesa und versuchte die Zeichnung aus ihrer Perspektive zu sehen. Ganz Unrecht hatte sie nicht. Irgendwie sah mir die Frau schon etwas ähnlich. Auch, wenn sie ein paar Jahre älter war als ich. Die Gesa aus dem Kummerkasten war ja auch älter.

„Das ist dann Zufall."

„Wer hattest du gesagt, soll das sein?"

„Eine Freundin von mir. Ich habe sie noch nie gesehen, aber wir schreiben uns oft längere Nachrichten hin und her."

216

Gesa blieb still und mir kam es für einen kurzen Moment so vor, als würde sie durch die Skizze hindurchschauen.

„Ana, ich muss mit dir reden.", sagte sie plötzlich ernst.

„Ja?"

Gesas Blick tastete den Raum ab und blieb schließlich an den zwei Stühlen hängen, die vor der Werkbank schon für uns bereitstanden. „Lass uns dort hinsetzen."

„Was ist denn?", versuchte ich Gesa etwas verunsichert zum Reden zu bewegen, als wir uns niedergelassen hatten. Auf der Werkbank herrschte pures Chaos. Überall lagen Skizzen, manche schienen noch in Arbeit zu sein, andere waren zerknüllt und damit ad acta gelegt worden. Auf dem Fensterbrett dahinter lagen seltsame quadratische Steine, von denen immer zwei zusammenzugehören schienen. Der Rest der Arbeitsplatte war mit grauen Spänen und verschiedensten Werkzeugen übersät. Gesas Hände waren ebenso grau wie die Spänen auf der Werkbank. Sie lagen ineinander verschränkt in ihrem Schoß und sie wirkte mindestens so in Gedanken versunken, wie ich selbst bei meinem letzten Besuch.

„Ana, diese Person, mit der du dir diese Nachrichten hin und her schreibst, damit meinst du die Gesa aus dem Kummerkasten, nicht wahr?"

„Was?" Ich verstand nichts.

„Die Gesa, mit der du dir im Kummerkasten schreibst, das bin ich."

„Was?" Ich verstand es noch immer nicht. Wollte es nicht verstehen.

Gesa sah mich einfach nur an. „Es tut mir leid.", flüsterte sie irgendwann. „Ich habe es selbst erst erfahren, nachdem wir uns das erste Mal gesehen hatten. Durch die Nachricht, die du mir danach geschrieben hast, ist mir klargeworden, dass du Ana bist."

Ich dachte, es gäbe zwei Menschen, die ich mochte. Jetzt war es nur noch einer. Eine Gesa. Eine Einzige. Ich spürte, wie meine Kehle eng wurde und Tränen in meinen Augen brannten. Ich wollte hier nicht weinen. Nicht vor Gesa. Welche Gesa auch immer das war, die mir gerade gegenübersaß.

Ich schnappte mir meine Tasche und rannte aus der Werkstatt. Aus der Werkstatt, aus dem Haus und irgendwohin, wo ich allein war. Erst dort ließ ich meinen Gefühlen freien Lauf.

Kapitel 10
Silber: Die Farbe der weiblichen Energie

25.11.2021   **Gesa**

Es war Donnerstagmorgen, der Rucksack war gepackt und soeben hatte ich mir noch ein Zimmer in einer kleinen Pension in Schmalkalden organisiert. Ich wollte es vermeiden, mehr als eine Nacht dort zu bleiben, da ich mir einen längeren Aufenthalt kaum leisten konnte. Zwei Tage mussten genügen, um herauszufinden, was es dort über meine Mutter herauszufinden gab.

 Kurz nach fünf Uhr nahm ich den Zug, der mich ins thüringische Erfurt brachte, von dort aus ging es dann weiter nach Zella-Mehlis, bevor ich dann die Bahn nach Schmalkalden nehmen konnte. Während der Zug nach Erfurt mit jeder Station voller wurde und die Leute bald nicht mehr wussten, wo sie sich noch hindrängen sollten, verlief die restliche Fahrt ziemlich entspannt und ich war teilweise die einzige Person im Abteil.

 Ich nutze die Zeit, um über die zweite Aufnahme nachzudenken, zu der Ben, Anastasia und ich uns gestern getroffen hatten. Die zweite und vermutlich auch letzte Aufnahme.

Mein Blick fiel auf das sorgfältig zusammengerollte Bild in meiner Hand, das Ana mir überlassen hatte, noch bevor ich ihr eröffnet hatte, dass ich die Gesa aus dem Kummerkasten war. Die Aufnahme hatte so gut angefangen und plötzlich war dann alles aus dem Ruder gelaufen.

Als ich ihr gestern die Tür geöffnet hatte, war mein erster Eindruck gewesen, dass Ana viel frischer aussah als beim letzten Mal. Ihre Augen funkelten und ich meinte sogar ein leichtes Lächeln auf ihren Lippen liegen zu sehen. In meiner Werkstatt hatte sie sofort damit begonnen, sich interessiert die Skizzen meiner Zinnfiguren anzusehen, die ich stets an den Wänden aufhängte, um die Orientierung über meine Arbeiten zu behalten. Ich musste zusehen, schnell noch die Kameras und das Tonaufnahmegerät einzuschalten, um Bens Wunsch gerecht zu werden, keine Sekunde der Interaktion in der Werkstatt ungenutzt verstreichen zu lassen.

Ich war unglaublich beeindruckt davon gewesen, was Ana über den Hochkircher und Fontanes Werk zu erzählen wusste. Geschichte und Literatur schienen sie sehr zu interessieren, obwohl das in ihrem Alter doch eher untypisch war.

Und dieses eine Bild, das nun so unschuldig, zusammengerollt in meinen Händen lag, war es, was die ganze Aufnahme, die so gut begonnen hatte, innerhalb kürzester Zeit den Bach runtergehen ließ. Und was das Geheimnis um die Kummerkasten-Gesa viel schneller ans Licht kommen ließ, als ich es mit Ben besprochen hatte.

Ich zögerte einen Moment, bevor ich es erneut aufrollte und vor mir auf das kleine Tischchen legte, das sich vom Vordersitz herunterklappen ließ. Seit gestern schon fragte ich mich, wie Ana beim Zeichnen hatte entgehen können, wie unglaublich ähnlich ihr die junge Frau auf dem Bild sah. Es war zweifellos ein anderer Mensch, aber irgendetwas hatte sie an sich, sodass man nicht umhinkam, das Bild mit der Person zu vergleichen, die es gezeichnet hatte. Als hätte sie eine andere Version ihrer selbst gezeichnet. Eine glücklichere, stärkere Anastasia.

Als ich gegen Mittag Schmalkalden erreichte, regnete es in Strömen. Natürlich hatte ich keinen Regenschirm dabei und so machte ich mich, mit tief ins Gesicht gezogener Kapuze, auf die Suche nach meiner Herberge. Es handelte sich dabei um ein kleines Fachwerkhäuschen nahe der Innenstadt und die Inhaberin schien auch selbst darin zu wohnen.

„Meine Kinder und Kindeskinder haben früher auch hier gelebt, aber nun sind sie in aller Welt verstreut und jeder geht seinen eigenen Weg. Was soll man dann als alleinstehende Frau mit so einem Haus?", erklärte mir die ältere Dame, während wir den Papierkram erledigten.

„Ich kann mir vorstellen, dass es sehr schön ist, durch die Pension trotzdem immer noch ein bisschen Leben um sich herum zu haben."

„Sie sagen es. Jeder, der hier wohnt, ist für den Moment Teil meiner Familie." Mit einem liebenswürdigen Zwinkern griff sie hinter sich, um den Schlüssel zu einem der beiden Pensionszimmer vom Haken zu nehmen und überließ mir diesen mit einer kurzen Beschreibung, welche Tür die Richtige für mich wäre.

„Danke."

„Wenn Sie möchten, können Sie gerne gegen neunzehn Uhr zum Abendessen nach unten kommen. Sie sind momentan der einzige Gast, da haben wir unsere Ruhe und Sie können mir ein bisschen von sich erzählen."

„Das Angebot nehme ich doch glatt an. Ich würde auch gerne noch etwas mehr über die Stadt erfahren."

„Da sind Sie bei mir genau richtig."

Ich verschwand auf mein Zimmer, packte schnell die Wechselsachen aus, die ich in aller Eile in meinen Rucksack gestopft hatte und machte mich dann gleich wieder auf den Weg in die Innenstadt. Diesmal bewaffnet mit einem Regenschirm, der bereits in meinem Zimmer bereitgelegen hatte. Vermutlich regnete es hier öfter als bei uns zu Hause.

Schmalkalden war eine wunderschöne, alte Stadt und ich konnte meine Bewunderung nicht verbergen, als ich die Bahnhofsstraße entlanglief, in der jedes Haus in einer anderen leuchtenden Farbe gestrichen war. Der Marktplatz war umsäumt von zahlreichen Fachwerkhäusern und einer prächtigen Kirche und trotz des Regens tummelten sich die Leute zwischen den provisorisch errichteten Ständen.

Mein Plan war es, sämtliche Bäckereien in Schmalkalden daraufhin abzuklopfen, ob dort irgendwem der Name Suzanna Ostrowski bekannt war. Vielleicht hatte meine Mutter ja tatsächlich in einer der Bäckereien Arbeit gefunden. Natürlich hoffte ich insgeheim darauf, irgendwann ganz plötzlich einfach vor ihr zu stehen und sofort zu spüren, dass sie es war. Aber das wäre wohl zu viel Glück auf einmal. Ich würde mich schon damit begnügen, jemanden zu finden, der mit dem Namen etwas anzufangen wusste.

Voller Tatendrang überquerte ich den Marktplatz und bog, nachdem ich Rathaus und Kirche hinter mir gelassen hatte, in eine schmale Seitengasse ein. Ich hatte mir bereits zu Hause eine Liste mit allen Bäckereien und den zugehörigen Adressen zusammengestellt und einem Bauchgefühl folgend, suchte ich als erstes die Backstube mit dem schönsten Namen auf. Die Backstube „Zum goldenen Horn".

Zu meiner Überraschung handelte es sich bei dem Gebäude, in dessen Erdgeschoss die Backstube zu finden war, um so ziemlich das einzige moderne Haus in der Umgebung. Der Innenraum war sehr steril gehalten und es war ihm anzusehen, dass alles hier noch sehr neu, vermutlich in den letzten Wochen und Monaten erst entstanden war.

„Entschuldigung?", fragte ich mit erhobener Stimme in den menschenleeren Raum hinein. Aus einem der hinteren Räume drang ein Scheppern, begleitet von einem herben Fluchen zu mir vor. Wenige Sekunden später folgte dem eine kleine Frau Mitte dreißig, die sich mit ihren schwindelerregend hohen Absätzen künstlich vergrößern zu wollen schien.

„Wie kann ich Ihnen helfen?", fragte sie mit einem schmalen Lächeln, das mir unmissverständlich zeigte, dass sie gerade wirklich Besseres zu tun hatte, als mit mir zu reden. Vor allem, da die Theke noch leer war und der Bäckereibetrieb ganz offensichtlich noch nicht begonnen hatte.

„Ich hätte nur eine kurze Frage an Sie. Und zwar bin ich auf der Suche nach einer Suzanna Ostrowski, die vermutlich irgendwann hier in Schmalkalden oder in der Umgebung in einer Bäckerei gearbeitet hat. Können Sie mit dem Namen etwas anfangen?"

„Nein. Suzanna sagt mir nichts. Ostrowski auch nicht. Wir sind auch gerade erst dabei zu eröffnen und waren vorher Bestandteil eines größeren Unternehmens in Suhl. Tut mir leid."

„Na gut. Das war auch schon alles, was ich wissen wollte. Vielen Dank für Ihre Hilfe!" Etwas enttäuscht verließ ich den Laden und sah noch aus dem Augenwinkel, wie die Frau wieder nach hinten ins Lager verschwand.

Zu der nächsten Bäckerei auf meiner Liste hatte ich keinen genauen Namen ausfindig machen können, war aber trotzdem guter Hoffnung, dort schon an der richtigen Adresse zu sein, was meine Frage anbelangte. Als ich durch den Eingang des schmalen Fachwerkhauses trat, das da eingequetscht zwischen zwei Riesen der gleichen Bauart stand, strömte mir sogleich der Duft frisch aus dem Ofen gezogener Backwaren entgegen, begleitet von einer Note gemahlenen Kaffees, die einen inneren Frieden in mir heraufbeschwor.

„Kommen Sie rein in die gute Stube!", flötete eine ältere Dame hinter der Theke, die gerade dabei war, einen Kuchen auf die Ablage zu schieben und die mich offenbar hatte eintreten sehen.

„Guten Tag."

„Was kann ich Ihnen anbieten?"

„Ich bin eigentlich hier, weil ich eine Frage an sie habe."

„Na, dann immer raus damit."

„Sagt Ihnen der Name Suzanna Ostrowski etwas? Ich nehme an, dass sie irgendwann einmal hier oder irgendwo in der Nähe in einer Bäckerei gearbeitet hat. Ich bin auf der

Suche nach ihr. Oder zumindest nach einer Spur, die mich zu ihr führen könnte."

„Suzanna… Ostrowski, sagten Sie?", fragte die Dame hinter der Theke noch einmal nach.

„Genau."

Sie schien darüber nachzudenken, ob sie mit dem Namen etwas anzufangen wusste, schüttelte schlussendlich jedoch den Kopf.

„Ich glaube, da kann ich Ihnen nicht weiterhelfen. Der Name sagt mir nichts."

„Ich habe auch ein Bild von ihr." Ich zog das Bild meiner Mutter aus der Brusttasche meines Hemdes und schob es etwas widerwillig über die Theke. Ich trennte mich nur ungerne davon, wo ich es doch gerade erst bekommen hatte. Aber es war sowieso umsonst gewesen, denn die ältere Dame konnte auch damit nichts anfangen.

„Nein. Tut mir leid. Ich kann mich nicht daran erinnern, dieses Gesicht hier je gesehen zu haben."

Ich steckte das Bild wieder ein und versuchte, der Frau ein Lächeln zu schenken. „Trotzdem danke für Ihre Hilfe."

„Dafür nicht. Darf ich fragen, weshalb Sie die Frau suchen?"

„Sie ist meine Mutter.", antwortete ich ehrlich. „Ich wurde ihr vor vielen Jahren weggenommen und möchte sie nun wiederfinden."

Die Frau wirkte betroffen. „Ich wünschte, ich könnte Ihnen bei der Suche helfen. Aber ich habe Ihre Mutter leider nie gesehen. Zumindest nicht bewusst."

„Alles gut. Sie haben mir auch so geholfen. Jetzt weiß ich immerhin, dass sie hier nicht gewesen ist. Ich habe auch noch drei Backstuben auf meiner Liste stehen, bei denen ich nachfragen kann. Vielleicht weiß dort jemand etwas."

„Ich wünsche Ihnen ganz viel Glück auf ihrer Suche!"

„Vielen Dank. Ich denke, das kann ich gut gebrauchen."

Der Regen hatte sich verzogen, als ich die kleine, gemütliche Backstube wieder verließ und machte den ersten, noch ganz vorsichtigen Sonnenstrahlen Platz. Mein knurrender Magen begann mich außerdem recht penetrant darauf aufmerksam zu machen, dass ich schon viel zu lange nichts mehr gegessen hatte.

Ich beschloss, in der nächsten Backstube zuerst etwas zu essen, bevor ich nach meiner Mutter fragte, damit mir die Enttäuschung über einen weiteren Fehlschlag nicht so auf den Magen schlug. Ich bestellte einen Latte Macchiato und ein großes Stück Mohnkuchen und ließ mich damit in der hintersten und verstecktesten Ecke des Ladens nieder, die ich finden konnte. Hier hinten wurde ich kaum gesehen, konnte das Geschehen im Laden jedoch gut beobachten.

Ich merkte, wie mein Blick vor allem den Angestellten folgte, in der stillen Hoffnung, plötzlich meine Mutter hinter der Theke oder aus dem Lagerraum treten zu sehen. Instinktiv zog ich das Bild meiner Mutter hervor und legte es neben meinem Teller auf den rauen Holztisch, der genauso gut von meiner Hand hätte hergerichtet sein können.

„Wo bist du nur, Mama?", flüsterte ich ihr zu.

„Ein schönes Bild.", sprach plötzlich eine sanfte Stimme hinter mir. Ich zuckte erschrocken zusammen und drehte mich zu der Angestellten um, die mit einer Kaffeekanne in der Hand hinter mir stand und das Foto meiner Mutter musterte. Sie war wohl Anfang vierzig und hatte die langen, schwarzen Haare zu einem strengen Knoten im Nacken zusammengefasst.

„Danke."

„Ist das Ihre Mutter?", fragte sie geradeheraus und ich nahm an, dass sie mich zu dem Bild hatte sprechen hören.

„Ja. Zumindest war sie das. Ich weiß nicht, ob sie noch am Leben ist."

Die Frau beugte sich weiter vor und sah sich das Bild genauer an. „Ist das nicht Suzanna?", fragte sie schließlich nachdenklich. Mein Herz setzte einen Schlag aus.

„Sie kennen sie?"

„Natürlich. Sie hat eine ganze Weile hier gearbeitet. Wir waren damals die besten Freundinnen, die man sich nur vorstellen kann."

„Waren?"

Die Frau setzte sich mir gegenüber an den Tisch und streckte mir ihre Hand entgegen. Ich ergriff sie. „Anita."

„Gesa."

„Deine Mutter kam an einem kalten und verschneiten Wintertag hier herein und hat uns darum gebeten, sich einen Moment bei uns aufwärmen zu dürfen. Nur, wenn sie uns beim Backen hilft, hat meine Mutter, die hier die Chefin war, aus Spaß gesagt. Aber deine Mutter hat das ernst genommen und ist uns direkt in die Küche gefolgt, um uns dort zur Hand zu gehen. Sie war sehr umsichtig und fleißig und wir waren froh über jede helfende Hand, sodass meine Mutter sie sofort angestellt hat, nachdem Suzanna erwähnt hatte, dass sie auf der Suche nach Arbeit war. Ich war damals Mitte zwanzig, Suzanna ging auf die dreißig zu. Wir waren ein Herz und eine Seele. Obwohl ich immer wusste, dass sie da etwas mit sich herumtrug, das stets und ständig in ihr rumorte. Und dabei spreche ich nicht von der Schizophrenie, wegen der sie jahrelang in dieser Klinik gewesen ist, bevor sie zu uns kam. Da war noch etwas anderes. Aber was, das kann ich dir nicht sagen. Darüber hat sie nie mit mir gesprochen."

„Aber warum seid ihr nun nicht mehr…"

„Ach, ja. Darauf wollte ich eigentlich hinaus. Wenn die Geschäftszeit im Laden vorbei war, hat meine Mutter uns immer entlassen, damit wir noch eine Weile durch die Straßen ziehen und uns mit Freunden treffen konnten. Manchmal sind wir auch spontan in eine andere Stadt, nach Zella-Mehlis oder Gotha gefahren, um dort das Stadtleben zu genießen, wo uns keiner kennt. Außerdem war deine Mutter ganz fasziniert von Gotha. Sie hat sich dort unglaublich wohl gefühlt. Und eines Tages war sie einfach fort. Ich war unglaublich enttäuscht darüber, dass sie einfach verschwunden ist, ohne sich bei mir zu verabschieden, aber andererseits hatte ich immer geahnt, dass es genau so kommen würde. Es war nur eine Frage der Zeit. Einmal habe ich sie später noch in Gotha gesehen. Sie hat dort in einem kleinen Buchladen gearbeitet. Aber ich hatte nicht den Mut, zu ihr zu gehen und sie anzusprechen. Ich habe gesehen, dass sie nicht glücklich war. Die Schatten, die sie ohnehin immer mit sich herumgetragen hat, waren noch mächtiger geworden."

„Dann weißt du nicht, wo sie nun ist?", fragte ich leise.

„Leider nicht. Zumindest nicht, wenn sie nicht mehr in dem genannten Buchladen arbeitet."

Ich griff nach dem Bild meiner Mutter und fuhr gefühlt zum tausendsten Male mit einer Fingerspitze die Konturen ihres Gesichtes nach.

„Du sagtest, du weißt nicht, ob sie noch am Leben ist?", fragte Anita schließlich mit bebender Stimme.

„Als ich noch ein Kind war, hat man uns auseinandergerissen. Ich kam in ein Heim und habe sie seitdem nie wiedergesehen."

„Das heißt, dich gab es schon, als sie hier bei uns gearbeitet hat?"

„Ja, da gab es mich schon."

„Dann war es vielleicht der Gedanke an ihr Kind, das irgendwo allein in der Welt unterwegs ist, der sie immer so gequält hat."

„Vielleicht." Vielleicht war dem tatsächlich so. Aber es war nicht der einzige Grund für das Verhalten meiner Mutter. Zumindest Christine spielte dabei ebenfalls eine große Rolle. Und vielleicht noch jemand, von dessen Existenz wir bisher noch gar nichts geahnt hatten. „Kannst du mir aufschreiben, welcher Buchladen das ist?"

„Natürlich."

Anita ging kurz nach hinten ins Lager und kam kurz später mit einem Zettel zurück, auf dem beschrieben stand, wo ich den Laden vorfinden würde. „Den Laden gibt es dort auch noch. Er hat sich seit damals nicht allzu sehr verändert. Ich gehe manchmal daran vorbei, wenn ich zufällig einmal in Gotha bin. Darin war ich noch nie."

„Danke, Anita. Ich werde mich gleich auf den Weg dorthin machen."

„Wenn du deine Mutter findest, sagst du ihr dann, dass ich sie vermisst habe?"

„Das mache ich." Ich umarmte Anita ganz fest, bevor ich meinen Kaffee und den Kuchen bezahlte und gleich zum Bahnhof aufbrach.

Derselbe Tag   Gesa

Gotha war eine nicht minder beeindruckende Stadt wie Schmalkalden. Normalerweise hätte ich mir unglaublich gerne das herzogliche Schloss von Innen angesehen und dort eine Reise in die Vergangenheit unternommen, doch dazu war nun keine Zeit. Außerdem musste ich bei jedem Euro, den ich noch hatte, genau darüber nachdenken, was ich mit ihm anstellen wollte. Dafür kam ein Museumseintritt leider nicht infrage.

Ich machte mich daher gleich auf die Suche nach dem Buchladen, von dem Anita gesprochen hatte und fand ihn tatsächlich noch so vor, wie sie ihn beschrieben hatte. Klein und von Efeu überwuchert mit einer leuchtend roten Tür in der sonst hellbraunen und mit weißen Ornamenten verzierten Fassade des Hauses.

Über der Tür klingelte ein kleines Glöckchen, als ich den Laden betrat und nur wenig später trat ein fülliger Mann um die fünfzig mit einem Stapel Bücher auf dem Arm zwischen den Regalen hervor.

„Guten Tag. Kann ich Ihnen helfen?", fragte er freundlich, während er die Bücher neben der Kasse auf einem alten Sekretär ablud.

„Das weiß ich nicht. Ich bin hier, weil ich auf der Suche nach einer Suzanna Ostrowski bin und wollte fragen, ob Ihnen der Name etwas sagt. Mir wurde gesagt, dass sie vor einigen Jahren einmal hier gearbeitet hat."

„Suzanna Ostrowski... Ja, die hat tatsächlich mal hier gearbeitet. Aber nur für kurze Zeit. Sie war von einer inneren Unruhe getrieben, wie ich es noch nie zuvor bei einem Menschen erlebt habe. Irgendwann ist sie einfach nicht mehr zur Arbeit erschienen. Im Grunde genommen war das eine Erleichterung. Sie war immer fleißig und hat stets mit angepackt, aber ihr Trübsinn hat uns alle mit sich gerissen. Der Laden hatte damals noch einen anderen Besitzer, der ihn später erst an mich übergeben hat, als er selbst in Rente gegangen ist. Ich glaube, Suzanna hat ihn viel Kraft gekostet. Er hat sich so sehr darum bemüht, dass sie endlich ihren Frieden findet. Leider ohne Erfolg."

„Wissen Sie, wo sie jetzt ist? Oder haben Sie zumindest eine Ahnung, wo sie hingegangen sein könnte?"

Der Ladeninhaber schüttelte den Kopf und schob sich die drahtige Brille zurecht, deren Bügel schon recht verbogen waren. „Nein. Da habe ich keine Ahnung. Tut mir leid."

„Kein Problem. Trotzdem danke für Ihre Hilfe."

„Nichts zu danken. Wenn Sie mir Ihre Telefonnummer hierlassen, dann könnte ich noch einmal bei dem ehemaligen Besitzer nachfragen, ob er vielleicht etwas weiß. Ich würde Sie dann anrufen, wenn ich etwas herausfinden kann."

„Das würde mich freuen." Ich nahm den Stift, den der Mann mir reichte und schrieb meine Telefonnummer und meinen Namen auf einen der gelben Notizzettel, die ebenfalls auf dem Sekretär bereitlagen. „Vielen Dank noch einmal für Ihre Hilfe."

„Kein Problem."

Ich verließ den Laden, einerseits etwas enttäuscht darüber, nichts weiter über den Verbleib meiner Mutter in Erfahrung gebracht zu haben, aber doch mit einem kleinen bisschen Hoffnung darauf, dass der ehemalige Besitzer noch etwas dazu sagen konnte. Jetzt hieß es Abwarten und Tee trinken.

In Gedanken versunken lief ich zurück zum Hauptbahnhof und fuhr zurück nach Schmalkalden, wo ich in meiner Pension aufs Zimmer verschwand und ein paar Bögen weißen Papiers hervorzog, um mich an einer neuen Skizze für eine neue Zinnfigur zu versuchen, bis ich unten zum Abendessen erwartet wurde. Die Stadt Gotha strotzte nur so vor Prunk und Historie, was für mich die reinste Inspiration darstellte.

Locker aus dem Handgelenk begann ich den groben Umriss einer Dame im barocken Ballkleid zu zeichnen. Die Zarin Elisabeth I., die Mitte des achtzehnten Jahrhunderts in Russland regiert hatte, war eine unglaublich interessante Persönlichkeit. Als ich mich vor ein paar Jahren schon einmal mit der Geschichte Russlands auseinandergesetzt hatte, war ich zufällig an eine Broschüre über ihr Leben gelangt, hatte bisher aber nie die Zeit gefunden, sie in Form einer Zinnfigur ins Leben zurückzuholen. Vielleicht, weil irgendetwas in mir geahnt hatte, dass dazu keine meiner üblichen, eher flachen und auf einem Sockel stehenden

Zinnfiguren geeignet wäre. Es wurde Zeit, mich endlich einmal wieder an die Herstellung von plastischen Figuren heranzuwagen. Bei so einer plastischen, puppenartigen Figur waren einige Arbeitsschritte mehr erforderlich. Man erschuf sie in vielen kleinen Einzelteilen, die zum Schluss zur fertigen Figur zusammengesetzt wurden. Der Aufwand lohnte sich für mein Geschäft nicht wirklich, aber die fülligen, silbern glänzenden Ergebnisse waren beeindruckend.

Das Gesicht der Zarin bedurfte einer eingehenderen Betrachtung, bevor ich es in die Gesamtfigur einarbeiten konnte, weshalb ich es vorerst in einer eigenständigen Skizze ausarbeitete. Sie besaß ein liebes, rundliches Gesicht, hinter dem sich jedoch ein aufgewühltes Gefühlsleben und ein störrischer Eigensinn verbargen.

„Das Essen ist fertig!", hörte ich irgendwann die Pensionsinhaberin von unten rufen. Ich wusste nicht, wie lange ich schon an den Skizzen für die Zarin gesessen hatte. Wenn ich einmal in meine Kunst versunken war, gab es für mich weder Raum noch Zeit.

„Ich bin gleich da!", rief ich zurück, ordnete mir noch einmal die Haare, die von Wind und Regen mittlerweile mächtig zerzaust waren und begab mich dann nach unten. Meine Zeichensachen ließ ich so zurück wie sie waren. Vielleicht konnte ich nach dem Essen noch etwas schaffen.

Ich klopfte kurz an die Küchentür, bevor ich eintrat und den kleinen, gemütlich eingerichteten Raum einer bewundernden Musterung unterzog. In der Mitte des Raumes stand ein kleiner, quadratischer Holztisch und um ihn herum dazu passende Stühle, jeder in einer anderen Farbe gestrichen. Dahinter, am anderen Ende des Raumes, befand sich eine kleine Küchenzeile, die einem durch das große Fenster darüber bei der Zubereitung des Essens einen Blick in die von Fachwerkhäusern gesäumten Gassen hinter dem Haus gestattete. Die Küche war alt, aber so bunt und verspielt eingerichtet, dass sie vor Lebensfreude nur so strotzte.

„Sie haben es ja schön hier.", bemerkte ich ehrlich begeistert.

„Vielen Dank. Haben wir uns eigentlich schon richtig vorgestellt? Mein Name ist Maria." Die ältere Dame reichte mir die Hand und ich ergriff sie lächelnd.

„Gesa."

„Und, wie gefällt Ihnen die Gegend? Haben Sie sich ein wenig in der Stadt umgesehen?"

„Mehr oder weniger. Ich bin eigentlich nur hier, um nach meiner Mutter zu suchen. Wir wurden voneinander getrennt, als ich noch ein Kind war. Vor kurzem ist dann eine Postkarte aufgetaucht, die sie aus Schmalkalden zu uns nach Hause geschickt hat. Ich dachte, vielleicht finde ich hier irgendeine Spur, selbst wenn sie längst weitergezogen ist."

„Und? Hatten Sie Erfolg?"

Vage verzog ich das Gesicht. „Mehr oder weniger. Immerhin habe ich eine Bäckerei gefunden, in der meine Mutter eine Zeit lang gearbeitet haben muss, ebenso wie einen Buchladen in Gotha, in dem sie danach gewesen ist. Aber da verläuft sich die Spur leider auch schon wieder. Ich kann nur darauf hoffen, dass dem ehemaligen Besitzer des

Buchladens noch etwas dazu einfällt. Irgendein Hinweis darauf, wo meine Mutter dann hingegangen sein könnte."

„Ich drücke Ihnen die Daumen, dass sich da noch etwas ergibt." Maria rührte in einem großen Topf, der vermutlich die Quelle des wunderbaren Geruches war, der den Raum erfüllte und mir so vertraut vorkam. Von früher. Als meine Mutter noch da war.

„Kann ich Ihnen irgendwie helfen?", fragte ich nachdenklich und versuchte mich an den Namen des Gerichtes zu erinnern, das meine Mutter so gerne gekocht hatte. Sie hatte mir damals immer erklärt, dass sie das Rezept von ihrer Mutter gelernt hatte und es irgendwann an mich weitergeben würde.

„Es ist alles fertig. Setzen Sie sich nur schon einmal hin."

„Darf ich fragen, was Sie da kochen? Mir kommt der Geruch so bekannt vor…"

„Das ist ein traditioneller Eintopf hier aus der Gegend. Obwohl ich glaube, dass man ihn mit leicht veränderter Rezeptur so ziemlich überall in Deutschland vorfinden wird."

„Vielleicht auch in Polen."

„Das kann gut möglich sein."

„Wenn ich mich nur an den Namen erinnern könnte…" Ich griff nach den Tellern, die auf der Küchentheke beim Fenster schon bereitstanden und reichte sie Maria.

„Danke."

Als wir beide am Tisch saßen, senkte sich für eine ganze Weile Stille über den Raum und ich versuchte mich krampfhaft daran zu erinnern, wie der Name des Eintopfes war. Es wollte mir einfach nicht einfallen. Obwohl ich wusste, dass es ein ganz einfacher und eigentlich auch einprägsamer

Name gewesen ist, von dem ich geglaubt hätte, ihn nie vergessen zu können.

„Waren Sie schon einmal in dem herzoglichen Schloss in Gotha?", fragte ich meine Gastgeberin schließlich, um mich selbst von meinen Gedanken abzulenken.

„Vor langer Zeit war ich schon einmal dort. Aber seitdem wird sich sicher so einiges verändert haben. Sind Sie heute dort gewesen?"

„Nein, leider nicht. Dazu war keine Zeit. Es ist doch ein ganz schöner Weg von Schmalkalden nach Gotha und wieder zurück."

„Da haben Sie Recht. Ich kann mich auch gar nicht daran erinnern, wann ich das letzte Mal in Gotha gewesen bin."

„Es ist eine wirklich schöne Stadt. Wenn Sie mal nichts zu tun haben, lohnt es sich bestimmt, dort vorbeizuschauen."

Es war interessant, mit Maria über die Städte in der Gegend und auch die hiesigen Entwicklungen zu plaudern. Sie wusste viel über die Geschichte Schmalkaldens und die schönsten Orte, die man hier unbedingt aufgesucht haben musste.

„Zu schade, dass ich morgen schon wieder abreisen muss. Ich hätte mich gern noch ein wenig umgesehen."

„Was zwingt Sie denn zurück? Die Arbeit?"

„Die Arbeit könnte ich auch von hier aus machen. Zumindest meine Skizzen. Aber ich kann es mir nicht leisten, noch länger zu bleiben. Ich lebe quasi von der Hand in den Mund."

Maria dachte einen Moment darüber nach und zuckte dann die Schultern. „Also, das soll Sie nicht davon abhalten, noch ein wenig hierzubleiben. Das Haus hier ist schon alt und ich schaffe vieles nicht mehr instand zu halten. Wenn Sie bereit wären, mit mir gemeinsam einen Großputz zu machen und ein paar einfache Ausbesserungsarbeiten vorzunehmen, dann können Sie gerne noch zwei Nächte bleiben."

Über dieses Angebot musste ich gar nicht weiter nachdenken. „Klingt gut. Das machen wir."

Nachdem wir mit dem Essen fertig waren, übernahm ich den Abwasch und zog mich dann auf meinem Zimmer zurück, um noch weiter an den Skizzen zu arbeiten.

Bigos! Das war der Name des Eintopfes. Jetzt hatte ich ihn wieder.

Kapitel 11

Rosa: Die Farbe der Fürsorge

Derselbe Tag   **Anastasia**

Mit hinter dem Kopf verschränkten Armen lag ich in meinem Zimmer auf dem Bett und starrte an die Decke. Seit gestern schon. Natürlich war ich in der Schule gewesen und hatte zwischendurch auch etwas gegessen, aber ich hatte mich weder zu den Hausaufgaben aufraffen können, noch war in der Zeit auch nur ein einziges Wort über meine Lippen gekommen.

Mein Kopf war so voll mit den verschiedensten Gedanken, dass da einfach kein Platz mehr für den Alltag gewesen war. Ich wusste noch nicht einmal so genau, wie ich mich gerade in diesem Moment fühlte. Ich konnte es nicht sagen. Ich war nicht traurig oder enttäuscht darüber, dass Gesa Ostrowski meine liebe Kummerkasten-Gesa war. Aber so richtig freuen konnte ich mich auch nicht.

Seit ich davon wusste, hatte ich versucht, noch einmal jede einzelne Nachricht aufzurollen und zu durchdenken, die wir bisher ausgetauscht hatten. Versuchte mir jedes Mal vorzustellen, wie Gesa beim Lesen oder Schreiben in ihrer Werkstatt an dem alten Laptop gesessen und wie sie wohl reagiert hatte, wenn sie wieder eine Mitteilung von mir im Postfach hatte. Ich versuchte mir sogar vorzustellen, was sie in der Zwischenzeit getan haben könnte. Hatte sie an einer ihrer Figuren gearbeitet? Das Haus zu renovieren begonnen? Nun ja. Und dann versuchte ich natürlich auch, die Informationen, die ich von beiden Gesas im Laufe der Zeit erhalten hatte, zu einer Person zusammenzufügen.

Und das machte ich so lange, bis ich mich irgendwann fragte, wieso ich nicht selbst schon längst darauf gekommen war, dass es sich bei den beiden Gesas um ein- und dieselbe Person handelte. Wie könnten zwei Menschen mit dem gleichen Namen sonst so eine ähnliche Lebensgeschichte haben?

Gesa hatte mir nie irgendetwas verschwiegen. Sie hatte mich nie belogen. Sie wusste ja bis zu meiner Nachricht nach der ersten Aufnahme selbst nicht, dass ich die Ana aus dem Kummerkasten war. Und eigentlich hatte ich Gesa Ostrowski auch von der ersten Begegnung an gemocht. Sie war eine dieser sehr wenigen Personen, die ich irgendwie sofort in mein Herz geschlossen hatte. Auch, wenn ich es mir nicht gleich eingestehen wollte.

Bei Onkel Ben war es das Gleiche gewesen. Ich mochte ihn sofort. Auch, wenn ich ihm das Leben sicher nicht ganz einfach machte. Vermutlich sollte ich nach unten gehen, wo ich ihn in der Küche herumwerkeln und fluchen hörte. Er sollte wissen, dass er sich keine Sorgen zu machen brauchte. Denn ich wusste, dass er sich Sorgen wegen mir machte. Ich hatte nur einfach Zeit gebraucht, um über alles nachzudenken.

Bevor ich nach unten ging, setzte ich mich jedoch noch an den Computer und öffnete *Gesa´s Kummerkasten*. Auch sie sollte sich keine Sorgen machen müssen.

Liebe Gesa,

ich bin froh, dass niemand anderes als Du die gute Kummerkasten-Gesa ist.

Mit lieben Grüßen,
Deine Ana

Derselbe Tag   Ben

Mit Kopfhörern in den Ohren saß ich im Arbeitszimmer am Computer und sah mir nun schon zum dritten Male die Aufnahme an, die wir in Gesas Werkstatt produziert hatten. Zumindest den Anfang dieser Aufnahme, als zwischen Gesa und Anastasia noch alles in Ordnung gewesen war. Der Rest war zu intim. Das konnte ich mir nicht ohne die Zustimmung meiner Nichte anschauen.

Ich hielt die Aufnahme zwischendurch immer wieder an und spulte zurück, um mir einen bestimmten Moment noch einmal durch den Kopf gehen zu lassen oder mir eine Geste oder etwas von Gesa oder Anastasia Gesagtes in Zeitlupe anzuschauen. Einerseits war es der Sprachwissenschaftler bei der Arbeit, der mich so handeln ließ. Aber irgendwie hoffte ich auch die ganze Zeit darauf, dass mir die

Aufnahme verraten würde, was ich nun zu tun hatte. Wie ich mit meiner Nichte umgehen sollte. Wie ich ein Gespräch mit ihr beginnen sollte.

Nachdem ich mir die Aufnahme zum dritten Male angesehen hatte, schaltete ich den Computer aus und begab mich in die Küche. Es wurde Zeit, sich um etwas gesünderes Essen zu bemühen als immer nur Pizza und so machte ich mich halbwegs motiviert an die Zubereitung eines Salates.

Ich war gerade dabei, die Tomaten in kleine Stücke zu schneiden, als ich Anastasia hinter mir in die Küche eintreten hörte.

„Hi.", sagte sie ganz leise, als würde sie befürchten, dass ich sauer auf sie war.

„Hallo. Wie geht es dir?", fragte ich behutsam. Ich konnte regelrecht spüren, wie ihr ein großer Stein vom Herzen fiel.

„Gut. Was machst du?"

„Ich versuche mich an einem Salat."

„Kann ich helfen?"

„Klar. Du kannst den Salat abwaschen und die Eier kochen, wenn du möchtest."

Meine Nichte tat, was ich ihr aufgetragen hatte und so arbeiteten wir still nebeneinanderher. Mittlerweile hatte ich mich daran gewöhnt, dass mit ihr nur im seltensten Fall eine ausgiebige Kommunikation möglich war und versuchte diese auch nicht weiter zu erzwingen.

„Tut mir leid, dass ich mich so auf meinem Zimmer verschanzt habe. Ich musste eine Weile nachdenken.", begann Anastasia schließlich das Gespräch.

„Alles gut. Manchmal ist das einfach so. Aber ich denke, Gesa hat dich nie verletzen wollen. Es war meine Idee, es dir erst nach der Aufnahme zu sagen, sonst hätte sie sicher gleich mit dir gesprochen, nachdem sie gemerkt hat, dass ihr euch schon länger kennt."

„Ich weiß, dass sie mich nicht verletzen wollte. Ich war auch gar nicht sauer. Ich wusste nur nicht, was ich darüber denken soll. Und wie es mit der Aufnahme weitergehen soll. Wir haben dir sicher dein ganzes Experiment zerstört, oder nicht?"

„Ihr habt gar nichts zerstört. Ich bin ganz zuversichtlich, dass ich eine Lösung finden kann, mit der wir alle zufrieden sind. Vielleicht können wir sogar mit den Aufnahmen fortfahren und ich muss nur meinen Untersuchungsgegenstand ein wenig anpassen. Noch steht mir das vollkommen frei."

„Ich fände es schön, wenn wir mit Gesa weitermachen könnten. Ich würde sie gerne besser kennenlernen."

„Ja, ich würde sie auch gerne besser kennenlernen.", flüsterte ich mehr zu mir selbst. Meine Nichte schien es trotzdem gehört zu haben und schenkte mir ein vorsichtiges Lächeln.

26.11.2021   **Gesa**

Die nächsten beiden Tage in Schmalkalden verbrachte ich, wie abgesprochen, damit, meiner freundlichen Gastgeberin beim Großputz ihres Hauses und bei kleinen Renovierungsarbeiten behilflich zu sein und erkundete später noch ein

wenig die Innenstadt. Maria hatte mir einen Stadtplan gegeben, damit ich auch ja keinen Winkel unbesucht ließ.

Zum Mittagessen begab ich mich dann wieder in die Bäckerei, in der ich Anita getroffen hatte und sie setzte sich
eine Weile zu mir, um sich nach den neuesten Entwicklungen zu erkundigen.

„Bisher hat sich noch niemand gemeldet.", erklärte ich ihr
ziemlich enttäuscht, als ich auf die kleine Hoffnung zu sprechen kam, dass der ehemalige Besitzer des Buchladens vielleicht etwas zum Verbleib meiner Mutter sagen könnte.

„Warte nur noch eine Weile. Ich denke, es besteht noch eine
Chance. Und selbst, wenn er nichts dazu weiß, wird er sich
bestimmt bei dir melden, um Bescheid zu sagen."

„Das hoffe ich."

Da Anita bald Feierabend hatte und es niemanden gab, der
zu Hause auf sie wartete, führte sie mich am Nachmittag
noch eine ganze Weile durch die Gassen der Stadt und erzählte von der Zeit, in der meine Mutter hier gewesen war.
Sie zeigte mir, wo sie langgegangen und auch manchmal
eingekehrt waren. Wo sie gesessen und geredet hatten und
welches ihre liebsten Plätze gewesen waren.

„Deine Mutter hat nie allzu viel erzählt. Sie hat viel lieber
einfach zugehört und sich still und leise ihre Meinung zu
allem gebildet. Manchmal habe ich vergessen, nachzufragen, was sie über die Dinge denkt, über die ich gesprochen
habe. Das hätte ich viel öfter tun sollen. Vielleicht hat sie mir
deswegen nie vollkommen vertrauen können. Weil ich immer nur wie ein Wasserfall geredet und geredet und nie
wirklich zugehört habe."

„Vielleicht seid ihr aber auch genau deshalb Freundinnen geworden. Eben weil du nicht so viel gefragt und sie einfach so genommen hast, wie sie nun einmal war."

„Das mag sein. Das wäre ein beruhigender Gedanke. Man zweifelt ja doch hin und wieder an sich und fragt sich, ob man etwas falsch gemacht hat. Und was man hätte besser machen können. Versprichst du mir, dass du mich anrufst, wenn du etwas über deine Mutter in Erfahrung bringst? Und dass du auch anrufst, wenn dem nicht so ist?" Wir waren am Ende einer schmalen Gasse stehengeblieben und Anita hatte mich in ihre Arme gezogen.

„Das mache ich. Versprochen."

Es war mir schwergefallen, mich von Anita zu verabschieden. Wir kannten uns kaum und doch konnte ich schon nach unserer ersten Begegnung nachempfinden, was meine Mutter zu ihr hingezogen hatte. Es war einfach so ein unerklärliches Bauchgefühl, das einen sofort wissen ließ, dass sie ein guter Mensch war. Das Gleiche galt für meine Gastgeberin, die ich in der kurzen Zeit meines Aufenthalts in mein Herz geschlossen und mit der es mir sogar Spaß gemacht hatte, ihr Haus wieder auf Hochglanz zu bringen.

„Wenn es mal wieder Zeit für einen Großputz wird, dann werde ich bei dir anrufen, Gesa!", hatte sie mir zum Abschied noch hinterhergerufen.

Trotz der netten Begegnungen freute ich mich aber auch schon wieder auf die heimischen Gefilde. Vor meiner Abfahrt hatte ich noch kurz mit Christine telefoniert und ich wusste, dass sie mich gleich besuchen kommen würde, sobald ich wieder da war. Es wurde Zeit, mit vereinten

Kräften den lang gemiedenen Teil des Hauses zu erkunden. Ich konnte nicht länger warten. Worauf denn auch?

Derselbe Tag **Christine**

Ich stand schon seit etwa einer halben Stunde vor dem Tor zu Gesas Hof, als ich sie endlich mit ihrem prall gefüllten Rucksack auf dem Rücken um die Ecke biegen sah. Sie winkte mir schon von weitem zu und ich begann ungeduldig mit den Händen zu ringen, bis sie da war und wir uns herzlich begrüßten.

Da sie mich schon am Telefon über alles Wichtige in Kenntnis gesetzt hatte, verstaute sie im Haus nur schnell den Rucksack und dann stiegen wir schon die Treppe nach oben in den ersten Stock.

„Erschrick bitte nicht, wenn du das Loch in der Decke siehst, Stine. Ich habe mich während der Zugfahrt ein wenig belesen und theoretisch dürfte es kein Problem sein, das wieder in Ordnung zu bringen. Ich werde wohl nur ein paar helfende Hände dazu brauchen. Allein bin ich viel zu unerfahren, um so etwas in Angriff zu nehmen. Naja, und mehr als zwei Hände habe ich leider auch nicht."

Ich registrierte irgendwie, dass Gesa mir etwas erklärte und bekam auch mit, dass es um irgendein Loch in der Decke ging, aber ansonsten flogen ihre Worte nur an mir vorbei, während ich mich seelisch und moralisch auf die Erinnerungen vorbereitete, von denen ich gleich überflutet werden würde.

Im Laufe der Jahre hatte ich vergessen, wie es dort oben im ersten Stock aussah. Meine Erinnerungen hatten sich mit jedem einzelnen Tag, der in der Zwischenzeit vergangen war, ein Stück weiter von der Realität entfernt.

Als wir das Podest im ersten Stock erreichten, ließ Gesa mir den Vortritt. Sie war leichenblass und als ich ihre Hand nahm, spürte ich, dass die Innenfläche vollkommen verschwitzt war.

„Wir schaffen das.", flüsterte ich mehr zu mir selbst als zu Gesa, während ich sie zielstrebig hinter mir her zu dem ersten Raum zog. Die Tür war nur angelehnt und bewegte sich ein wenig in dem Luftzug, der hier oben herrschte. Vermutlich waren einige der Fenster mittlerweile undicht oder beschädigt.

Ich legte meine Hand auf die kalte Klinke des Kastenschlosses. Sie war das verbindende Element zwischen der Gegenwart und den Erinnerungen, die der Raum, den wir sogleich betraten, schon lange beherbergte.

In der Mitte des Raumes stand ein eisernes Bettgestell mit einer durchgelegenen, vergilbten Matratze darauf und einem Haufen zerwühlter Bettlaken und Decken. Ansonsten war der Raum ziemlich leer. Neben dem Bett stand ein kleiner Beistelltisch mit einer Lampe darauf und auf der anderen Seite des Raumes ein altes Kinderbett, von dessen Bettgestänge bereits die schwarze Farbe abzubröckeln begann. Die Matratze fehlte. Sie lag vermutlich noch immer in dem Raum, in dem wir Gesa später ein provisorisches Kinderzimmer eingerichtet hatten.

Langsam trat ich an das alte Bett heran, in dem Suzanna und ich so viele gemeinsame Nächte verbracht hatten. Vor allem, als es ihr später so schlecht ging, war ich oft über Nacht bei ihr geblieben. Ich hatte das Gefühl, als würde es sie beruhigen, wenn ich neben ihr lag. Wenn ich sie im Arm hielt, während sie schlief. Als könnte ich die bösen Geister vertreiben, von denen sie immer wieder heimgesucht wurde.

Ausgerechnet ich. Ich war doch schon mein Leben lang ein elender Feigling!

Ich ließ mich auf dem Bett nieder und schaute auf die zerrissenen und von Motten zerfressenen Gardinen, die mehr schlecht als recht vor den kleinen Fenstern hingen. Währenddessen glitt ich im Kopfbereich sacht unter das Laken, bis meine Fingerspitzen gegen einen zarten Gegenstand stießen. Es war noch da. Nach so langer Zeit war es noch da.

Vorsichtig zog ich dieses Artefakt unserer gemeinsamen Nächte unter dem Laken hervor und legte es auf meine geöffnete Handfläche. Ich streckte sie Gesa entgegen, die langsam näherkam, auf meine Hand sah und mir einen fragenden Blick zuwarf.

„Ein Kleeblatt?"

„Ein vierblättriges Kleeblatt.", korrigierte ich sie. „Das bringt Glück."

„Wie kommt das hierher?"

„Ich habe es als Jugendliche zufällig in der Wiese gefunden und es deiner Mutter geschenkt. Sie hat es unter ihr Kopfkissen gelegt, damit ihre Tage glücklich beginnen und glücklich enden."

„Viel scheint es ja nicht gebracht zu haben.", gab Gesa traurig zu bedenken.

„Vielleicht. Vielleicht auch nicht. Wer weiß, wie das alles ausgegangen wäre, wenn wir kein Glück gehabt hätten."
Ich schob das durch eine Folie vor dem Zerbröseln geschützte Kleeblatt zurück an seinen Platz und strich mit der Hand über das Kopfkissen. Der weiße Stoff hatte einen gelblichen Farbton angenommen. Fast schon braun. Suzanna hatte manchmal unglaublich geschwitzt, wenn sie einen ihrer Anfälle erlitten hatte. Sie hatte geschrien und um sich geschlagen und in ihren Augen stand die pure Angst. Mit meinem vollen Gewicht hatte ich mich auf sie legen und ihren verschwitzten Körper auf der Matratze halten müssen. Ich wollte nicht wissen, was sonst geschehen wäre.

Die Tür zum Schlafzimmer hatte ich in den Nächten, in denen ich hier war, immer sorgsam verschlossen. Ich wollte nicht, dass Gesa ihre Mutter so zu Gesicht bekam. Es genügte, wenn sie die Schreie hören musste. Häufig hatte ich das Mädchen später im Keller wiedergefunden, wo sie sich mit ein paar Decken und ihrem Lieblingskuscheltier versteckt gehalten hatte.

Mittlerweile wusste ich, dass ich damals schon viel eher hätte einschreiten müssen. Aber ich war jung und dumm und voller Hoffnung, dass bald alles von allein wieder gutwerden würde, wenn ich Suzanna nur genug liebte. Ich wollte nicht sehen, wie schlimm es war. Weil ich geahnt hatte, dass man Suzanna fortbringen würde, wenn jemand davon erfuhr, was hinter diesen Mauern vor sich ging. Und ein Leben ohne Suzanna, das konnte ich mir nicht vorstellen.

Gesa streckte mir ihre Hand entgegen, ich ergriff sie stumm und wir verließen das Schlafzimmer. Auf dem Weg in die Küche fiel mein Blick auf die kleine Speisekammer unter der Treppe zum Dachgeschoss. Trotz des gelben Vorhangs konnte man erkennen, dass dahinter noch immer alles voller Gläser mit eingekochtem Obst und Marmelade stand.

„Erinnerst du dich noch daran, wie wir im Sommer immer damit begonnen haben, Obst einzukochen?", fragte ich Gesa, die als Kind immer viel Spaß dabei gehabt hatte. Uns kam es gelegen, denn nachdem die Vorräte des Vorbesitzers des Hauses aufgebraucht waren, mussten wir uns etwas Neues überlegen, wie wir Suzanna und Gesa die Versorgung sicherten. Vor allem im Winter, wenn draußen nicht mehr allzu viel zu finden war, war das kein einfaches Unterfangen.

„Ja, ich erinnere mich daran. Es war so aufregend, im Winter dann all das zu essen, was wir im Sommer in den Gläsern haltbar gemacht hatten."

„Was dort steht, ist noch immer essbar.", erwiderte ich nachdenklich und spürte, wie Gesas eindringlicher Blick auf mir ruhte. Ich wagte es kaum, sie anzusehen. Ich wusste, dass wir beide gerade dasselbe dachten.

„Sollen wir?", fragte sie schließlich leise, als ich weiterhin gegen den Vorhang starrte. Endlich hatte ich den Mut, sie anzusehen.

„Die ganze Kammer steht voll mit Gläsern. Ich denke, eines davon können wir öffnen."

Gesa holte tief Luft, schloss kurz die Augen und schritt schließlich entschlossen auf die Speisekammer zu, um den

Vorhang beiseitezuschieben. Sie nahm vorsichtig eines der Gläser aus dem Schrank.

„Apfelkompott.", las sie vom Deckel ab und schaute mich fragend an. Ich griff nach dem Glas und suchte nach dem Datum.

„Vor zwanzig Jahren haben wir das gemacht. Da warst du sechs."

„Meinst du wirklich, dass das noch essbar ist?"

„Ich denke schon. Wenn nicht, dann werden wir das wohl merken."

Gesa zuckte die Schultern und nickte in Richtung Küche.

„Setzen wir uns dort hin? Da finden wir sicher auch Schälchen und Besteck."

Die alte Küche war schon immer der schönste und interessanteste Ort des Hauses gewesen. In der Mitte stand noch immer der wackelige Holztisch von damals und darauf lag das Stofftaschentuch, das Suzanna stets als eine Art Tischdecke betrachtet hatte. Um den Tisch herum an den Wänden des Raumes standen eine Vielzahl kleiner Schränke und Hocker und ein kleiner, weißer Holzkohleherd, worüber scheinbar willkürlich einige Regale angebracht waren, auf denen sich Dosen, Krüge, Schachteln und Blumenvasen aneinanderreihten. Es war alles noch genau so wie damals, als ich nach Suzannas Verschwinden das letzte Mal hier gewesen war. Selbst die Töpfe standen noch so auf dem Herd, wie wir sie nach unserem letzten gemeinsamen Abendessen zurückgelassen hatten.

Es war das Wochenende kurz nach Suzannas zweiunddreißigstem Geburtstag gewesen und zur Feier des Tages hatte ich von zu Hause die Zutaten für einen Nudelauflauf mitgebracht. Meine Eltern hatten es mir erlaubt. Suzanna hatte zu der Zeit zwar schon häufig mit ihren Anfällen zu kämpfen gehabt, aber es gab immer noch Momente, in denen alles wie immer war. In denen wir wie früher gemeinsam an dem kleinen Tisch gesessen und über die Ereignisse des vergangenen Tages gesprochen hatten.

„Hast du noch viele Erinnerungen an die letzte Zeit mit deiner Mutter?", fragte ich Gesa, während wir das Geschirr aus den Schränken zusammensuchten.

„Ein paar Erinnerungen habe ich noch. Aber nicht viele. Wenn es hier oben laut wurde, bin ich meist in den Keller gegangen und habe mich dort versteckt."

„Ja, ich weiß. Ich habe dich dann manchmal dort unten gefunden, wenn Suzanna sich wieder beruhigt hatte."

„Ich will mir nicht ausmalen, was du hier oben erlebt hast, Stine.", sagte Gesa leise. Ich trat zu ihr hin und nahm ihre Hände in meine.

„Es war die Hölle. Aber ich habe deine Mutter geliebt und hätte nirgendwo anders sein wollen als bei ihr."

Meine junge Freundin umarmte mich fest, bevor wir uns am Tisch niederließen und das Kompott aufteilten. Es schmeckte hervorragend. Die zwanzig Jahre, die es nun schon im Regal gestanden und auf diesen Moment gewartet hatte, waren ihm nicht anzumerken.

„Wunderbar.", seufzte Gesa begeistert.

„Sehe ich auch so. Für Apfelkompott hatte deine Mutter wirklich ein Händchen."

Als ich an diesem Morgen auf dem Weg zur Schule war, war ich ein wenig enttäuscht, noch keine Antwort von Gesa erhalten zu haben. Ich wusste jedoch, dass ich Vertrauen haben konnte und mir deswegen keine Gedanken zu machen brauchte. Das spürte ich einfach.

Ich löste mich aus der Menschenmenge, die soeben mit mir aus dem Schulbus geströmt war, als ich in einer wenig einsehbaren Ecke des Pausenhofes Michelle zu erkennen glaubte. Seit unserem Gespräch auf der Mädchentoilette hatte ich sie nicht mehr gesehen.

„Michelle?", rief ich schon von weitem, als ich mir immer sicherer wurde, dass sie es war, die dort mit dem Rücken zu mir an einen Baum gelehnt stand. Erst, als ich sie fast erreicht hatte, reagierte sie auf mein Rufen. An ihren geschwollenen und geröteten Augen erkannte ich, dass sie geweint hatte.

„Ich kann nicht mehr, Anastasia! Ich halte das nicht mehr aus!" Wieder quollen Tränen aus ihren Augen und ihre Stimme war heiser. Ich konnte nur erahnen, was sie sagte.

„Wollen wir reden?", fragte ich vorsichtig.

„Du musst zum Unterricht."

„Du auch."

„Ich gehe heute nicht." Michelle wischte sich die Tränen von den Wangen und wich meinem vorwurfsvollen Blick aus. „Ich kann nicht, Anastasia."

„Dann gehe ich auch nicht.", entschied ich mich spontan, obwohl sich schon beim Aussprechen der Worte das schlechte Gewissen bei mir meldete. Nun war es jedoch zu spät. Jetzt gab es kein Zurück mehr.

Wir liefen nebeneinanderher zu dem Friedhof, der sich ganz in der Nähe der Schule befand. Ich kannte diesen Friedhof. Freya war hier beerdigt.

Michelle schien schon öfter hier gewesen zu sein, denn sie lief zielstrebig die schmalen Wege entlang zu einer alten, steinernen Bank. Alles auf diesem Friedhof war beinahe bis zur Unkenntlichkeit mit Efeu überwuchert. Die Blätter nahmen uns schützend in ihre Arme und verbargen uns vor den Blicken der anderen Besucher. So, wie sie uns vor den Besuchern versteckten, schützten sie mich jedoch nicht vor dem schlechten Gewissen, das mich überfiel, wenn ich daran dachte, dass Freya hier lag. Ich hatte sie nie besucht.

Während ich versuchte, mich daran zu erinnern, wo das Grab meiner Adoptivmutter war, begann Michelle mir von ihrer Familie zu erzählen. Sie stammte aus einer sehr wohlhabenden, konservativen Familie, verstand sich mit ihrem Bruder jedoch überhaupt nicht gut. Als sie noch Kinder waren, war das noch ganz anders gewesen, aber irgendetwas hatte ihn dann auf die schiefe Bahn gebracht. Nun setzte er seine Schwester regelmäßig unter Druck, damit sie ihm Geld und andere Sachen besorgte.

„Er schmeißt alles Geld, das er bekommt, sofort zum Fenster heraus. Meine Eltern geben ihm deshalb schon lange nichts mehr. Und während sie glauben, dass er nun für sein Geld arbeitet, zwingt er mich dazu, ihm alles zu besorgen, was er haben möchte."

„Aber warum sprichst du nicht mit deinen Eltern darüber?"

„Weil mein Bruder etwas von mir weiß, was er niemals hätte wissen dürfen. Und meine Eltern dürfen es noch weniger erfahren. Er hat mich voll im Griff."

„Aber was ist denn so schlimm, dass du dich lieber jahrelang erpressen lässt, als deinen Eltern davon zu erzählen?", fragte ich ratlos.

Michelle wich meinem Blick aus. „Das kann ich dir nicht sagen."

Schweigend saßen wir nebeneinander auf der feuchten Bank und ich musterte den Grabstein mir gegenüber. So ähnlich hatte der von Freya auch ausgesehen. Ein bisschen größer vielleicht. Mein Blick tastete die Umgebung ab, obwohl ich wusste, dass Freya irgendwo weiter hinten lag.

„Michelle?"

„Ja?"

„Kannst du mir helfen, ein Grab zu finden?"

„Was für ein Grab?"

„Meine Adoptivmutter liegt auf diesem Friedhof. Sie ist kurz nach meiner Adoption gestorben."

„Weißt du denn nicht, wo ihr Grab ist?", fragte Michelle sichtbar entsetzt.

Ich bin mir nicht sicher. Ich war damals wie in einer Art Trancezustand, als das alles passiert ist. Es kam so unerwartet." Und danach hatte ich alles getan, um nicht darüber nachdenken zu müssen. Hatte Freya aus meinen Gedanken verbannt und war auf den wenigen Erinnerungen, die ich an sie hatte, herumgetrampelt, um sie für mich bedeutungslos zu machen.

Ein Stechen in meinem Herzen ließ mich zusammenfahren. Ich griff mit der Hand an die Stelle, die plötzlich zu Schmerzen begann und schnappte nach Luft.

„Anastasia?"

Irgendwie sah ich, dass Michelle mit mir sprach, doch es kam mir so vor, als wäre sie meilenweit entfernt. In meinen Ohren begann es zu rauschen und ich erhob mich von der Bank. Wankend folgte ich einem der Wege in den hinteren Teil des Friedhofs. Irgendwo hier musste es sein. Irgendwo. Das Grab von Freya. Ich spürte, wie sie nach mir rief. Da war eine Stimme in meinem Kopf. Es war die rechte Stimme. Und Mephisto.

„*Undankbares Kind!*", zischte Mephisto in meinem linken Ohr. Ich schlug mit der flachen Hand danach und zuckte vor Schmerz zusammen. Doch die Stimme blieb. Er ließ sich davon nicht beeindrucken. Das wusste ich.

„*Undankbares Kind. Du solltest hier liegen.*"

Ich stolperte über eine lockere Gehwegplatte und stieß mit der Hüfte hart gegen eine Mauer. Irgendwo hier müsste es sein. Irgendwo hier war ihr Grab. Freya.

„*Die Welt wäre froh, dich los zu sein. Dich undankbares Kind. Sie wollte dir ein Leben schenken. Eine Familie. Und du besuchst nicht einmal ihre letzte Ruhestätte.*"

„Hau ab.", sagte ich schwach. Es brachte doch nichts. Er würde nicht gehen.

„*Ich bleibe so lange, wie du auf dieser Welt wandelst. So lange, bis der Abschaum beseitigt ist.*"

Ich versuchte ihn zu ignorieren und quälte mich Schritt für Schritt vorwärts. Meine Umgebung verschwamm vor meinen Augen. Ein schmaler, unbefestigter Weg kam mir vertraut war. Wo ein Weg war, war auch ein Ziel. Auf einem der Gräber am Rande des Weges stand ein Blumentopf, die Blumen darin trocken und verwelkt.

„Verwelkt wie dein eigenes Leben.“, zischte Mephisto. *„Es wird nicht besser, indem du das Ende hinauszögerst.“*

Freya Seefeld, stand auf dem Grabstein. Ich kniete mich vor ihr Grab und legte meine Hände auf die trockene Erde zwischen den verwelkten Blumen. Niemand hatte sich darum gekümmert. Alle waren sie nur mit sich selbst beschäftigt.

Tränen liefen mir übers Gesicht und ich spürte, wie sich die Erde unter meine Fingernägel schob. Ich griff nach einem Stein, der neben mir auf dem Boden lag und schleuderte ihn wütend fort. Eine alte Frau sah mich kopfschüttelnd an. Am liebsten hätte ich sie angeschrien, doch meine Stimme versagte.

Ich spürte eine Hand auf meinem Rücken und schlug um mich. Michelle wich hinter mir zurück. Ein blutiger Kratzer zierte ihr Gesicht. Ich hatte sie getroffen. Es war mir egal.

„Verschwinde.“, keuchte ich gereizt. Ich wollte allein sein. Wollte allein um Freya trauern, die versucht hatte, mir eine Familie zu schenken.

Das Klingeln meines Telefons riss mich schließlich aus meinen Gedanken. Ich wusste nicht, wie lange ich hier gesessen hatte. Irgendwann war da wieder diese andere Stimme in meinem Kopf gewesen. Es war die rechte Stimme, doch sie klang auf einmal ganz anders. Sie klang so sanft und liebevoll, wie ich sie vorher nie erlebt hatte. *„Weine nicht, Anastasia. Es wird alles gut werden.“*, sagte sie immerzu. Sie kam gegen Mephisto an. Ich konnte es zuerst nicht glauben, doch sie schaffte es tatsächlich, den Teufel zu vertreiben. In mir wuchs eine vage Hoffnung heran, sie bei mir behalten zu können, wenn ich ihr nur einen Namen gab. Freya würde sie heißen. Meine Retterin.

„Ja?", fragte ich leise ins Telefon, nachdem ich zögernd auf den grünen Hörer gedrückt hatte.

„Anastasia?" Ben.

„Ja?"

„Die Schule hat angerufen. Wo bist du?"

Auf dem Weg nach Hause machte ich mich auf das Schlimmste gefasst. Bens Stimme hatte stinksauer geklungen. So wütend hatte ich ihn noch nie erlebt. Umso überraschter war ich, als er absolut entspannt wirkte, als er mir schließlich die Wohnungstür öffnete und mir bedeutete, ihm in die Küche zu folgen.

„Ich habe der Schule gesagt, du seist krank und ich hätte nur vergessen, dich abzumelden. Wenn du mir jetzt einen guten Grund nennst, warum du nicht beim Unterricht gewesen bist, dann gibt es keinen Ärger."

Meine Gedanken liefen auf Hochtouren. Sollte ich lügen? Oder die Wahrheit sagen? Aber war die Wahrheit Grund genug? Ich hatte keine Ahnung. Aber genauso wenig fiel mir eine glaubhafte Lüge ein, von der ich ausgehen konnte, dass sie Grund genug war, die Schule zu schwänzen.

„Ich habe vielleicht eine Freundin gefunden.", sagte ich schließlich leise, mit dem Entschluss, bei der Wahrheit zu bleiben. „Sie war voll fertig wegen irgendetwas und ich dachte, ich könnte ihr helfen, wenn ich mit ihr rede."

„Und das konnte nicht bis nach der Schule warten? War das so wichtig, dass ihr dafür beide die Schule schwänzen musstet?" Sein schneidender Ton erschütterte mich innerlich.

„Ich wollte ja nicht! Ich habe mich so scheiße gefühlt und wollte nicht! Aber sie war dann halt da und ich dachte, wenn wir reden, dann werden wir Freunde und ich wollte auch mal eine Freundin haben. Ich dachte…" Verärgert würgte ich ein Schluchzen herunter, doch die Tränen, die über meine Wangen liefen, verrieten mich. Ich spürte, wie jemand seine Arme um mich legte und mich ungelenk an sich zog. Ich hasste Umarmungen. Aber jetzt gerade war es irgendwie in Ordnung.

Sobald ich mich beruhigt hatte, einigten wir uns darauf, dass ich nie wieder schwänzte und Ben schlug vor, ich könne Michelle ja einfach mal zu Besuch mitbringen. Sie wäre jederzeit willkommen. Ich wusste nicht, ob Michelle nun überhaupt noch mit mir befreundet sein wollte. Immerhin, hatte ich ziemlich grob reagiert, als sie mir beistehen wollte. Vielleicht hatte ich sie für alle Zeiten verschreckt. Doch die Hoffnung, eine Freundin gefunden zu haben, die mich bei mir zu Hause besuchen kommen könnte, war einfach zu schön, um sie mir von irgendwelchen Sorgen und Bedenken zerstören zu lassen.

„Ben?", fragte ich schließlich, als ich schon aufgestanden war, um nach oben in mein Zimmer zu gehen.

„Ja?"

„Lass uns doch demnächst mal zum Friedhof gehen und Freya neue Blumen bringen."

„Gute Idee. Das machen wir."

Wir lächelten uns an und irgendwie hielt ich den Moment für absolut perfekt, um endlich meine Freya-Kiste zu öffnen und zu schauen, was meine Pflegemutter mir hinterlassen hatte. Also abgesehen von ihrem wunderbaren Bruder, der mich einfach bei sich aufgenommen hatte.

Kapitel 12
Lila: Die Farbe des Heilens

Derselbe Tag   **Gesa**

Nachdenklich stand ich in meiner Werkstatt am Fenster. Ich beobachtete ruhig, wie der Regen draußen gegen die Fensterscheibe klatschte, nur um dann in kleinen Spuren hinunterzulaufen und von der Fensterbank auf den Gehweg zu tropfen. Schon wieder regnete es. Aber so kannten wir den November hier in der Region. Ohne einen Regenschirm war man da verloren.

Über mir hörte ich hin und wieder etwas rumsen oder schaben. Stine war noch in der Wohnung und wollte dort etwas Ordnung schaffen. Nachdem wir unser Apfelkompott gegessen hatten, hatten wir noch einen Blick in die restlichen, weitestgehend ungenutzten Räume geworfen und dann nicht mehr den Mut gehabt, ganz hoch ins Dachgeschoss vorzudringen. Meine Mutter hatte sich dort ihr Atelier eingerichtet. Die Räume waren voll von ihr. Ich kannte jedes Bild, das dort oben von ihr stand. Ich hatte ihr so gerne beim Malen zugesehen.

Falls ich irgendwann erfahren sollte, dass meine Mutter nicht mehr am Leben war, würde ich die Bilder dort oben überall im Haus aufhängen. Vielleicht fand ich sogar eines darunter, das in Stines Bilderrahmen passte. Dann wären auch die beiden wieder vereint. Auch Stine selbst würde eine Erinnerung an die Zeit mit meiner Mutter sicher gut tun.

Ich wandte mich vom Fenster ab und mein Blick fiel auf den noch immer unfertig im Raum herumstehenden Bilderrahmen. Ein wenig schuldbewusst machte ich mich daran, meine Arbeit endlich zu Ende zu bringen.

Gerade, als ich für heute Schluss machen musste, damit die Farbe trocknen konnte, klingelte das Telefon. Meine Nerven waren zum Zerreißen gespannt, als ich den Raum durchquerte und den Hörer abnahm. Ich hörte, wie Stine sofort die Treppe nach unten gestürzt kam.

„Ostrowski?", meldete ich mich atemlos zu Wort.

„Hallo. Hier ist Albert Christiansen. Mir wurde mitgeteilt, dass Sie auf der Suche nach einer Suzanna Ostrowski sind?"

„Ja, richtig. Sind Sie der Vorbesitzer des kleinen Buchladens in Gotha?"

„Der bin ich. Und darf ich fragen, wer Sie sind?"

„Ich bin die Tochter von Suzanna. Gesa Ostrowski."

„Ah ja. Sie erzählte manchmal von einer Tochter."

„Sie hat von mir erzählt?", fragte ich erstaunt. Anita gegenüber schien meine Mutter nie etwas von mir gesagt zu haben.

„Aber sicher! Ihre Augen haben jedes Mal zu leuchten begonnen, wenn sie von ihrer kleinen Tochter erzählt hat."

„Wissen Sie denn, wo meine Mutter jetzt ist? Oder wo sie hingegangen ist, nachdem sie den Buchladen verlassen hat?"

„Tja, was sie jetzt macht, das kann ich Ihnen leider nicht sagen. Ich weiß, dass sie noch einmal für einige Zeit in einer Klinik gewesen ist. Sie hatte wohl unter irgendwelchen psychischen Problemen gelitten. Als ich ihr eines Tages bei einem Besuch bei Verwandten in Oberhof über den Weg gelaufen bin, hat sie von einer Kunsttherapie erzählt, bei der sie Anschluss gefunden hatte und die ihr scheinbar auch ganz guttat. Sie hatte schon damals bei der Gestaltung der Ladenschaufenster wahre Kunstwerke geschaffen. Das ist leider nicht viel, aber vielleicht hilft es bei der Suche ja weiter. Vielleicht gibt es in Oberhof noch jemanden, der Suzanna kannte oder sie hat dort als Künstlerin Fuß gefasst. Ich bin mir sicher, dass sie das Zeug dazu hatte."

„Das hatte sie sicher. Ihre früheren Kunstwerke sind so ziemlich das Einzige, das ich noch von ihr habe. Wo sagten Sie, hätten Sie sich getroffen?"

„In Oberhof. In dem Park am Stadtplatz. Sie hatte dort auf einer Bank gesessen und in einem Skizzenblock gezeichnet."

„Dann werde ich morgen gleich nach Oberhof fahren."

„Es tut mir leid, dass ich Ihnen nicht mehr sagen kann."

„Ich bin Ihnen wahnsinnig dankbar für alles, was Sie mir über meine Mutter sagen konnten. Für mich ist jeder noch so kleine Hinweis von Bedeutung. Auf diese Weise habe ich zu Ihnen gefunden. Vielleicht finde ich nun auch zu meiner Mutter."

„Dann bin ich froh, wenn ich helfen konnte. Ich wünsche Ihnen ein erfolgreiches Wochenende!"

„Danke. Auf Wiedersehen!" Ich legte auf und warf Stine einen vielsagenden Blick zu. „Wir haben einen neuen Hinweis, meine Liebe!"

In Stines Augen standen Tränen und ich sah ihr an, dass sie viel zu viel Angst vor einer Enttäuschung hatte, um sich über diesen kleinen Schritt nach vorne freuen zu können. Es könnte auch ein Schritt sein, den wir der Erkenntnis darüber näherkamen, dass meine Mutter nicht mehr unter uns war. Wir mussten mit dem Schlimmsten rechnen.

„Mach dir nicht zu viele Sorgen, Stine. Der Herr Christiansen meinte doch, die Kunsttherapie hätte ihr scheinbar gutgetan. Und du weißt ja, wie viel die Kunst meiner Mutter bedeutet hat."

„Du hast ja Recht. Ich habe nur einfach Angst vor der Zukunft."

„Die habe ich auch. Aber sie wird kommen, ob wir das wollen oder nicht. Also geben wir unser Bestes, um sie nach unseren Vorstellungen zu gestalten."

Stine lächelte mir zu und zog ein kleines, lila Kuscheltier hervor, das sie bis jetzt hinter dem Rücken verborgen hatte. „Das habe ich gefunden. Erinnerst du dich daran?"

„Natürlich! Das hast du mir doch zur Einschulung geschenkt, oder nicht?"

„Ja."

Ich griff nach dem kleinen, seltsamen Tierchen und strich ihm mit einem Finger den Staub vom Kopf. „Lila ist die Farbe des Heilens, wusstest du das? Betrachten wir es als Zeichen des Schicksals, dass du es gefunden hast. Die Wunden der Vergangenheit werden nach und nach verschwinden."

Mit einer heißen Tasse Wintertee in der Hand saß ich auf
dem Boden meines Zimmers und atmete mit geschlossenen
Augen den wunderbaren Duft ein, der aus der Tasse in meinem Schoß zu mir heraufströmte. Es duftete nach Spekula-
tius und Zimt und Orange oder Apfel. Es war eine Weih-
nachtsmischung, die ich jedoch das ganze Jahr über trinken
könnte.

Vor mir stand die geöffnete Freya-Kiste. Ich atmete noch
einmal tief durch, bevor ich die Augen wieder öffnete und
den Inhalt musterte. Ganz oben lagen zwei Briefumschläge,
ein paar Fotos und ein Kuscheltier. Ein großer weißer Teddybär mit einer lila Schleife am rechten Ohr. Darunter lag
ein weißer Stoff, doch ich konnte nicht ausmachen, worum
es sich dabei handelte.

Ich trank einen Schluck Tee und griff als Erstes nach den
Bildern. Es waren drei Fotos. Das Erste kannte ich schon. Es
war kurz nach meiner Adoption entstanden. Mein erstes
richtiges Familienfoto, wenn man es so wollte. Freya, ich
und Tom waren darauf zu sehen. Meine Augen waren geschlossen. Wie immer. Ich hatte ein Talent dafür, immer im
falschen Moment zu Zwinkern, wenn irgendwo ein Bild gemacht wurde.

Das nächste Bild war etwas älter. Es zeigte Freya und Ben
als Kinder. Sie mussten darauf ungefähr im Grundschulal-
ter sein und saßen nebeneinander auf einer Holzbank zwischen lauter jungen Apfelbäumen. Während meine Adoptivmutter schief in die Kamera grinste, schaute Ben

nachdenklich in den Himmel, als wäre dort genau in diesem Moment etwas vorbeigeflogen, das seine ganze Aufmerksamkeit für sich beanspruchte.

Auf dem dritten und letzten Bild waren Freya und Tom zu sehen. Sie mussten dort etwa so alt gewesen sein, wie ich es nun war. Freya trug ein knielanges, weißes Kleid und ich nahm an, dass das Bild von irgendeiner Tanzstunde oder Abschlussfeier stammen musste. Mir war gar nicht bewusst gewesen, dass meine Adoptiveltern schon so lange zusammen waren. Dass sie sich schon aus der Schule kannten. Es gab wohl so einiges, was ich nicht wusste. Aber ich hatte mich ja auch nie wirklich darum bemüht, die beiden besser kennenzulernen. Ich war so ein Dummkopf.

Ich legte die Fotos beiseite, setzte den Teddybär neben der Kiste ab und strich bedächtig mit einer Hand über den weißen Stoff, der nun vor mir in der Kiste lag. Ich ahnte nun schon, worum es sich dabei handelte. Vorsichtig nahm ich ihn aus der Kiste heraus und stellte mich hin, um das Kleid in seiner vollen Länge bewundern zu können. Es war das Kleid, das Freya auf dem Bild von der Abschlussfeier trug.

Seltsam berührt von dieser Geste drückte ich es an mich und roch an dem zarten Stoff. Früher hatte es sicher einmal nach ihr gerochen. Aber diese Zeit war lange vorbei. Eine Träne rollte mir über die Wange, während ich mich aus meinen Sachen schälte und mir Freyas Kleid überzog. Es passte wie angegossen. In der Kiste lagen noch die dunkelroten, dazu passenden Schuhe, die Freya ebenfalls auf dem Bild trug. Ich zog sie an und stellte mich vor den bodentiefen Spiegel an der Tür meines Kleiderschranks. Es fiel mir schwer, mich selbst in der Person wiederzuerkennen, die mir dort plötzlich gegenüberstand.

„Ben?", rief ich gedämpft, als ich meinen Onkel draußen im Wohnungsflur herumlaufen hörte. Meine Zimmertür öffnete sich langsam und Ben trat in den Raum. Als er mich in dem Kleid seiner Schwester vor dem Spiegel stehen sah, wich jegliche Farbe aus seinem Gesicht.

„Tut mir leid. Ich hätte dich vorwarnen sollen.", flüsterte ich.

„Nein. Ist schon gut.", brachte er mit brüchiger Stimme hervor. „Es steht dir."

„Danke." Auf einmal hatte ich so Mitleid mit meinem Onkel, wie er da vollkommen hilflos und überfordert in der Mitte des Raumes stand, dass ich nicht anders konnte, als auf ihn zuzugehen und ihm zu umarmen.

„Sie fehlt mir so sehr.", flüsterte er.

„Ich weiß."

Ich wusste nicht, wie lange wir schlussendlich so dagestanden hatten. Ich zeigte meinem Onkel noch die Bilder, die in der Kiste gelegen hatten und dann musste er los zu einer Besprechung an der Uni. Von den Briefen sagte ich ihm nichts. Noch nicht. Einer davon war an ihn adressiert, der andere an mich. Und irgendwie hatte ich das Gefühl, dass mein Onkel seinen Brief erst lesen sollte, wenn ich bereit dazu war, meinen Eigenen zu lesen. Warum sonst hätte Freya ihn mit in die Kiste legen sollen?

Ich zog das Kleid und die Schuhe wieder aus und verstaute sie, zusammen mit den Bildern, wieder in der Kiste. Ich würde sie nicht wieder unters Bett schieben. Von nun an war ihr Platz direkt neben dem kleinen Nachtschränkchen, wo ich sie immer sehen konnte. Den Teddybären setzte ich in den Sessel, der in einer Ecke des Zimmers stand und die Briefe schob ich hinter seinen Rücken. Irgendwann würde ich sie lesen. Zumindest den, der an mich gerichtet war.

Gerade als ich auf dem Weg nach unten in die Küche war, um schon einmal das Abendessen vorzubereiten, hörte ich in der Bibliothek das Telefon klingeln.

„Anastasia?", hörte ich Bens Stimme, sobald ich den Hörer abgenommen hatte.

„Ja?"

„Das kommt jetzt ein wenig unvermittelt, aber wäre es möglich, dass du bei Gesa anrufst und sie fragst, ob es möglich wäre, morgen die nächste Aufnahme zu machen? Also zumindest, wenn es bei dir auch passt. Ich habe mit meiner Chefin gesprochen und sie ist absolut dafür, dass wir weitermachen. Wir werden die Aufnahmen mit Gesa fortsetzen und danach wie geplant mit den anderen Teilnehmern fortfahren."

„Ja, klar. Kann ich machen."

„Danke. Übrigens dauert es bei mir heute doch etwas länger. Meine Chefin kam eben gerade rein und hat mir ein paar ihrer Klausuren zur Korrektur abgetreten."

„Ja, gut. Dann viel Spaß beim Korrigieren." Ich legte auf und wählte sogleich Gesas Nummer, die bereits den Weg ins Adressbuch unseres Telefons gefunden hatte. Und das war bei meinem Onkel eine große Ehre, denn dort speicherte er nur die allerwichtigsten Personen ein.

Ich klärte mit Gesa, wann wir dann morgen bei ihr sein würden und legte nach der Verabschiedung schnell auf, bevor dieses seltsame Schweigen entstehen konnte, bei dem sich dann keiner mehr traute, als Erster aufzulegen. Morgen würden wir uns ja sowieso wiedersehen.

Da ich nun keine Ahnung hatte, wann mein Onkel wieder hier aufkreuzen würde, machte ich mir alleine schnell etwas zu essen und ließ mich damit oben in meinem Zimmer vor dem Laptop nieder, um den Film zu sehen, der mir meinen Namen gegeben hatte. *Anastasia.* Früher im Heim hatte ich den Film fast jeden Tag gesehen. Er war für mich zu einer Art Zufluchtsort geworden. Zu der Familie, die ich mir immer gewünscht hatte. Aber seit der Adoption war so viel geschehen, dass ich einfach nicht mehr daran gedacht hatte.

Bevor ich den Film startete, warf ich jedoch noch einen kurzen Blick in *Gesa's Kummerkasten* und freute mich sehr, als ich dort eine noch ungelesene Nachricht von Gesa vorfand.

Liebe Ana,

ich bin froh, dass du so denkst. Auch ich bin sehr glücklich darüber, dass ausgerechnet du die Ana aus dem Kummerkasten bist. Ich freue mich immer über deine Nachrichten und im Laufe der Zeit habe ich dich sehr ins Herz geschlossen. Dich dann in der Realität kennenzulernen war sehr interessant und vielleicht ein guter Schritt für uns beide. Wir sind diesen Schritt nicht bewusst gegangen, aber nutzen wir doch einfach, was das Schicksal oder der Zufall uns geboten haben.

Und natürlich kannst du mir auch hier jederzeit schreiben, wenn dir danach ist. Die Türen des Kummerkastens stehen dir immer offen.

Liebe Grüße,
Gesa

27.11.2021   **Gesa**

Als Ben und Ana zur dritten Aufnahme bei mir erschienen, war das Erste was ich tat, Ana ganz fest in den Arm zu nehmen.

„Du bist ein wunderbares junges Mädchen, Anastasia. Und ich bin froh, dass du in mein Leben gestolpert bist."

„Ich bin auch froh darüber, dass du die Kummerkasten-Gesa bist.", erwiderte sie leise und ich spürte, wie sich ihre Fingerspitzen in meinem Rücken am Pullover festkrallten. Aus dem Augenwinkel registrierte ich, wie sich auch bei Ben Erleichterung darüber breitmachte, dass zwischen uns alles in Ordnung war. Ich zwinkerte ihm zu und für einen kurzen Moment verfingen sich unsere Blicke ineinander. Erst als hinter mir Schritte zu vernehmen waren, ließ ich Ana wieder gehen und auch Bens Aufmerksamkeit richtete sich auf die fremde Person, die aus dem Haus getreten war und nun über den Hof zu uns gelaufen kam.

Da ich die gesamte Nacht damit zugebracht hatte, das Portrait, das Ana mir beim letzten Mal gegeben hatte, in die Schieferblöcke zu gravieren, war ich froh gewesen, als Stine heute Morgen bei mir aufgetaucht war, um im ersten Stock noch etwas Ordnung zu schaffen. Nicht, dass man da noch viel tun konnte, bis das Loch in der Decke nicht beseitigt war, aber ich nahm an, sie genoss es einfach, dort oben in

269

Erinnerungen an die alte Zeit zu schwelgen. Und nachdem sie mir meine aus der nächtlichen Arbeit resultierende Übermüdung angesehen hatte, hatte sie gleich noch angeboten, sich um ein Mittagessen für uns alle zu kümmern. Ein Vorschlag, dem ich begeistert zugestimmt hatte.

Ich stellte Stine den Besuchern vor und während Ben, Ana und ich uns kurz später in die Küche begaben, ging sie nach oben in die Wohnung. Ihr nachdenklicher Blick, mit dem sie Ana bedacht hatte, war mir nicht entgangen und gab mir Rätsel auf.

„Es wird wohl sinnvoller sein, die Kameras und Tonaufnahmegeräte diesmal hier aufzustellen.", erklärte ich Ben. „Wir werden heute eine Figur gießen, dazu müssen wir nicht in die Werkstatt. Ich hole gleich noch alles, was wir dazu brauchen."

„Gut. Dann mache ich währenddessen hier alles bereit."

Ich gab mir die größte Mühe, ein Gähnen zu unterdrücken und begab mich in die Werkstatt, um dort alles zusammenzusammeln, was wir gebrauchen könnten. Ana folgte mir dabei auf Schritt und Tritt und sah sich erneut die Skizzen an, die noch immer an den Wänden hingen. Eine davon war die, die das Mädchen mir von sich überlassen hatte. Ich zog den Klebestreifen ab und reichte Ana das Bild.

„Nimmst du das? Wir werden es wohl gar nicht weiter brauchen, aber der Vollständigkeit halber sollten wir es vielleicht noch einmal erwähnen, bevor wir mit dem Gießen der Zinnfigur beginnen."

„Ist das wirklich in Ordnung, wenn wir mit meiner Skizze arbeiten? Du hast doch sicher genug damit zu tun, deine eigenen Ideen umzusetzen..."

„Das ist absolut in Ordnung. Außerdem habe ich die Schieferblöcke nun sowieso schon fertig. Ich würde mich allerdings darüber freuen, wenn du mir gestattest, später noch weitere Figuren davon anzufertigen, die ich verkaufen kann."

„Natürlich. Wenn du meinst, dass das Bild gut genug dazu ist."

„Aber sicher ist es das."

Anastasia senkte verlegen den Blick und ich konnte gerade noch das schüchterne Lächeln sehen, das sich auf ihrem Gesicht ausbreitete.

Bei der Aufnahme erklärte ich Ana erst einmal die Zusammensetzung der Legierung, mit der die Figuren gegossen wurden und welche Temperatur erforderlich war, damit diese den gewünschten Aggregatzustand erreichte. Während wir darauf warteten, dass dies geschah, zeigte ich Ana die Gravuren in den Schieferblöcken, die sie fasziniert mit ihrer Originalskizze zu vergleichen begann.

„Du hast das ja wirklich genau so in den Schiefer graviert, wie ich es gezeichnet habe.", flüsterte sie erstaunt.

„Natürlich. Das ist dein Bild und genau so wird es gegossen."

„Dauert das nicht ewig, bis man diese ganzen Formen genau so übernommen hat?"

„Am Anfang hat es bei mir tatsächlich ewig gedauert, bis ich in der Lage dazu war, frei Hand ein Abbild der Skizzen zu fertigen. Vor allem, wenn es wirklich darum ging, jedes Detail möglichst genau zu übernehmen. Aber irgendwann entwickelt man ein Gespür dafür. Zumindest war das bei mir so."

„Du bist sicher ein Naturtalent."

„Tja, ich schätze, das habe ich meiner Mutter zu verdanken. Sie war eine unglaublich talentierte Künstlerin."

Ein Schatten huschte über Anas Gesicht. „Ich frage mich, ob ich meiner Mutter auch irgendwie ähnlich bin."

„Wer weiß.", erwiderte ich leise. „Stell dir doch einfach vor, es wäre so."

Ana widmete sich wieder den Schieferblöcken und ich warf Ben einen kurzen, fragenden Blick zu. Er zuckte ratlos die Schultern. Diesmal hatte Ana darauf bestanden, dass er bei der Aufnahme dabeiblieb. Sie meinte, es wäre ja sein Projekt und da müsse er wissen, wie die Zinnfiguren gegossen wurden. Sonst könne er ja gar nicht verstehen, worüber genau wir während der Aufnahme redeten. Prinzipiell hatte sie damit auch Recht. Aber dass das alles auch als Video aufgenommen wurde, hatte sie dabei wohl vergessen.

Als die Legierung endlich flüssig war, ließ ich Ana die Schieferblöcke zusammenlegen und aneinander befestigen. Dann reichte ich ihr eine Kelle und sie begann vorsichtig die Legierung in das kleine Loch zwischen den Blöcken zu gießen.

Ich sah gerne dabei zu, wie das flüssige Zinn zwischen den Blöcken verschwand und stellte mir dann immer vor, wie es die leere Form, die sich durch die Gravur gebildet hatte, mehr und mehr auszufüllen begann.

„Was jetzt?", fragte Ana bedächtig, als die Figur gegossen war und sie mir die Kelle wieder übergeben hatte.

„Jetzt kannst du die Schieferblöcke wieder auseinandernehmen."

„Schon? Läuft das dann nicht alles wieder raus?"

Lachend schüttelte ich den Kopf. „Nein. Das ist schon fest."

„Echt?"

„Echt."

Ana nahm vorsichtig und noch immer etwas skeptisch die Schieferblöcke auseinander und starrte die Zinnfigur an, die nun vor ihr in einem der Blöcke lag.

„Du kannst sie rausnehmen. Einfach rauskippen."

„Und das geht alles so einfach? Ist ja abgefahren.", murmelte sie begeistert, während sie meiner Anweisung Folge leistete.

„Naja, die hauptsächliche Arbeit besteht im Gravieren der Formen in die Schieferblöcke. Und natürlich müssen auch immer Ideen für neue kleinere und größere Kunstwerke da sein. Das Gießen an sich geht dann wirklich meistens recht schnell. Wir müssen jetzt nur noch ein bisschen die Umrisse korrigieren. Dort oben beim Eingussloch vor allem." Ich überließ Ana diese Korrekturmaßnahme und nutzte den Moment, um aus der noch flüssigen Legierung gleich zwei weitere Figuren zu gießen. Es war ungewohnt, ein Portrait herzustellen, aber eigentlich eine sehr gute Idee. Vielleicht könnte ich Geld damit verdienen, reale Menschen als Zinnfiguren anzufertigen.

„Weißt du, eigentlich wollte ich dich zeichnen, Gesa. Ich weiß auch nicht, warum dann zum Schluss eher ein Selbstportrait daraus geworden ist.", erwiderte Ana schließlich, als sie mir stolz ihre fertige Figur präsentierte.

„Die Kunst geht eben immer ihre eigenen Wege. Wir können sie nicht kontrollieren. Wir können uns ihr nur hingeben und aufmerksam darauf lauschen, was sie zu sagen hat." Ich nickte die Figur zufrieden ab und zeigte Ana einen Daumen hoch. „Perfekt."

Nachdem die Aufnahme beendet war, gingen wir nach oben in den ersten Stock, wo Stine bereits mit dem fertigen Essen auf uns wartete. Sie hatte es tatsächlich geschafft, die Küche wieder zu dem warmen, wohnlichen Ort zu machen, der sie früher einmal gewesen war. Ein Ort, an dem man sich sofort wohl und geborgen fühlte.

„Du hast hier wirklich ein Meisterwerk vollbracht, Stine.", stellte ich begeistert fest. Und damit meinte ich sowohl die Küche, als auch die köstlich duftende Möhrensuppe, die sie gerade auf die Teller schöpfte, während Ben, Anastasia und ich uns am Tisch niederließen. Erst jetzt bemerkte ich, wie hungrig ich schon wieder war.

„Vielleicht freut Suzanna sich darüber, wenn sie wieder heimkommt."

Mir geriet etwas Suppe in die Luftröhre und ich begann zu husten. „Stine.", brachte ich keuchend hervor. „Wir wissen nicht, ob sie je wieder hierherkommen wird. Selbst, wenn ich sie tatsächlich irgendwann irgendwo finden sollte."

Ich sah, wie Christine mit den Tränen kämpfte und schon taten mir meine harten Worte wieder leid. Aber es war die Realität. Wir wussten es nun einmal nicht. Es war noch immer alles offen.

„Habt ihr denn eine Spur?", fragte Ben vorsichtig.

„Ich werde am Montag nach Oberhof reisen. Ich hoffe, dass ich dort jemanden finde, der sie kannte. Wir wissen, dass sie sich zumindest für eine kurze Zeit mal dort aufgehalten haben muss. Sie hat dort eine Art Kunsttherapie gemacht."

„Therapie wegen was?", fragte Ana.

„Meine Mutter hat unter Schizophrenie gelitten."

Das Mädchen nickte still. Ich hätte gerne gewusst, was sie gerade dachte. Schließlich hatte ich nicht vergessen, dass sie in einer ihrer Nachrichten an mich von irgendwelchen Stimmen in ihrem Kopf gesprochen hatte. Aber vor Stine und ihrem Onkel konnte ich sie nicht darauf ansprechen. Sobald ich aus Oberhof zurück war, würde ich das nachholen. Ich wusste ja noch nicht einmal, ob es überhaupt eine Bedeutung hatte.

Kapitel 13
Türkis: Die Farbe der Ausgeglichenheit

29.11.2021   **Gesa**

Die Fahrt nach Oberhof verlief ohne großartige Komplikationen. Nur während der langen Busfahrt von Zella-Mehlis
nach Oberhof wurde mir aufgrund der rasanten Geschwin-
digkeit, mit der die junge Busfahrerin die Kurven nahm, ein
wenig mulmig zumute. Außerdem spürte ich durch die
schnell zunehmende Höhe, in der wir uns befanden, einen
unangenehmen Druck auf den Ohren. Ich hoffte wirklich,
dass der Blick in die Berge, den man von dort oben sicher
haben würde, diese Strapazen wieder wettmachte.
 Ich stieg gleich bei der erstbesten Bushaltestelle nach dem
Ortsschild aus, um mir einen Überblick über die Umgebung
zu verschaffen. Einen Plan hatte ich nicht. Aber das Stadt-
zentrum von Oberhof war laut Internet nicht sonderlich
groß und ich hatte nur einen einzigen Anhaltspunkt in Bezug auf eine Kunsttherapie in Oberhof gefunden. Eine private Adresse. Vermutlich eine selbstständige Therapeutin,
die ihre Praxis gleich im eigenen Haus eingerichtet hatte.

Voller Hoffnung lief ich die Straße entlang, der der Bus gefolgt war, nachdem ich ausgestiegen war und laut Fahrplan müsste ich auf diese Weise früher oder später den Stadtplatz erreichen. Der Stadtplatz lag logischerweise in der Innenstadt und von dort aus würde ich mich zu der Adresse der Kunsttherapeutin begeben. Vielleicht wusste sie ja schon etwas, das mir weiterhelfen konnte.

Ich war zu Hause besonders früh abgereist, damit ich hier den ganzen Tag Zeit hatte, mich umzuhören. Eine weitere Übernachtung konnte ich mir nicht leisten.

Nach und nach erschienen am Straßenrand immer mehr Häuser, alle irgendwie bunt und idyllisch in ihren wild wuchernden Vorgärten stehend. Es kam einem gar nicht so vor, als wäre man in einer großen Stadt. Als wäre man in einem Tourismus-Zentrum, was den Skisport anging.

Am Ende der Straße bog ich nach links in einen breiten, gepflasterten Weg ein, der von einigen, kleinen Geschäften gesäumt war. Natürlich ein Sportgeschäft, ein paar kleine, verträumte Geschenkartikelläden und irgendwo, versteckt hinter anderen Häusern, musste noch eine Glaserei liegen. Bald erreichte mich auch schon der süße Duft einer Bäckerei. Ich besorgte mir dort schnell etwas zu Essen und zog dann den Zettel aus der Hosentasche, auf dem ich mir den Weg vom Stadtplatz bis zu der Adresse der Kunsttherapeutin aufgemalt hatte. Frau Johann hieß die gute Dame, auf der nun meine ganze Hoffnung lag.

Maike Johann war eine seltsame Frau. Sie war wohl Mitte dreißig und im ersten Moment wirkte sie sehr unscheinbar und beinahe farblos. Doch der Blick ihrer giftgrünen Augen war so stechend, dass man sich ihm kaum entziehen konnte und ihre Stimme wechselte bei nur wenigen Worten so oft und scheinbar konfus die Tonlage, dass ich vor Verwunderung kaum registrierte, was sie sagte. Sie war ein gefundenes Fressen für jeden Sprachwissenschaftler. Ben wäre begeistert, sie reden hören zu können.

„Kommen Sie rein, Frau Ostrowski. Ich habe gerade Pause, da können wir uns gleich ein wenig unterhalten.", meinte sie freundlich, nachdem ich ihr ganz grob mein Anliegen geschildert hatte.

„Es tut mir leid, dass ich nicht vorher schonmal angerufen und mich angekündigt habe. Das kam alles so plötzlich, dass ich daran einfach nicht gedacht habe.", erklärte ich leicht zerknirscht, während ich Frau Johann durch den Hausflur des kleinen Holzhäuschens folgte.

Am Ende des Ganges befand sich eine schmale und undurchsichtige Glastür, auf die sie zuzuhalten schien und ich war gespannt, was für ein Zimmer sich dahinter verbarg. Vermutlich würde ich dort gleich auf ihrem roten Sofa landen. War das nicht so ein Klischee? Das alle Psychotherapeuten ihre Klienten zu Ehren Sigmund Freuds auf einem roten Sofa Platz nehmen ließen?

„Kein Problem. Solche unerwarteten Besuche machen das Leben doch erst spannend.", meinte sie lachend.

Während wir weiter auf die Glastür zusteuerten, bewunderte ich im Vorbeigehen die Bilder, die an den Wänden hingen und jeweils von einer kleinen, direkt darüber befindlichen Lampe angeleuchtet wurden. Die meisten davon wirkten ziemlich abstrakt. Überall waren Menschen erkennbar. Manche davon wirkten panisch, manche glücklich und andere schienen sich vollkommen in Trance durch eine unwirkliche Landschaft zu bewegen.

„Haben Sie die Bilder gemalt?", fragte ich begeistert.

„Ja. Kunst ist mein Hobby und irgendwie auch mein Beruf."

„Das geht mir ähnlich. Allerdings besteht meine Kunst mehr in der Anfertigung von Zinnfiguren als in der Malerei. Meine Ideen zu Papier zu bringen ist nur der Anfang aller Arbeit."

„Nun ja. Schlussendlich ist die Kunst und die Kreativität wohl der Anfang von allem. Und sei es nur ein kreativer Gedanke, der ein Unternehmen zum wirtschaftlichen Erfolg führt."

„Das stimmt wohl." Wir erreichten die Glastür und ich war erleichtert, dem Hausflur mit seiner unfassbar vielfältigen Gefühlswelt entrinnen zu können. Vielleicht war das mit den Gemälden ein Trick, um das Therapiezimmer für die Klienten als eine Art Raum der Erlösung und Erleichterung von all den bedrückenden Gefühlen hervorzuheben. Oder Frau Johann hatte einfach einen sehr ungewöhnlichen Geschmack bezüglich ihrer Einrichtung.

Der Raum hinter der Glastür war gemütlich und sehr hell mit einem großen Fenster zum Garten hinaus. Tatsächlich stand ein Sofa darin. Es war türkis. Und Frau Johann ließ mich Gott sei Dank auch nicht darauf Platz nehmen, sondern führte mich zu einem kleinen Tisch mit zwei gepolsterten Klappstühlen.

„Also, kommen wir zu Ihrem Anliegen, Frau Ostrowski. Sie wissen sicher, dass ich der Schweigepflicht unterliege. Ich kann Ihnen also rein theoretisch nichts zu meinen ehemaligen Patienten sagen." Frau Johann faltete die Hände im Schoß und schaute nach draußen in den Garten.

„Sie sagten, rein theoretisch?", hakte ich nach.

„Bei Ihrer Mutter, Suzanna Ostrowski, handelt es sich nicht um eine ehemalige Patientin von mir. Von daher scheint mir der Fall hier etwas anders zu liegen. Als Suzanna hier bei uns gewesen ist, gehörte die Praxis noch meiner Mutter und ich habe in einer öffentlichen psychiatrischen Klinik gearbeitet. Ich war damals noch nicht lange fertig mit dem Studium und die Ausbildung zur vollwertigen Psychotherapeutin ist mit dem Studium längst nicht abgeschlossen. Allerdings bin ich häufig hier zu Hause gewesen, um Kontakte mit den Menschen zu knüpfen, die meine Mutter aufsuchten. Dabei bin ich manchmal auch Suzanna begegnet. Wenn sie gerade mit ihrer Therapie fertig war oder im Warteraum darauf wartete, dass es losging. Sie war meist viel zu früh hier. Wir haben uns dann manchmal unterhalten."

„Und wissen Sie, wo sie nach ihrer Therapie hingegangen ist?", fragte ich ein wenig ungeduldig.

„Sie ist nirgendwo hingegangen. Sie ist hiergeblieben. Sie hat hier auch eine Arbeit gefunden, die es ihr ermöglicht hat, voll in ihrer Leidenschaft für die Kunst aufzugehen."

„Sie ist hier?", hauchte ich ungläubig und für einen Moment drohte mir schwarz vor Augen zu werden.

„Sie ist hier. Wo sie genau wohnt, das weiß ich nicht. Vor drei oder vier Wochen sind wir uns mal in der Stadt über den Weg gelaufen. Ihr gehört das *Glasstübchen* am Ortseingang. Eine kleine, private Glaserei. Meine Mutter hat Suzanna bei einer Therapie mal mit in eine Glaserei genommen und Suzanna hat sofort Blut geleckt."

„Sie ist wirklich hier. Sie lebt. In der Glaserei?"

„Nun ja. Zumindest arbeitet sie dort.", erwiderte Frau Johann zwinkernd. „Obwohl ich mir durchaus vorstellen kann, dass sie dort auch so manche Nacht verbringt und ein Kunstwerk nach dem anderen schafft."

Mir standen Tränen in den Augen. Ich wollte mich freuen, wollte am liebsten platzen vor Freude, doch das alles war so unglaublich, dass ich noch gar nicht in der Lage dazu war, zu begreifen, was gerade geschah. Ich hatte meine Mutter gefunden. Und sie lebte noch.

Überschwänglich umarmte ich Frau Johann zum Abschied und machte mich sofort auf den Weg zum *Glasstübchen*. Ich konnte nur hoffen, dass meine Mutter auch heute und jetzt gerade dort war.

Derselbe Tag   **Anastasia**

„Denkst du dran, dass du heute Abend mit der Tanzgruppe den Auftritt im Seniorenheim hast?", fragte mein Onkel mich, als wir am späten Nachmittag bei einer Tasse Tee zusammensaßen.

„Ach ja, das hatte ich ganz vergessen." Tatsächlich war mir das vollkommen entfallen und ich musste ehrlich sagen, dass die Aussicht, mich heute noch in eine Menschenmenge begeben zu müssen, mich nicht gerade in einen Freudentaumel versetzte.

„Eines der Mädchen aus eurer Gruppe hat hier angerufen, um dich daran zu erinnern. Sie wirkte ganz nett."

„Wer?", fragte ich verwundert. Mir hatte noch nie jemand hinterhertelefoniert.

„Lara, glaube ich."

„Hm. Ist ja komisch."

Mein Onkel zuckte die Schultern und grinste mich an.

„Vielleicht mag sie dich ja."

„Das glaubst du doch selbst nicht."

„Ich mag dich doch auch. Warum sollten andere es dann nicht tun?"

Weil andere nicht mehr oder weniger dazu gezwungen waren, mich zu mögen, weil sie den Haushalt mit mir teilten.

Das Seniorenheim lag ein wenig außerhalb der Stadt, direkt neben dem Kindergarten. Im letzten Jahr hatte man einen unterirdischen Zugang von einem Haus in das andere errichtet, um den Alltag der Kinder und Senioren hin und wieder gemeinsam gestalten zu können. Die kleine Turnhalle, in der heute unser Auftritt stattfinden sollte, gehörte sowohl zum Seniorenheim als auch zum Kindergarten.

Als ich die Turnhalle erreichte, wartete bereits ein großer Teil meiner Gruppe vor dem Eingang. Ich warf einen kurzen Gruß in die Runde und einige erwiderten diesen knapp, bevor sie sich wieder in ihre Gespräche vertieften. Ich ließ meine Tasche zu Boden gleiten und lehnte mich an die Wand des Gebäudes. Es war schon dunkel draußen. Der Winter brach langsam, aber sicher über uns herein.

„Hi.", sagte plötzlich jemand in meine Richtung. Lara löste sich aus der Gruppe und kam auf mich zu. In mir regte sich ein schlechtes Gewissen, sie beim letzten Training so abgewiesen zu haben.

„Hi.", erwiderte ich kleinlaut.

„Du bist mit Michelle befreundet, oder?", fragte Lara.

„Ja. Kann sein."

„Hat sie dir auch von ihrem Bruder erzählt, der sie erpresst?"

„Woher weißt du davon?", fragte ich und begann hinter meinem Rücken nervös den Dreck von der Hauswand zu kratzen.

„Weil sie das jedem erzählt, der ihr helfen will. Als nächstes wird sie dich vermutlich nach Geld fragen oder dich darum bitten, etwas für ihren Bruder zu stehlen, weil sie ja ach so große Angst vor ihm hat."

„Das glaube ich nicht."

„Glaube es, oder glaube es nicht. Aber sag nicht, es hätte dich niemand gewarnt, wenn es schiefgeht."

„Warum solltest du mich warnen? Das kann dir doch egal sein."

Lara zuckte die Schultern. „Ich mag dich halt. Auch, wenn du mich offenbar nicht leiden kannst." Damit ging sie weg und gesellte sich wieder zu den anderen. Verwundert sah ich ihr nach. Einer von beiden war eine mächtige Lügnerin. Aber wer?

Der eigentliche Auftritt zog wie ein Traum an mir vorbei. Ich war mit den Gedanken die ganze Zeit bei Michelle und versuchte herauszufinden, was sie eigentlich von mir wollte. Mehr und mehr begann ich daran zu zweifeln, ob sie wirklich so unschuldig war, wie es bisher den Anschein hatte. Warum war sie immer zufällig zur gleichen Toilette gekommen wie ich? Und wenn sie so unter der ganzen Sache litt, warum sprach sie nicht mit einer anderen erwachsenen Person über ihr Problem, die ihr vielleicht wirklich helfen könnte? Und warum wollte sie nicht sagen, mit was ihr Bruder sie erpresste, wenn ihr nur so wirklich jemand helfen könnte?

Als wir wieder in der Umkleide waren, beobachtete ich Lara aus dem Augenwinkel und sah verlegen zu Boden, als unsere Blicke sich trafen. Ich kannte Michelle schlussendlich keinen Deut besser als Lara, mit der ich immerhin schon eine ganze Weile in ein und derselben Tanzgruppe war.

„Wenn du mal reden willst, hast du ja meine Nummer.", sagte Lara zu mir, als sie die Umkleide verließ. Ich packte noch schnell meine Sachen zusammen und zog mir meine Straßenschuhe an, dann folgte ich ihr wenig später nach draußen. Es war kälter geworden seit vorhin, sodass ich mir die Kapuze meiner Übergangsjacke tief ins Gesicht zog und zügig nach Hause lief.

Ben hatte sich in der Bibliothek verkrochen und ich hörte verschiedenste Stimmen über die fehlerhafte Diagnose irgendeiner Krankheit debattieren. Zwischendurch stoppte das Gespräch immer wieder, wenn Ben das soeben Gesagte niederschrieb und in die richtige Form brachte. Die Tür der Bibliothek stand offen und ich klopfte nur kurz an den Türrahmen, damit er wusste, dass ich wieder da war.

Im Wohnungsflur standen überall Putzmittel verteilt und es glich einem Hindernislauf, unbeschadet zu meinem Zimmer vorzudringen. Ben hatte sicher wieder mit Aufräumen begonnen und währenddessen hatte ihn ein Geistesblitz für seine Arbeit ereilt.

„Man muss sich seinen Ängsten stellen.", hörte ich gerade noch eine Person aus der Tonaufnahme sagen, bevor ich auf mein Zimmer verschwand. Sich seinen Ängsten stellen. Eigentlich ein gutes Stichwort, in Anbetracht der Tatsache, dass sich meine Ängste im Moment zu häufen schienen. Die Angst vor Mephisto, die Angst davor, Ben zu vertrauen, die Angst, enttäuscht zu werden und schlussendlich auch die Angst, dass Michelle mich wirklich angelogen hatte. Wenigstens der letzteren Angst sollte ich mich stellen. Jetzt sofort.

Ich ging wieder nach unten in die Küche und hielt Ausschau nach dem Telefonbuch. Ich wusste, dass wir eines hatten. Nur wo, das war die Frage. Auf gut Glück durchsuchte ich die Schubfächer des kleinen Schränkchens, in dem wir Ausweise und sonstige wichtige Unterlagen aufbewahrten. Alles, nur kein Telefonbuch.

Gerade als ich kurz davor stand zu kapitulieren, fiel mein Blick auf etwas blaues, begraben unter einem Haufen alter Zeitungen. Zeitungen, die immer wieder aufgehoben, aber schlussendlich doch nie gelesen worden sind. Ich schob die Zeitungen beiseite und tatsächlich kam darunter das Objekt meiner Begierde zum Vorschein. Nun, wo ich es dort liegen sah, erinnerte ich mich auch daran, Ben vor nicht allzu langer Zeit damit gesehen zu haben.

Hastig blätterte ich durch die Seiten und suchte nach der Nummer von Michelle. Gott sei Dank hatte ich irgendwann einmal ihren Nachnamen aufgeschnappt und ich bezweifelte, dass es diesen hier in der Gegend noch öfter gab.

De Vries. Wie vermutet gab es zu diesem Namen weit und breit nur einen Eintrag. Ich griff nach dem Festnetztelefon und wählte die Nummer, die neben dem Namen verzeichnet stand.

„Ja?", meldete sich schon nach wenigen Sekunden eine genervte Stimme zu Wort.

„Hallo. Mein Name ist Anastasia und ich würde gern mit Michelle sprechen, wenn das geht."

„Wieso?", fragte die Stimme harsch. Ich war mir nicht sicher, ob es ein Mann oder eine Frau war, die da am anderen Ende der Leitung das eingehende Gespräch zu kontrollieren versuchte. Es war mir unangenehm, einer fremden Person mein Anliegen zu unterbreiten und wenn ich ehrlich war, wusste ich auch gar nicht, was ich sagen sollte.

Wenn Michelle alles erstunken und erlogen hatte, was sie mir über ihren Bruder erzählt hatte, dann gab es dafür sicher einen Grund. Einen schwerwiegenden Grund, den sie mir vermutlich nicht einfach so am Telefon erklären würde. Im Grunde genommen kannten wir uns ja kaum. Trotzdem musste ich mit ihr sprechen. Sie sollte wenigstens die Chance haben, sich zu erklären.

„Hallo?", rief die Stimme in den Hörer, als von mir keine Antwort kam.

„Ich habe nur eine Frage wegen der Hausaufgaben.", log ich spontan. Das, was ich mit Michelle zu besprechen hatte, ging nur uns beide etwas an.

„Warte. Ich hole Michelle." Die Stimme klang nun schon etwas versöhnlicher und ich war mir ziemlich sicher, dass sie einer Frau gehörte. Trotzdem passte sie ganz und gar nicht in das Bild, das ich mir von Michelles angeblich sehr konservativer und geordneter Familie gemacht hatte.

Es dauerte nicht lange, bis ich am anderen Ende der Leitung ein unsicheres Räuspern vernahm. „Anastasia?", fragte Michelle leise in den Hörer.

„Hallo, Michelle. Hast du einen Moment Zeit zu reden?"

„Ich... jetzt?"

„Ja, jetzt."

„Okay. Aber ich kann nicht lange. Ich muss meinem kleinen Bruder bei den Hausaufgaben helfen."

„Deinem kleinen Bruder? Du hast also zwei Brüder?", fragte ich überrascht. Für mich hatte es damals auf dem Friedhof so geklungen, als wären Michelle und ihr älterer Bruder zu zweit.

„Ja. Ich habe zwei Brüder."

Ich konnte an ihrer Stimme hören, dass sie nervös und verunsichert von meinem Anruf war. Aber das sollte sie ruhig sein, wenn sie mich wirklich angelogen hatte.

„Aber mit deinem kleinen Bruder kommst du klar?"

„Ja, sehr gut. Er hat nur in der Schule ein paar Probleme. Er versteht vieles nicht und hängt hinterher."

„Hast du ihm denn von deinem Problem erzählt?", drängte ich sie weiter in die Ecke.

„Ich... nein. Er ist zu klein. Er versteht das gar nicht."

„Ach so. Sag mal, Michelle, mir ist heute etwas zu Ohren gekommen, das mich irgendwie beunruhigt."

„Ach ja?" Ihre Stimme wurde noch eine Spur leiser. „Was denn?"

„Ich wurde gefragt, ob ich mit dir befreundet bin. Ehrlich gesagt weiß ich nicht so genau, ob wir Freunde sind, aber das spielt jetzt auch keine Rolle. Die Person, die mich das gefragt hat, meinte nämlich dann, du würdest lügen, wenn du mir die Geschichte mit deinem Bruder erzählst. Um mich weich zu klopfen und um mich später um Geld bitten zu können, das du dir selbst in die Tasche steckst."

„Das ist nicht wahr! Das stimmt nicht!"

Ich zuckte zusammen, als die laute, beinahe grelle Stimme der sonst so stillen Michelle durch den Hörer schoss.

„Was ist nicht wahr? Dass das mit deinem Bruder gelogen ist? Oder dass du mich um Geld bitten willst? Oder alles, was du mir erzählt hast?", gab ich mit harter Stimme zurück und bremste mich, als mir auffiel, dass ich damit begonnen hatte, aufgeregt in der Küche umherzulaufen. Ich war weniger verletzt als wütend. Wütend auf mich selbst, weil ich mir schon fast gestattet hätte, freundschaftliche Gefühle in Michelle zu investieren.

„Ich war nicht ehrlich.", gab sie schließlich nach langem Schweigen zu. Ihre brüchige Stimme dämpfte meine Wut ein wenig. „Ich… ich dachte, wenn ich das mit meinem Bruder erzähle, dann bin ich interessant genug."

„Interessant genug für was?"

„Für dich. Für irgendwen. Interessant genug für eine Freundschaft."

„Das ist doch nicht dein Ernst!"

„Ich hatte noch nie eine Freundin. Also so eine richtige Freundin, mit der man über alles reden kann. Ich wusste nicht, wie man so jemanden findet."

Ihre Worte gingen bei mir tiefer, als es ihr wahrscheinlich bewusst war. Denn auch, wenn ich noch immer wütend war, erkannte ich die Ähnlichkeit unserer Probleme.

„So geht es jedenfalls nicht.", bemerkte ich trocken.

„Ich weiß. Jetzt weiß ich das. Ich hatte nur immer das Gefühl, wenn ich keine interessante Geschichte erzählen kann, dann schauen alle nur durch mich hindurch. Du hast mich doch auch nie gesehen, obwohl wir schon so lange immer wieder auf die gleiche Toilette verschwunden sind."

Ich trat an das bodentiefe Fenster unserer kleinen Küche. Irgendwann musste es geregnet haben, denn noch immer lagen kleine, durchsichtige Tropfen auf der Scheibe, die nach und nach der Gravitation zum Opfer fielen. „Natürlich habe ich dich bemerkt. Ich habe nur keinen Grund gesehen, weshalb ich dich ansprechen sollte. Es hat einfach jeder für sich seinen Gedanken nachgehangen."

„Ich wusste nicht, dass du das so siehst. Ich dachte, ich existiere für dich gar nicht."

„Du hast Probleme, Michelle. Probleme mit dir selbst."

„Ich weiß. Und ich weiß auch, dass ich an mir arbeiten muss. Aber es ist nicht so einfach. Hier zu Hause werde ich wirklich ignoriert, wenn ich nicht gerade gebraucht werde, um meinem Bruder bei den Hausaufgaben zu helfen."

„Das tut mir leid." Meine Wut hatte sich mittlerweile vollkommen in Luft aufgelöst und in mir drin spürte ich ein seltsames Gefühl. Es war ein Gefühl, das ich bisher nur selten erlebt hatte. Zumindest in Bezug auf andere Menschen. Vielleicht so etwas wie Mitleid. Sorge. Empathie. Irgendetwas in dieser Richtung.

„Ich wollte gerne deine Freundin sein.", schniefte Michelle, die nun zu weinen begonnen hatte.

„Naja. Irgendetwas in der Art sind wir ja auch."

„Meinst du wirklich?"

„Schon. Wir müssen es ja nicht gleich übertreiben, aber als gute Bekannte können wir uns sicher bezeichnen."

„Okay."

„Aber wir schwänzen nie wieder die Schule, klar? Egal, was passiert. Nie wieder."

„Okay. Nie wieder."

Wieder herrschte Schweigen. Ich wusste nicht, was ich noch sagen sollte. Michelle schien auch nichts mehr auf dem Herzen zu haben, das unbedingt geklärt werden musste. Für einen kurzen Moment dachte ich darüber nach, mich für mein Verhalten auf dem Friedhof zu entschuldigen, entschied mich dann jedoch dagegen.

„Dann sehen wir uns in der Schule."

„Ja."

„Wiedersehen."

„Wiedersehen."

Ich legte schnell auf, bevor wir noch weitere Abschiedsfloskeln aneinanderreihten und brachte das Telefon zu seiner Ladestation. Was ich jetzt gerade fühlte, konnte ich nicht einordnen. Michelle hatte mich angelogen. Aber es war nicht böse gemeint und dass sie es nur getan hatte, um mich dann um Geld zu fragen, das stimmte nicht. Sie war in Ordnung. Ganz bestimmt. Und auch Lara war in Ordnung. Sie wollte nur helfen. Da war ich mir sicher. Da wollte ich mir sicher sein. Einfach, weil es sich gut anfühlte. Dieser Gedanke, dass es Menschen gab, die sich ohne Hintergedanken für einen interessierten.

Ein Ziehen in meinem Herzen ließ mich in der Bewegung verharren. In meinen Ohren begann es zu rauschen und ich schloss entkräftet die Augen, während ich gegen die Küchentheke sank. Mephisto kennzeichnete meine Seele unermüdlich als sein Revier. Sobald die schönen Gedanken kamen, wurden sie wieder vertrieben.

„*Sie wird dich wieder enttäuschen.*", flüsterte er. Ich war zu müde, um ihm etwas entgegenzusetzen. Es hatte ja doch keinen Sinn. Das ganze Leben hatte keinen Sinn.

„*Sie wird dich wieder enttäuschen.*", wiederholte Mephisto unermüdlich. Irgendwann würde ich daran zerbrechen.

In meinem Kopf summte es, als ich mich zurück in mein Zimmer schleppte. Ich atmete erleichtert auf, als die Tür hinter mir ins Schloss fiel. Fast wäre ich über meine Sporttasche gestolpert, als ich zu dem Sessel auf der anderen Seite des Raumes lief, auf dem der Teddybär von Freya saß. Ich griff nach dem Bären und schlang meine Arme um den weichen Körper. Mir kam es so vor, als würde er noch immer ein wenig nach Freya riechen. Dabei konnte ich mich gar nicht daran erinnern, wie sie gerochen hatte. Es war zu lange her und wir waren uns nie nah genug gewesen.

Eine Träne rollte über meine Wange und ich wischte sie ungeduldig fort. Ich behielt den Teddybären im Arm, als ich nach den Briefen griff, die Freya mir und Onkel Ben hinterlassen hatte. Bens Brief steckte ich zurück, während ich meinen eigenen öffnete. Es waren mehrere Seiten, alle in Freyas Handschrift verfasst.

Ich hatte schon fast vergessen, wie schön Freyas Handschrift war. Dabei hatte es mich immer so fasziniert, wie sie jedes ihrer Worte so scheinbar mühelos mit all den Schnörkeln und Verzierungen versah.

Liebe Anastasia,

nun ist es also so weit. Du liest diesen Brief, weil ich nicht mehr da bin. Vermutlich hast du einige Zeit gebraucht, bis du dich an

291

den Inhalt der Kiste, die mein Bruder dir geben sollte, herangewagt hast. Wir hatten wenig Zeit, um einander kennenzulernen, doch um das zu wissen, kenne ich dich gut genug.

Es tut mir so unglaublich leid, wie alles verlaufen ist. Wir haben dich adoptiert, dir eine Familie geschenkt und nun lasse ich euch allein. Ich weiß nicht, wohin dein Weg dich seit meinem Tod geführt hat. Wo du nun lebst und was du machst und wie es dir geht. Ich habe meinen Bruder gebeten, auf euch beide aufzupassen und für euch zu sorgen, wenn ich nicht mehr da bin. Ich weiß nicht, ob Tom das allein schafft. Bitte sieh es meinem Bruder nach, wenn er nicht alles richtig macht und wenn auch er Zeit braucht, um das alles zu verarbeiten. Er liebt dich genauso wie Tom und ich und wird sein Bestes tun, damit ihr einen Weg findet, der für alle der Richtige ist.

Anastasia, du weißt, für mich war sofort klar, dass ich dich adoptieren wollte, sobald ich dich im Heim in dieser dunklen Ecke habe sitzen sehen. Du hast immer geahnt, dass das nicht alles war. Und du hattest Recht. Es war nicht einfach so ein Bauchgefühl, das mich zu dir geführt hat. Es steckt noch ein klein wenig mehr dahinter. Weder mein Mann noch mein Bruder wissen jedoch davon.

Ich kannte deine Mutter. Nicht sehr gut und nicht sehr lange. Aber genug, um sie als eine Art Freundin zu betrachten. Wir haben uns kennengelernt, als ich wegen meines Blinddarms im Krankenhaus lag. Suzanna war im neunten Monat schwanger und aufgrund einiger Verletzungen, die sie sich selbst zugefügt hatte, kurzzeitig ins Krankenhaus eingeliefert worden. Wir sind uns dort manchmal begegnet und haben uns auf Anhieb gut verstanden. Sie hatte es nicht einfach, aber sie war ein wunderbarer Mensch. Und irgendwann war sie fort.

Ich erfuhr im Nachhinein, dass man Suzanna aufgrund ihrer akuten Schizophrenie in eine psychiatrische Einrichtung gebracht hatte.

Als Tom und ich viele Jahre später beschlossen, ein Kind zu adoptieren, hatten wir uns darauf geeinigt, dass es ein Mädchen werden sollte. Vielleicht so um die drei Jahre alt. Die Bekanntschaft mit deiner Mutter hatte ich längst vergessen. Und dann saßt du dort in der Ecke des Gemeinschaftsraumes und hast auf den Boden vor dir gestarrt, als gäbe es dort irgendetwas unglaublich Interessantes zu sehen. Du hattest genau das gleiche Muttermal an der Stirn, das mir auch im Krankenhaus aufgefallen war, als Suzanna sich dort einmal mit der Hand durch die Haare gefahren war. Da wusste ich, dass du zu uns gehörst.

Im Heim informierte man mich darüber, dass du als Kind unter psychischen Problemen gelitten hast und auch mehrmals deswegen in einer Klinik gewesen bist. Laut deiner Erzieherinnen hättest du dich aber gut gemacht und man war voller Hoffnung, dass du aus diesen zeitweisen Anfällen sozusagen herauswächst. Ich hoffe wirklich, dass du nie mit der Schizophrenie zu kämpfen haben wirst, unter der deine Mutter gelitten hat. Falls du jemals mit etwas derartigem konfrontiert sein solltest, bitte sprich rechtzeitig mit Ben darüber. Er wird dir helfen.

Und zu guter Letzt, Anastasia, vergiss niemals, dass du ein wunderbares Mädchen bist und schon bald eine wunderbare junge Frau. Du hast ein warmes Herz und großen Mut. Du wirst deinen Weg finden, da bin ich mir ganz sicher. Lass dich nur niemals von irgendetwas oder irgendwem davon abhalten, das zu tun, was du wirklich tun willst. Das ist dein Leben. Und nur du bestimmst, was daraus werden soll. Vergiss das nie. Auch ich werde dich

immer durch dieses Leben begleiten. Ich schaue von hier oben auf
dich hinab. Das verspreche ich dir.

In ewiger Liebe,
Freya

Derselbe Tag   Gesa

Nachdem ich mich von der Kunsttherapeutin verabschiedet
hatte und wieder auf dem Stadtplatz stand, strahlte die
Sonne so hell und warm auf mich herab, dass ich für einen
Moment stehenblieb, die Augen schloss und das Gesicht
zum Himmel emporhob.

Es war einer der schönsten Momente meines Lebens. Die
Sonne schien und ich wusste, wo ich meine Mutter finden
konnte. Etwas in mir drin begann wieder aufzuatmen und
ich spürte, wie ein ganz neues Leben in mich einzog.

Ganz von allein bewegte ich mich in Richtung Innenstadt,
wo ich auf dem Hinweg irgendwo ein Schild gesehen hatte,
das auf das ganz in der Nähe befindliche *Glasstübchen* ver-
wies. Das Schild befand sich an einer schmalen Einfahrt
zwischen zwei älteren, mehr oder weniger renovierungsbe-
dürftigen Häusern. Eines davon mutete hotelartig an und
bei genauerem Hinsehen erkannte ich, dass es tatsächlich
eine Pension zu sein schien. Das andere war ein Wohnhaus,
in dem es sich mehrere Familien gemütlich gemacht zu haben schienen. Es gab kein Fenster, hinter dem kein Licht

brannte. Zumindest keines, das ich von hier aus hätte einsehen können.

Ich trat zwischen beiden Häusern hindurch und folgte dem schmalen, ungepflasterten Weg, bis ich recht unvermittelt auf einem Hof stand. Es war ein kleiner Dreiseitenhof und dieser schmale Weg schien die einzige Zufahrt zu sein. Der rechte Gebäudeflügel wirkte sehr modern und auch hier hatten sich offenbar mehrere Familien einquartiert. Der mittlere Gebäudeteil, auf den ich gerade zulief, stand fast vollkommen leer. Einzig die Wohnung unten rechts schien bewohnt zu sein. Hinter einem der Fenster brannte ein schwaches Licht.

Mitten auf dem Hof blieb ich stehen und wandte mich den linken Gebäudeflügel zu. Es handelte sich dabei um eine Scheune, durch deren hohe, geschlossene Flügeltür Musik zu mir hinausdrang. Träge, melancholische Musik, die sich erdrückend über den Hof senkte. Mit einem Male war die Sonne hinter einer Wolkenwand verschwunden und ich spürte, wie mir die Kälte in die Knochen zog. Ich musste mich bewegen.

Langsam trat ich auf die Scheune zu. Über dem Tor war ein weiteres Schild angebracht, in welches – mit gelber Farbe verziert – das Wort *Glasstübchen* geritzt worden war. Als ich nun direkt vor dem Tor stand, hörte ich nicht nur die Musik, sondern auch verschiedene Geräusche, die vermuten ließen, dass sich dort drinnen jemand handwerklich betätigte.

Mit zitternden Fingern strich ich mir die Haare aus dem Gesicht, die ich heute Morgen in aller Eile einfach offengelassen hatte. Ich zog den alten Trenchcoat zurecht, den mir Christine von sich überlassen hatte und zupfte eine Fussel von dem Rock, der darunter zum Vorschein kam. Ich zögerte es hinaus. Das erste Treffen. Ich hatte Angst.

Ein starker Windhauch zog über den Hof und ich ließ mich von ihm dem Tor entgegentragen. Wie von allein legte sich meine Hand auf die kalte, eiserne Türklinke und öffnete das Tor. In der Scheune brannte Licht und ich trat schnell ein, um die Kälte draußen zu halten. Das Gebäude wirkte von Innen noch viel größer und geräumiger, als ich es erwartet hatte. Überall standen meterhohe Regale, über und über mit Glasfiguren bestückt.

Ehrfürchtig trat ich an eines der Regale heran und betrachtete die kunstvoll ausgearbeiteten Figuren, die dort ihren Platz gefunden hatten. Die meisten der Figuren waren Menschen. Niemand stand allein. Jede der Figuren gehörte zu einer Gruppe anderer Mädchen, Jungen, Frauen oder Männer. Wenigstens einen treuen Begleiter gab es für jeden hier. Sie waren so unglaublich schön. Alle bestanden sie vollkommen aus Glas und doch hatte jede davon eine Seele und einen eigenen Charakter.

Eine der Figuren nahm mich besonders gefangen. An ihrem Fuß war ein Schild befestigt, auf dem ‚unverkäuflich' geschrieben stand. Es waren zwei Frauen beim Liebesspiel, vollkommen versunken in den Akt, den sie vollführten. Ich musste an Christine denken, die zu Hause darauf wartete, dass ich ihr gute Nachrichten überbrachte. Die darauf wartete, dass meine Mutter zu ihr zurückkehrte und sie sie endlich wieder in die Arme schließen konnte.

„Kann ich Ihnen helfen?", fragte plötzlich eine weiche Stimme hinter mir. Ich wusste sofort, wem sie gehörte. Nie würde ich den Klang ihrer Stimme vergessen, war ich doch immerhin neun Jahre lang damit aufgewachsen.

Langsam drehte ich mich um und musterte die Frau, die einige Meter vor mir stehengeblieben war. Sie war ein wenig kleiner als ich. Die langen Haare waren zu einem großen Teil dem Haarknoten in ihrem Nacken entflohen und hingen ihr wild ins Gesicht. Dennoch konnten sie die dunklen Schatten unter ihren Augen nicht verbergen. Die Frau trug ein Kleid, dessen Saum bis kurz über die Knie reichte und um ihre Hüfte hatte sie sich eine dicke Strickjacke gebunden. Ihre Füße steckten in abgetragenen Stiefeln, die mindestens genauso schmutzig waren wie ihre Hände.

„Mama.", presste ich kaum hörbar hervor.

Das anfangs freundliche, geschäftliche Lächeln der Frau wich einer ungläubigen Verwirrung, bis ich schließlich eine bittersüße Freude in ihrem Gesicht wahrzunehmen glaubte. „Gesa." Meiner Mutter liefen Tränen übers Gesicht, als sie auf mich zukam und mich in ihre Arme zog. „Meine kleine Gesa."

Nachdem wir uns aus einer langen Umarmung gelöst hatten, hatte meine Mutter mich mit in ein kleines Hinterzimmer genommen. Der Raum erinnerte mich an meine eigene Werkstatt zu Hause. Überall hingen Skizzen an den Wänden, nur statt der Zinnfiguren war hier alles aus Glas und statt der Feuerstelle gab es einen Ofen und eine Glasbläserlampe.

„Das Glashandwerk ist hier in der Region weit verbreitet, wenn auch im Laufe der Zeit ein wenig in Vergessenheit geraten. Als junges Mädchen bin ich in Polen schon einmal damit in Berührung gekommen, allerdings eher bei der Bearbeitung von Antikglas. Das war ein Schulpraktikum und hatte mehr mit harter Arbeit als mit Kunst zu tun.", erklärte meine Mutter, während sie mich zu einem alten Sofa führte, auf dem wir uns niederließen. Ich antwortete nicht darauf. Die kulturelle Entwicklung Oberhofs war gerade das, was mich am allerwenigsten interessierte.

Während ich mich in der Werkstatt umsah, spürte ich den Blick meiner Mutter, der auf mir lag und jede meiner Regungen beobachtete.

„So sieht es bei mir zu Hause auch aus.", sagte ich schließlich leise.

„Wo ist dein Zuhause?"

„Da, wo es schon immer gewesen ist." Ich erwiderte ihren eindringlichen Blick. „Ich war zwischendurch für einige Jahre im Heim, aber sobald es mir möglich war, bin ich zurück in unser Haus gezogen. Ich dachte, dort würdest du mich auf jeden Fall finden, wenn du nach mir suchst." Es gelang mir nicht, meinen Worten den vorwurfsvollen Unterton zu nehmen.

„Es tut mir leid, Gesa. Es tut mir so unglaublich leid, dass ich dich damals im Stich gelassen habe. Es gibt keine Entschuldigung dafür und ich erwarte auch nicht, dass du mir jemals verzeihst."

„Ich weiß, warum du gegangen bist. Aber ich verstehe nicht, warum du nie zurückgekehrt bist."

„Ich hatte Angst. Wenn du weißt, weshalb ich gegangen bin, dann weißt du auch von der Krankheit, nicht wahr?"
Ich nickte langsam.

„Ich war lange Zeit in Therapie und habe gute Fortschritte gemacht. Aber die Schizophrenie bleibt trotzdem da und wird mich nie mehr loslassen. Außerdem bringen die Medikamente, die ich dagegen einnehme, Nebenwirkungen mit sich. Ich selbst habe mich daran gewöhnt, aber für andere Personen können sie alles andere als angenehm sein. Manchmal ist alles gut. Wie jetzt gerade. Aber manchmal bin ich auch ein einziges Wrack. Und das wollte ich dir nicht antun. Dir nicht und Christine genauso wenig."

„Also denkst du noch an sie? An Stine?"

„Ich denke jeden Tag und jede Sekunde an euch."

„Was ist mit dem anderen Kind? Du warst schwanger, als du uns verlassen hast."

„Es war ein Mädchen. Mehr weiß ich nicht. Ich kann dir weder sagen, wer der Vater ist, noch wo man sie hingebracht hat, nachdem sie mir weggenommen worden ist. Ich…" Der Blick meiner Mutter tastete den Raum nach etwas ab, das ihr den Mut geben könnte, weiterzureden, bis sie schließlich wieder zu mir sah. „Ich habe damals meinen Körper verkauft, um an Geld zu kommen, mit dem ich uns über Wasser halten konnte. Als ich bemerkt habe, dass ich dabei schwanger geworden war, hat mir das solche Angst gemacht, dass es dadurch wohl zum Ausbruch der Krankheit kam. Sie kann ein Leben lang in einem schlummern, ohne dass man etwas davon ahnt. Aber ein einziges Schlüsselerlebnis kann sie ans Tageslicht befördern."

„Du hast uns nie eine Wahl gelassen, dich so zu nehmen, wie du bist."

„Ich hatte Angst. Es ist so viel passiert und es lag so ein langer Weg hinter mir, bis ich wieder Boden unter den

Füßen gespürt habe. Ich hätte es nicht verkraftet, wenn ihr mich abweist. Wenn ich spüre, dass ihr unter mir leidet, auch, wenn ihr es nicht hättet zugeben wollen. Christine hätte sich für mich aufgeopfert. Sie hätte ihr eigenes Leben für meines in den Schatten gestellt. Das konnte ich nicht zulassen. Ihr solltet frei sein."

Ich wischte mir eine Träne aus dem Gesicht und zuckte hilflos die Schultern. Was sollte ich noch sagen? Ich hatte Angst, dem Frieden zu trauen und doch wollte ich nichts mehr, als endlich meine Mutter zurückzuhaben. „Ich habe dich vermisst."

„Ich habe dich auch vermisst, meine kleine Gesa." Meine Mutter strich mir eine Haarsträhne aus dem Gesicht und nahm mich ganz fest in den Arm.

„Bitte komm mit mir nach Hause. Für Christine bricht eine Welt zusammen, wenn du es nicht tust."

„Ich komme mit nach Hause."

Derselbe Tag   **Ben**

Ich war gerade fertig mit der Korrektur eines Transkriptes aus dem Konversationsanalyse-Seminar, als mein Blick auf die Datei mit der Videoaufnahme vom Samstag fiel. Ich musste unweigerlich an Gesa denken. An ihr Lächeln, ihre offene und herzliche Art und wie sie in ihrer Leidenschaft zur Kunst aufging. Ich würde sie gern besser kennenlernen. Sehr gern sogar. Ob sie das auch wollte, konnte ich nur schwer beurteilen.

Manchmal kam es mir so vor, als würde sie mich gar nicht sehen. Sie sah die Figuren, sie sah Anastasia, doch durch mich schaute sie geradewegs hindurch. Manchmal, ganz selten, trafen sich unsere Blicke. Aber wenn dies geschah, dann nur für einen kurzen Moment, bis Gesa schnell wieder zur Seite sah und plötzlich allerhand zu tun zu haben glaubte.

Entschlossen öffnete ich die Datei und beobachtete, wie auf dem Bildschirm des Computers ein neues Fenster erschien, in dem der Film vom Samstag abzulaufen begann. Die Künstlerin und der Sprachwissenschaftler. Unsere Lebenswege waren so unterschiedlich und doch ähnelten sie einander sehr. Wir übten beide einen Beruf aus, der uns über allen Maßen fesselte und den wir zugleich auch als Hobby bezeichnen würden. Einen Beruf, für den man mit seiner ganzen Persönlichkeit einstehen musste.

Warum sollte ich nicht wenigstens versuchen, ihr Herz für mich zu gewinnen? Einer von beiden mussten den Schritt nach vorn wagen. Und das war in dem Falle wohl ich.

Ich lehnte mich zur Seite, um nach dem Telefon zu hangeln, das auf dem Schränkchen neben dem Schreibtisch lag und sah in diesem Moment aus dem Augenwinkel, wie sich meine Nichte an der offenen Tür zur Bibliothek vorbeischlich. Verwundert hielt ich inne.

„Anastasia?" Niemand antwortete. Einige Sekunden später hörte ich die Wohnungstür zuschlagen.

„Anastasia?" Ich entdeckte ein paar lose Blätter Papier, die durcheinander auf dem Boden des Wohnungsflures lagen. Verwirrt legte ich das Telefon wieder beiseite und erhob mich, um die Blätter aufzuheben, die meine Nichte verloren hatte. Schon aus ein paar Schritten Entfernung erkannte ich auf den Zetteln die Handschrift meiner Schwester.

Liebe Anastasia,… begann sie auf einer der Seiten ihren Text. Ich sollte diese Zeilen nicht lesen. Sie waren nicht für mich bestimmt. Doch das alles stammte von meiner Schwester. Ich konnte nicht anders. Ich musste es lesen.

Derselbe Tag **Anastasia**

Mit Kopfhörern in den Ohren folgte ich der schmalen Straße, auf der sich die Autos zwischen den dunkel aufragenden Häusern hindurchquetschten, um in die nächste Ortschaft zu gelangen. Direkt unter einer Straßenlaterne blieb ich stehen und schloss die Augen. Ich konnte lauter kleine Punkte erkennen, die auf den Innenseiten meiner Augenlider wilde Tänze aufführten.

So, wie das Licht der Straßenlaterne nun auf mich herabschien und meinen Körper in seine Arme nahm, so taten es auch Freyas Worte, die tatsächlich etwas wie Hoffnung in mir aufkeimen ließen.

„Danke, Freya. Wo auch immer du bist.", flüsterte ich mehr zu mir selbst. Wer wusste schon, was den Seelen der verstorbenen Menschen geschah. Vielleicht war meine Mutter gerade hier, ganz nah bei mir. Meine Mutter. Hatte ich Freya jemals zuvor so genannt? Ich wusste es nicht. Aber genau das war sie. Sie und niemand anders.

Freya liebte mich auch mit den Stimmen in meinem Kopf. Das hätte meine eigentliche Mutter vielleicht nicht getan.

Ich wäre ihr nur eine Last gewesen, wo sie doch schon so sehr mit sich selbst zu kämpfen hatte. Ich wäre nur die Reproduktion ihrer eigenen Probleme gewesen.

Ob Freya Recht damit hatte, dass Ben mich auch mit meinen Stimmen akzeptieren würde, das wusste ich nicht. Er würde es versuchen und alles daran setzen, mich trotzdem gern zu haben. Aber würde ihm das gelingen? Würde er das schaffen? Und selbst wenn er das schaffte und damit umgehen konnte, so würde ich doch auch für ihn irgendwie eine Last sein. Etwas, mit dem man umzugehen lernen musste. Sein Leben war einfacher, bevor ich kam. Es kam mir so vor, als würde ich nun wie eine dunkle Gewitterwolke über seinen unbeschwerten Tagen verharren. Und nun brach das Unwetter allmählich über ihn herein.

Ich öffnete die Augen wieder, als ein Lastwagen an mir vorbeifuhr und Wasser aus den Pfützen auf der Straße an meine Hose spritzte. Das Licht der Straßenlaterne umarmte mich nicht mehr, vielmehr hielt es mich gefangen. Es stellte mich bloß. Es zeigte mit dem Finger auf mich, damit auch jeder wusste, dass ich verrückt war. Damit diejenigen, die mich schon immer seltsam angesehen hatten, sagen konnten, sie hätten immer geahnt, dass mit mir etwas nicht stimmte. Dass das Mädchen mit den schimmelgrauen Haaren, das jedem mit gesenktem Blick begegnete, nicht ganz dicht war.

Ich schlang meine Arme um meinen Körper, kam jedoch auch damit nicht gegen das Zittern an, das meinen Körper erfasst hatte. Ob das nun durch die Kälte oder meine Gedanken kam, vermochte ich nicht zu sagen.

Schizophrenie. Ich ließ mir das Wort auf der Zunge zerge-
hen und erinnerte mich an die Filme, die wir manchmal im
Heim gesehen hatten. Die älteren Kinder durften sich
manchmal Krimis ansehen und in einem davon ging es
auch um einen Mann mit Schizophrenie. Es war ein schlimmer Film. Mit jeder Minute jagten einem die Gedanken und
das, was der Mann zu sehen glaubte, noch mehr Angst ein.
Vor allem, weil man selbst es nicht denken und nicht sehen
konnte. Er verlor vollkommen den Verstand und versank in
seiner eigenen Welt. Er glaubte, von den Gestalten ermor-
det zu werden, während er sich selbst das Leben nahm.

Ich kniff mich in den Arm, als meine Zähne vor Kälte zu
klappern begannen und die Muskeln meiner Oberschenkel
verkrampften.

Was war, wenn ich genauso endete? Als psychisches
Wrack, das völlig aus dem Leben glitt? Was war, wenn Mephisto stärker war als ich? Mich manipulierte und von innen heraus zerfraß? Dagegen hatte auch Freya keine Macht.

Schizophrenie. Ich hatte es bereits geahnt, aber doch war es
noch etwas anderes, die Diagnose so genau zu kennen. Ich
konnte es nun nicht mehr leugnen. Konnte nicht mehr so
tun, als wären die Stimmen normal. Ich war nun offiziell
krank im Kopf. Nichts würde mehr normal sein, wenn Ben
davon erfuhr. Ein Damm würde brechen und es würden
Dinge ans Tageslicht kommen, die auf immer und ewig tief
in mir drin verschlossen hätten bleiben sollen.

Ich zwang meinen verfrorenen Körper dazu, aus dem
Lichtkegel herauszutreten und mich in die kalte Dunkelheit
zu begeben. Der Weg, dem ich nun folgte, war so düster

und ungewiss, wie alles, was jetzt vor mir lag. Ich wünschte, Freya wäre hier.

Irgendwo hier in der Nähe musste eine alte Brücke sein. Ich war schon lange nicht mehr dort gewesen. Es war einfach zu viel passiert in den vergangenen Wochen. Ich bog in einen schmalen Feldweg ein, begleitet von der stillen, trägen Musik in meinen Ohren, die einem beschwörendem Flüstern gleichkam. Die tiefe Stimme der Sängerin sang vom Ende. Vom Ende der Welt, vom Ende allen Elends, vom Ende der eigenen Existenz. Die Lieder waren traurig und erlösend zugleich. So wie Freyas Brief. Ihre Worte versprachen so viel Hoffnung und doch sah ich kein Licht am Ende des Tunnels. Die Stimmen machten mich verrückt und gleichzeitig war ich nur eine leere Hülle ohne sie.

„Was bleibt dir, wenn du uns nicht mehr hast?", hauchte Mephisto und trieb mich weiter der Brücke entgegen. Das alte Holz knarrte unter meinen Füßen und ich spürte, wie sich Splitter in meine Haut zogen, als ich mit der Hand über das Geländer strich.

„Das hast du verdient, Anastasia. Mehr als verdient.", trieb mich Mephisto weiter an.

„Ich weiß. Ich habe das verdient.", antwortete ich wie in Trance. Tränen rannen mir übers Gesicht und ich spürte deren salzigen Geschmack, als ich mir mit der Zunge über die Lippen fuhr. Meine Hand tat weh und ich versuchte die kleinen Wunden, die die Splitter hinterließen, an dem Stoff meiner Jacke zu kühlen.

Die Nacht hatte das Wasser unter der Brücke schwarz gefärbt und das Licht der Straßenlaternen reichte kaum bis hierher. Es hatte mir schon immer gefallen, zu beobachten, wie sich das Wasser zwischen den Steinen hindurchschlängelte und dem kurvenreichen Flusslauf folgte, umsäumt von gammligem Gestrüpp und toten Bäumen.

Ich hob ein Bein über das Geländer und stützte mich darauf ab, um auch das andere Bein nachzuziehen.

„Weiter so!", ertönte Mephistos laute, drängende Stimme in meinem linken Ohr. *„Bring es zu Ende, Anastasia!"*

Die Worte summten in meinem Kopf und ich konnte an nichts anderes mehr denken.

„Bring es zu Ende! Tu dir den Gefallen.", rief er wieder. *„Es ist so einfach. Du musst nur springen."*

Ich schwankte nach vorn, doch meine Finger wollten nicht hören und krallten sich weiter am Geländer fest.

„Tu es!", rief Mephisto nun so laut, dass ich zusammenzuckte.

Ich hörte, wie hinter mir jemand meinen Namen rief, doch ich glaubte nicht daran. Ich reagierte nicht. Hier waren nur Mephisto und ich. Ich spürte, wie Freya sich gegen Mephisto zu wehren versuchte, wie sie mich verteidigen wollte, doch sie kam nicht gegen ihn an. Das Gute siegte nur im Märchen. Aber das hier war das Leben. Da lief alles anders.

Wieder hörte ich meinen Namen, doch ich hatte die Kontrolle über meinen Körper verloren. Er gehörte mir nicht mehr.

„Lass dich fallen.", flüsterte Mephisto nun ganz sanft. Er wusste, dass er gewonnen hatte.

Mein Blick fixierte den reißenden Strom unter meinen Stoffschuhen, dann kippte ich einfach nach vorn.

„Ana!", rief ich, als ich sah, wie meine Nichte vom Brückengeländer zu kippen drohte. „Ana!" Meine Beine bewegten mich auf sie zu, doch ich war zu langsam.

In letzter Sekunde bekam ich die Kapuze ihrer Jacke zu greifen. Anastasia knallte mit dem Rücken gegen das Geländer, als ich sie zu halten und mit der freien Hand nach ihrem Arm zu greifen versuchte. Der Stoff der Jacke begann zu reißen. Anastasia wehrte sich nicht gegen mich. Ihr Blick war leer und sie baumelte wie eine Puppe in meinen Armen über dem Wasser. Keuchend zog ich sie über das Brückengeländer an meine Brust und wir stolperten gemeinsam rückwärts. Unsanft prallten wir auf den feuchten Holzboden der Brücke und blieben einfach so liegen. Anastasias zierlicher Körper bebte und bald drang ein heftiges Schluchzen an mein Ohr.

„Ich will nicht mehr.", brachte sie mühsam hervor. „Ich will einfach nicht mehr."

Ich umarmte das Mädchen vorsichtig und wiegte sie wie ein kleines Kind in meinen Armen. Ich wusste nicht, was ich ihr sagen sollte, ohne falsche Versprechungen zu machen. Doch ich wusste, dass ich nun mehr als je zuvor ihr Fels in der Brandung sein musste.

„Du bist ganz kalt. Wir müssen nach Hause gehen und dich aufwärmen. Ich bin bei dir." Ich spürte, wie sie entkräftet nickte und zog Anastasia mit mir nach oben. Der Schreck saß uns beiden in den Gliedern und ich entschied mich kurzerhand, sie huckepack zu nehmen. Die Haare meiner Nichte peitschten mir ins Gesicht, während ich sie schweren Schrittes nach Hause trug.

Kapitel 14

Orange: Die Farbe der Hemmungslosigkeit

30.11.2021   **Gesa**

Ich erwachte auf einem fremden Sofa in einer fremden Wohnung, als mich das Vibrieren meines Telefons aus dem Schlaf riss. In der Nacht hatte ein kurioser Traum den Nächsten gejagt und ich brauchte einen Moment, bis ich den Weg zurück in die Realität gefunden hatte. Im Dunkeln schob ich die Beine unter der Bettdecke hervor und stockte, als ich den weichen Boden unter meinen nackten Füßen spürte. Es fühlte sich ungewohnt an, auf Teppich zu laufen, wo mir zu Hause weit und breit nur kalter Stein zu Füßen lag.

Ich tastete mich durch den dunklen Raum in die Richtung, aus der das kurze Vibrieren zu mir herangedrungen war. Ein erstickter Fluch rutschte mir über die Lippen, als ich mit dem Arm gegen eine scharfe Kante knallte. Plötzlich ging das Licht an. Ich wandte mich um und sah meine Mutter in der Tür zum Wohnzimmer stehen. Ihre braunen Haare fielen ihr in langen Wellen über die Schultern und ein unsicheres Lächeln lag auf ihren Lippen.

„Mit Licht geht es besser.", flüsterte sie.

„Guten Morgen.", flüsterte ich zurück. „Vielen Dank." Ich lief hinüber zu meinem Telefon, das ich gestern Abend auf dem kleinen Schränkchen deponiert hatte, das vor dem winzigen Fenster stand, hinter dem noch immer die Dunkelheit das Stadtleben regierte.

Als ich eine fremde Nummer auf dem Display aufleuchten sah, runzelte ich die Stirn. Es war jedoch kein Anruf, sondern eine Nachricht, die mit meinem Namen begann.

Hallo Gesa,
hier ist Ben Seefeld. Wenn du Zeit hast, bitte melde dich bei Ana.
Ihr geht es sehr schlecht und sie würde gern mit dir reden.
LG, Ben

„Wie spät ist es?", fragte ich meine Mutter, die noch immer im Türrahmen stand, während ich Bens Nachricht ein zweites Mal las.

„Es ist kurz nach sechs."

Ich zögerte nicht und suchte sofort nach Anas Nummer, um das Mädchen anzurufen.

„Hallo?", vernahm ich schon nach kurzem Klingeln Anas verschlafene Stimme.

„Hallo, Ana. Hier ist Gesa."

„Hallo."

„Wie geht es dir?"

Ana sagte nichts. Vielleicht zuckte sie am anderen Ende der Leitung die Schultern.

„Dein Onkel hat mir eine Nachricht geschrieben. Er meinte, dir ginge es nicht so gut."

Ich spürte, wie Ana mit sich kämpfte, um mit mir am Telefon über ihre Gefühle zu sprechen.

„Es rauscht so in meinem Kopf."

„Was rauscht in deinem Kopf? Was meinst du damit?"

„Ich weiß es nicht. Die Stimmen. Die Stimmen in meinem Kopf sind lauter als meine Gedanken."

„Was sind das für Stimmen? Du hast schon einmal in einer Nachricht davon gesprochen."

„Ich habe einen Brief von meiner Adoptivmutter gelesen. Sie hat darin geschrieben, dass bei mir schon im Kindesalter Schizophrenie vermutet wurde."

Mein Blick flog zu meiner Mutter, die das Gespräch mehr oder weniger mitverfolgte und mich aufmerksam beobachtete. Ich wusste nicht, wie viel von dem, was Ana sagte, sie verstand.

„Das tut mir leid, Ana.", erwiderte ich schwach. Ich wünschte so sehr, ich wäre bei Ana und könnte sie nun ganz fest in den Arm nehmen. Denn viel mehr als das und viel mehr, als ihr Mut zuzureden und ein offenes Ohr zu haben, konnte ich kaum noch tun. Ich war keine Psychotherapeutin. Ich hatte viele Bücher gelesen und viele Erfahrungen gesammelt, aber Schizophrenie gehörte in professionelle Hände. Das war eine Nummer zu groß für mich.

„Ana, ich glaube, das können wir nicht am Telefon besprechen. Wir müssen uns zusammensetzen und gemeinsam mit deinem Onkel überlegen, wie wir weitermachen. Ich komme heute wieder zurück nach Hause und bringe meine Mutter mit. Ihr könnt morgen gerne zu mir kommen. Zum

Mittagessen. Meinst du, das ist für dich in Ordnung? Dann hast du noch etwas Zeit, um dich seelisch und moralisch darauf einzustellen."

„Ja. Das ist in Ordnung."

Es tat mir im Herzen weh, ihr für den Moment nicht besser helfen zu können. Ihre Stimme klang so erschöpft.

„Gib nicht auf, Ana. Du bist noch so jung und dein Leben hält noch so viele Chancen bereit, die nur darauf warten, von dir ergriffen zu werden. Wir kriegen das schon hin."

„Okay."

„Bleib erstmal zu Hause. Lenk dich irgendwie von deinen Gedanken ab. Und morgen reden wir miteinander."

„Okay."

„Und du kannst mich natürlich jederzeit anrufen. Egal wie spät es ist."

„Danke."

Ich wagte mir nicht, das Gespräch zu beenden, aus Angst, dass Ana doch noch etwas sagen wollte.

„Ich lege auf, ja?", fragte ich schließlich vorsichtig.

„Ja. Bis morgen."

Ana legte auf und auch ich drückte endlich den roten Hörer, als ich das Tuten des Telefons vernahm. Ich stützte die Hände auf das kleine Schränkchen vor mir und legte stöhnend den Kopf in den Nacken.

„Was ist los, Gesa?", fragte meine Mutter und trat näher zu mir heran. Ich sah aus dem Augenwinkel, wie sie eine Hand hob, um sie mir auf den Rücken zu legen, es sich dann aber doch nicht wagte.

„Eine Freundin von mir hat herausgefunden, dass bei ihr Schizophrenie diagnostiziert wurde. Sie hatte schon immer viel mit sich und ihren Gedanken zu kämpfen und offenbar hört sie auch Stimmen."

„Wie alt ist sie denn? Ihre Stimme klang so jung."

„Sie ist siebzehn. Wir haben uns über meinen Kummerkasten kennengelernt. Sie hatte sich da vor einiger Zeit an mich gewandt, wir haben uns viele Nachrichten geschrieben und vor wenigen Wochen sind wir uns zufällig auch im wahren Leben begegnet."

„Sie braucht Hilfe, Gesa. Schizophrenie kann man nicht einfach mal eben so allein überwinden. Das ist eine ernstzunehmende Krankheit und ihr braucht dringend professionelle Beratung."

„Ich weiß. Daran führt kein Weg vorbei. Meinst du, du könntest mit ihr darüber reden? Wenn sie das möchte?"

„Das mache ich. Wenn sie das möchte."

„Danke."

„Ich mache uns Frühstück. Komm dann einfach in die Küche, wenn du so weit bist." Meine Mutter suchte meinen Blick und wir lächelten uns an. Es war ein bisschen wie früher. Sie war da und machte das Frühstück. Und dann kam ich dazu und half ihr dabei.

„Okay. Ich komme gleich." Ich sah der Frau mit dem langen, braunen Har nach, wie sie die Wohnstube ihrer kleinen Wohnung verließ und noch immer fiel es mir schwer, zu glauben, dass nun alles gut werden würde. Dass ich sie gefunden hatte. Dass das die Frau war, die ich so viele Jahre so unglaublich vermisst hatte. Aber sie war es. Und jedes Mal, wenn ich mir das sagte, durchströmte mich ein unheimliches Glücksgefühl.

Nach dem Frühstück half ich meiner Mutter noch dabei, ein paar Sachen für die Reise zu packen. Es stand noch in den Sternen, wie lange sie bei uns bleiben konnte. Immerhin hatte sie sich hier ein Leben und ihr Geschäft aufgebaut. Aber ein paar Tage hätte sie wohl Zeit und vielleicht würden wir in diesen paar Tagen auch eine Lösung finden, wie wir dann weitermachen wollten.

Ich war froh, nach all der Zeit endlich mit meiner Mutter gemeinsam nach Hause kommen zu können. Dorthin, wo wir damals glücklich gewesen waren. Und wo wir es vielleicht auch wieder werden würden.

Derselbe Tag   **Christine**

Nachdenklich starrte ich in den finsteren Treppenaufgang hinein, der vom ersten Stock in das Dachgeschoss des Hauses führte. Dort, wo Suzanna sich in ihre Kunst vertieft und wahre Meisterwerke geschaffen hatte.

Ich war gerade zu Hause gewesen, um mit meiner Mutter Mittag zu essen und hatte ihr davon erzählt, dass Gesa in Oberhof war, um dort nach Suzanna zu suchen. Obwohl meine Eltern Suzanna nie getroffen hatten und ihr Vertrauen normalerweise nur schwer zu gewinnen war, war es für sie immer mehr oder weniger in Ordnung gewesen, dass ich so viel Zeit mit ihr verbrachte.

„Sie lässt dich zu einer verantwortungsbewussten jungen Frau werden.", hatte meine Mutter einmal gesagt, als ich gefragt hatte, warum sie mein Umgang mit Suzanna nicht störte.

„Und sie macht dich glücklich.", hatte mein Vater dann noch hinzugefügt. Manchmal kam es mir so vor, als hätte er viel mehr über Suzanna und mich gewusst, als mir damals lieb gewesen wäre. Nun, nachdem er längst verstorben war, war ich froh darüber. Denn so wusste ich, dass wir seinen Segen hatten.

Bei meiner Mutter war ich mir nicht sicher, ob wir ihren Segen hätten. Aber immerhin schien sie Gesa zu mögen. Hatte sie dem Mädchen doch tatsächlich anvertraut, dass sie sich mir gegenüber nur so unausstehlich benahm, damit ich sie endlich ins Heim abschob und wieder zu leben begann! Niemals würde ich das tun.

Ich steckte mir ein paar Putzlappen in die Hosentaschen und griff nach dem Besen und dem Wassereimer, die neben mir auf dem Boden standen. Ich wusste nicht, was mich dort oben erwartete, doch ich war fest entschlossen, auch hier ein wenig sauber zu machen, bevor Suzanna nach Hause kam.

Es wunderte mich, dass Gesa noch immer nicht zurück war. Immerhin hatte sie sich dort keine Unterkunft gesucht, um noch am selben Abend nach Hause zurückzukehren. Ich hoffte, dass es ihr gutging. Aber sie anzurufen, das wagte ich mir auch nicht. Was, wenn Suzanna bei ihr war? Ich wüsste nicht, wie ich dann reagieren sollte.

Oben im Dachgeschoss mündete die Treppe in einen großen, ganz in Orange tapezierten Eingangsbereich, von dem mehrere kleine Räume abzweigten. Während im Eingangsbereich kaum Möbel standen, sah das in den anderen

315

Räumen ganz anders aus. Dort gab es außerdem viele Fenster, denn nur mit ausreichend Licht konnte Suzanna malen. Die alten Bilder waren mit Tüchern bedeckt und ich wischte nur vorsichtig mit einem trockenen Lappen darüber, um den Staub zu beseitigen, ohne das Bild zu beschädigen. Die Fenster würden wohl die meiste Aufmerksamkeit benötigen. Sie waren so blind, dass man kaum den Baum erkennen konnte, der dahinter auf dem Hof stand und dessen höchste Zweige mittlerweile bis hier hinauf reichten.

Gerade als ich ein Fenster geputzt hatte, nahm ich aus dem Augenwinkel eine Bewegung auf dem Hof wahr. Zwei Personen machten sich an dem Tor zu Gesas Hof zu schaffen und traten schließlich ein. Eine der Personen war Gesa selbst. Ich hätte sie mit offenen Haaren fast nicht erkannt.

Und die andere musste Suzanna sein. Sie musste es einfach sein. Sie war älter geworden und doch noch immer die schönste Frau dieser Welt.

Der Lappen fiel mir aus der Hand und ich lief sogleich nach unten, um Gesa und Suzanna die Tür zu öffnen. Ein Schwindel erfasste mich bei dem Gedanken daran, Suzanna gleich gegenüberzustehen. Ich wischte meine feuchten Handflächen an der olivgrünen Hose ab, die ich heute Morgen im Zeichen der Hoffnung angezogen hatte und öffnete die Tür.

Sie war so schön. Sie war die schönste Frau auf dieser Welt. Ihr langes, braunes Haar fiel ihr in leichten Wellen über die Schultern und bildete einen starken Kontrast zu ihrem weißen Mantel, der sich perfekt an die Formen ihres Körpers schmiegte. Sie war nun eine erwachsene Frau. Das war sie damals schon gewesen, doch nun war sie auch dem Körper einer Jugendlichen entwachsen. In ihrem stechenden Blick sah ich die Spuren, die das Leben auf ihrer Seele hinterlassen hatte.

Ich spürte, wie ein Brennen in meinem Herzen meinen ganzen Körper in Aufruhr versetzte und wie meine Hände zu zittern begannen. Suzanna stand einfach da und sah mich an. Am liebsten hätte ich geweint und geschrien und sie einfach geküsst und nie wieder losgelassen. Es war wie damals, als ich zum ersten Mal so etwas wie Verliebtsein zu spüren begonnen hatte, wenn Suzanna in meiner Nähe war. Sie hatte mich vollkommen verrückt gemacht, mit ihrer Art. Sie brauchte nur dazustehen, damit meine Gedanken auf dem Kopf standen. So, wie sie auch jetzt nur dastand. Nach so vielen Jahren.

„Hallo, Christine.", flüsterte Suzanna kaum hörbar.

„Hallo, Suzanna.", erwiderte ich heiser. Auch meine Stimme drohte zu versagen.

„Du siehst gut aus."

„Du auch."

„Ich… habe dich vermisst." Dann rannen Suzanna die ersten Tränen übers Gesicht und ich konnte nicht mehr an mich halten. Ich ging auf sie zu und nahm sie in den Arm. So fest ich nur konnte.

„Ich habe dich so vermisst, Stine. Jeden Tag und jede einzelne Sekunde, die vergangen ist, seit ich von hier fortmusste.", brachte Suzanna unter Tränen hervor. Ihr Körper zuckte in meinen Armen und ihr Atem ging stockend. „Ich wollte einfach nur zu dir zurück. Aber es ging nicht. Ich war kaputt. Ich war ein Wrack. Das konnte ich dir nicht antun.

Ich werde nie wieder so sein, wie ich war, als wir uns ineinander verliebt haben."

Ich zog Suzanna noch fester an mich und drückte ihr einen Kuss an den Hals. „Du warst nie ein Wrack für mich. Für mich warst du immer perfekt, so wie du bist. Und egal, was du durchmachen musstest, ich wäre lieber mit dir durch die Hölle gegangen, als ohne dich zu sein."

„Ich liebe dich, Christine."

Damit waren wir wieder vereint und nichts und niemand würde uns jemals wieder trennen können.

01.12.2021   **Anastasia**

„Anastasia? Hilfst du mir beim Nachtisch?", hörte ich Ben aus der Küche rufen, als ich gerade noch an den Hausaufgaben von gestern saß. Mein Onkel hatte mich für ein paar Tage aus der Schule genommen, damit wir in Ruhe überlegen konnten, wie es nun weitergehen sollte. Ich fühlte mich schwach und ausgelaugt und war nervös, was bei dem Gespräch mit Gesa herauskommen würde. Trotzdem war ich auch erleichtert, noch einen Tag Zeit zu haben, das alles mit mir allein ausmachen zu können und nur mit Ben reden zu müssen. Auch die Hausaufgaben halfen mir sehr, die bösen Gedanken in meinem Kopf von Zeit zu Zeit beiseite zu schieben.

„Ja, ich komme!", rief ich gedankenverloren und schob meine Unterlagen zusammen. Genug für heute.

Mein Onkel hatte sich schon in der gesamten Küche ausgebreitet und ich war wirklich gespannt, was er angesichts dieses Durcheinanders vorhatte.

„Sieht ja aus, als würdest du für die gesamte Stadt backen wollen.", erwiderte ich trocken, während Ben drei Packungen mit Schokoküssen öffnete und nebeneinander hinstellte.

„Naja, immerhin sind wir dort fünf Personen, wenn Gesas Freundin auch kommt, die bei der letzten Aufnahme dabei gewesen ist. Da brauchen wir schon was. Und den Rest kann Gesa dann einfach behalten. Du kannst gleich mal damit anfangen, die Böden von den Schokoküssen zu entfernen, während ich die Sahne steif schlage."

Ich hatte zwar keinen Plan, was Ben als Nachtisch im Sinn hatte und wozu ich das nun machte, begann jedoch ohne weiter nachzufragen damit, Bens Anweisung Folge zu leisten. Ich war dankbar für die Ablenkung, die es mir von meinen trüben Gedanken verschaffte.

Natürlich war mir aufgefallen, dass mein Onkel seit gestern über allen Maßen darauf bedacht war, mich immer wieder aus meiner Höhle herauszulocken und für irgendwelche Aktivitäten zu begeistern. Gestern Abend war er sogar auf die Idee gekommen, wir könnten ja mal ein Picknick machen. Bei diesem kalten und nassen Wetter. Also wirklich.

„Was soll ich jetzt machen?", fragte ich, als alle Böden entfernt waren.

„Jetzt kannst du die Schokoküsse mit dem Quark und der Sahne verrühren."

„Ist ja schade drum!"

„Keine Sorge. Das Endergebnis wird dich überzeugen. Auf dem Dachboden steht eine Kiste mit kleinen Einmachgläsern. Die suche ich jetzt und wir befüllen sie dann schichtweise mit der Schokokuss-Creme und dem Apfelmus."

„Wo ist das Apfelmus?", fragte ich und schaute mich suchend in der Küche um.

„Steht noch im Kühlschrank."

„Ach so."

Als die mit Schokokuss-Creme und Apfelmus befüllten Einmachgläser vor uns standen, empfand ich einen gewissen Stolz auf unsere Arbeit. Es sah wirklich gut aus und ich würde wetten, dass Ben sich genau wie ich kaum halten konnte, von einem der Gläser zu probieren.

„Siehst du, wir sind ein verdammt gutes Team.", sagte mein Onkel stolz. „Und wenn wir in der Küche so ein gutes Team sind, dann sind wir es auch bei allem anderen. Meinst du nicht auch?"

„Hm. Wahrscheinlich." Ich wusste, dass er auf meine Situation anspielte und tatsächlich machte es mir etwas Mut, zu sehen, was wir gemeinsam schaffen konnten. Auch, wenn es sich nur um ein paar zermalmte Schokoküsse und gekauften Apfelmus handelte.

„Den Apfelmus machen wir das nächste Mal selbst.", meinte ich bestimmt.

„Das machen wir genau so, wie du es machen möchtest."

Gemeinsam räumten wir die Einmachgläser in den Kühlschrank, damit die Masse dort fest werden konnte und ich verzog mich währenddessen ins Badezimmer, um zu duschen und mich für das Mittagessen bei Gesa fertigzumachen. Ich war sehr aufgeregt, ihre Mutter kennenzulernen. Vielleicht, weil wir ein ähnliches Schicksal teilten. Und Gesa hatte schon so viel über sie erzählt...

Ich kämmte meine Haare und entschied mich, sie einfach offen zu lassen. Die Schminke ließ ich auch weg. Da es einem schimmelgraues Haar bei der Kleiderwahl nicht ganz leicht machte, setzte ich einfach auf ein gelbes Shirt und eine weiße Hose. Die Kombination war erträglich und machte die trübsinnige Haarfarbe wieder wett.

„Ana? Ich müsste dann auch mal ins Badezimmer.", hörte ich Ben rufen, als ich gerade noch einen letzten prüfenden Blick in den Spiegel warf.

„Bin gleich fertig!", rief ich zurück. Ich spürte, dass etwas in mir lauerte. Aber es war die neue, gute Stimme. Es war Freya. Ich brauchte also keine Angst zu haben. Sie stand an meiner Seite.

Ich machte das Badezimmer frei und kurz nachdem Ben darin verschwunden war, kam er auch schon wieder heraus. Da es langsam auch Zeit wurde zu gehen, packten wir die Einmachgläser mit dem Nachtisch in eine Kühlbox, stellten diese in den Kofferraum von Bens Wagen und es dauerte nicht lange, da standen wir schon vor dem großen Tor zu Gesas Haus und Hof.

„Hallo, ihr beiden!", begrüßte Gesa uns fröhlich und ich bekam sofort mit, wie mein Onkel nervös zu werden begann.

„Hallo.", sagte ich auch in seinem Namen.

„Kommt rein! Das Essen ist fertig."

Wir begleiteten Gesa, die heute ungewohnt schlicht und normal gekleidet war, nach drinnen ins Haus. Aus dem ersten Stock waren Stimmen zu hören. Eine der Stimmen gehörte Christine, die andere musste von Gesas Mutter stammen. Sie hatte einen sehr weichen, wenn auch ziemlich tiefen Klang und plötzlich wurde ich wieder ganz nervös, bei dem Gedanken daran, sie kennenzulernen.

Gesa hatte eine Hand in meinen Rücken gelegt, als wir nebeneinander die Treppe in den ersten Stock hinaufliefen. In der Küche entdeckte ich Christine und Suzanna, die sich nebeneinander an dem kleinen Esstisch niedergelassen hatten, an dem auch ich vergangenen Samstag schon mit Ben gesessen hatte. Obwohl sich die Aufmerksamkeit beider Frauen sofort auf uns richtete, sah ein Außenstehender gleich, dass sie einander anzogen wie das Licht die Motten. Selbst bei der Begrüßung wich keine der anderen von der Seite, wenn sie sich auch sonst noch vorsichtig und tastend zur Kenntnis nahmen. Sie berührten einander, wichen den Blicken des anderen jedoch immer wieder aus.

„Du bist also Anastasia.", begrüßte mich Gesas Mutter herzlich und ich ergriff ihre dargebotene Hand. Ein zaghaftes Lächeln umspielte ihre Lippen und in ihren Augen stand eine sanfte Neugierde. Sie war eine schöne Frau. Man sah ihr an, dass sie viel erlebt und viel durchgemacht hatte und doch war sie sehr schön. Vielleicht gerade deshalb. Sie sah auch nicht aus wie jemand, der unter Schizophrenie litt. Wie jemand, der psychisch krank war. Ich dachte, so etwas sah man den Menschen an. Oder zumindest dachte ich, dass man es mir ansehen konnte, dass da etwas nicht stimmte. Aber Suzanna wirkte einfach ganz normal.

Suzanna. Der Name schwirrte mir im Kopf herum und mein Griff um ihre Hand wurde immer stärker. Sie hatte weiche Hände und ihre kurzen Fingernägel waren vorne gräulich verfärbt. Die Hände einer Handwerkerin. Suzanna. Hatte Freya diesen Namen nicht in ihrem Brief erwähnt? War das nicht der Name meiner leiblichen Mutter?

Unbewusst fuhr ich mir mit der rechten Hand in die Haare und strich sie dort zurück, wo sie den kleinen Fleck, mein Muttermal, verbargen. Das Lächeln wich aus Suzannas Gesicht und sie starrte mich an, als wäre ich zu einem Geist geworden. Die Erkenntnis in ihren Augen ließ auch bei mir die Unglaublichkeit der Situation erkennen.

„Ich bin deine Tochter.", platzte es aus mir heraus.

„Nein. Das geht nicht."

„Es geht." Wie sollte ich das erklären? „Erinnerst du dich an Freya? Freya Seefeld? Ihr seid euch im Krankenhaus begegnet, als du mit mir schwanger warst. Ihr seid Freundinnen geworden. Dann warst du plötzlich fort. Und dann hat sie mich adoptiert. Viele Jahre später."

Ich sah, wie Suzanna die ganzen letzten Jahre an sich vorbeiziehen ließ, um zu der Zeit zurückzugelangen, in der sie Freya gekannt hatte.

„Ich erinnere mich an Freya. Aber sie war noch so jung…"

„Sie hat mich vor etwa zwei Jahren adoptiert. Sie hat mich durch das Muttermal erkannt und wollte mich zu sich nehmen, weil sie dachte, dass du es so gewollt hättest."

„Aber wo ist sie jetzt?" Suzanna sah sich um, als würde sie erwarten, Freya noch irgendwo im Raum stehen zu sehen. Als müsste sie noch zu uns stoßen, wenn sie offenbar zu meiner Mutter geworden war.

„Freya ist gestorben. Vor ein paar Monaten erst."

Tränen traten in die Augen der Frau, die allem Anschein nach meine Mutter war. Nach kurzem Zögern trat ich auf sie zu und nahm sie in den Arm.

„Sie bleibt immer bei uns, Suzanna. Mein Onkel ist ihr Bruder. Er hat mich zu sich genommen, nachdem sie gegangen ist."

Suzanna schlang die Arme um mich und es kam mir so vor, als würde sie ganz tief meinen Geruch einatmen.

„Meine Tochter. Ich dachte, ich sehe dich nie wieder. So oft habe ich mich gefragt, was aus dir geworden ist."

„Warum hast du mich nicht gesucht?"

„Das habe ich. Aber du hattest ja nicht einmal einen Namen, als ich dich weggeben musste. Damals im Krankenhaus hatte ich einen Anfall. Ich bin vollkommen außer Kontrolle geraten und war nicht mehr ansprechbar. Dadurch kamst du früher als erwartet. Und ich war nur eine Gefahr für dich. Das konnte ich nicht verantworten."

„Und jetzt bin ich eine Gefahr für mich selbst. Ich habe alles von dir geerbt."

„Ich weiß. Aber wenn wir alle zusammenhalten, dann schaffen wir das." Suzanna löste sich von mir und sah mir mit festem Blick in die Augen, bis ich nickte.

„Okay. Wir schaffen das.", sagte ich mit einer Überzeugung in der Stimme, die mich selbst erstaunte.

Noch einmal nahmen wir uns in den Arm und über Suzannas Schulter hinweg konnte ich sehen, wie Gesa zu weinen begonnen hatte. Wir waren eine Familie. Für immer und ewig.

Epilog

Der Duft von Orangennelken und Zimt lag in der Luft, während aus allen Ecken fröhliche Weihnachtsmusik ertönte. Ich war gerade noch einmal bei Stine im Laden gewesen, um die Vorräte für die Weihnachtstage aufzustocken. Meine Mutter war zu uns zurückgekommen und während wir uns im Erdgeschoss eine gemeinsame Künstlerhöhle eingerichtet hatten, bewohnte sie mit Christine den ersten Stock. Nach den Renovierungsmaßnahmen der vergangenen Wochen war der wieder bewohnbar, wenn es dort auch noch etwas chaotisch zuging. Stines Mutter hatte gleich unten im Erdgeschoss ein Zimmer bekommen. Man erreichte es direkt aus der Eingangshalle, sodass immer wieder jemand daran vorbeilief und nach ihr schauen konnte und es auch kein Problem darstellte, sie nach draußen auf den Hof zu bringen.

Ich selbst hatte es mir oben auf dem Dachboden gemütlich gemacht, sobald das Loch in der Decke beseitigt war. Für eine einzelne Person genügten die Räumlichkeiten allemal und nachdem alles neu tapeziert und der alte, fleckige Teppich gegen einen hellen Dielenboden ausgetauscht worden war, wollte ich dort nicht mehr weg.

Ana besuchte nun regelmäßig eine Psychotherapeutin in der Nähe und es würde sich noch entscheiden, ob sie für einige Zeit in eine Klinik ging. Das war ganz allein ihr überlassen und wir würden ihr zur Seite stehen, egal was geschah. Ben arbeitete noch immer an seinem Forschungsprojekt, allerdings war mein Part abgeschlossen. Ana führte die

Gespräche nun mit einer älteren Dame, die eine unbändige Liebe fürs Stricken entwickelt hatte.

Ich dachte schon, dass der Kontakt zwischen Ben und mir nun ziemlich verloren gehen würde, doch irgendwie liefen wir uns immer wieder über den Weg. Immerhin waren wir ja nun eine Familie. Und obwohl ich mich lange dagegen verwehrt hatte, um meine Selbstständigkeit und meine Freiheit zu bewahren, spürte ich, wie Ben mir immer wichtiger wurde. Ich begann ihn zu vermissen, wenn er nicht da war. Vielleicht war es an der Zeit, mich etwas Neuem zu öffnen.

Danksagung

An dieser Stelle möchte ich zuerst meinem Opa Jörg dafür danken, dass er seit Jahren meine Bücher liest und ich jederzeit über alles mit ihm reden kann.

Ich möchte mich außerdem bei Andrea Büchel dafür bedanken, dass sie immer zur Stelle war, wenn ich ein Projekt in der Konversationsanalyse angerührt habe. Die Analyse unseres Datenmaterials war immer wieder interessant, was mich dazu veranlasst hat, noch tiefer in die Materie vorzudringen.

Und zu guter Letzt möchte ich mich auch bei meiner lieben Freundin Laura und meiner Mama für die treue Begleitung bei der Korrektur und Überarbeitung meiner Bücher bedanken. Eure Hinweise und Ratschläge sind für mich Gold wert und ich bin froh, euch auf diese Weise hier verewigt zu wissen.

Danke.

Liebe Grüße,
Jessica

Die Frau in meinem Kopf
Jessica Schade

ISBN: 978 375 349 824 9

„Sie ist immer bei mir. Bei jedem Schritt, den ich gehe, bei jedem Gedanken, der mir durch den Kopf zieht. Sie ist immer bei mir…"

Marianne. Sie hat das Leben der damals vierzehnjährigen Felicitas tiefgreifend verändert und ihr Seiten des Lebens gezeigt, die dem vernachlässigten Mädchen bis dahin vollkommen unentdeckt geblieben sind. Bis Marianne eines Tages mit jungen vierunddreißig Jahren in einer Psychiatrie verstarb. Bis heute, zehn Jahre später, wird Felicitas' Leben von der Ungewissheit überschattet, wer Marianne war. Kann sie es mit der Hilfe ihrer kleinen Schwester Sabine und des Regelschullehrers Jonas schaffen, ihrer eigenen schweren Vergangenheit entgegenzutreten und Licht in das Dunkel längst vergangener Zeiten zu bringen?